Manfred Böckl

Der Glasteufel

Der Glasteufel

Manfred Böckl

Historischer Roman

Verlagsanstalt »Bayerland« Dachau

Von Manfred Böckl sind in der Verlagsanstalt »Bayerland«
außerdem erschienen:

Mathias Kneißl
Der Raubschütz von der Schachermühle
ISBN 3-89251-258-2

Die Säumerfehde am Goldenen Steig
Historischer Roman aus dem Bayerischen Wald
ISBN 3-89251-290-6

Die Braut von Landshut
Das tragische Leben der Herzogin Hedwig
ISBN 3-89251-303-1

In Vorbereitung:

Fürstenmord und Hexenbrand
Spektakuläre Kriminalfälle aus dem alten Bayern

Verlag und Gesamtherstellung:
Druckerei und Verlagsanstalt »Bayerland« GmbH
85221 Dachau, Konrad-Adenauer-Straße 19

Umschlaggestaltung und Vorsätze: Hermut K. Geipel

Printed in Germany · ISBN 3-89251-316-3

Inhalt

Der fremde Reiter

Ralf, der Falkner, stand am Rand eines Waldstreifens, der sich vom Degenberger Burgberg eine halbe Meile nach Südwesten, zum Donautal hin, erstreckte. Aus dem Sichtschutz der Bäume heraus beobachtete der fünfundzwanzigjährige Mann im graugrünen Lodenwams eine junge Frau, die zweihundert Schritte entfernt an einem Feldrain kniete und Wildkräuter pflückte. Nach einer Weile, als die Burgmagd sich kurz aufrichtete und ihr langes kastanienbraunes Haar im Frühsommerwind wehte, verzog sich das scharfgeschnittene Gesicht des Falkners zu einem lüsternen Grinsen. Schon wochenlang war er hinter der hübschen Waldrada her, auch heute wieder hatte er sie heimlich verfolgt – und jetzt war die Gelegenheit da, ihr eine Falle zu stellen.
Das Grinsen des Mannes wurde zu tückischem Feixen; dann nahm Ralf dem Jagdfalken, den er auf seinem Beizhandschuh trug, die Kappe ab. Der Raubvogel plusterte das Gefieder, öffnete die Schwingen und reckte den Kopf mit den wilden bernsteingelben Augen. Im nächsten Moment schwang Ralf den Arm hoch; der Falke schoß davon, stieg rasch auf und begann hoch über dem Wald und den angrenzenden Ackerbreiten zu kreisen. Mit zusammengekniffenen Brauen verfolgte Ralf den Flug des Beizvogels. Er sah den Falken an den Türmen und Giebeln der Degenberger Burg vorübersegeln; sah ihn gleich darauf nach Westen gleiten, wo sich in der Ferne die eindrucksvolle Silhouette des Bogenbergs mit der herzoglichen Veste aus der Donauniederung erhob. Schließlich kam der Raubvogel in einer weiten Kehre über den blaßblauen Himmel im Süden zurück und näherte sich dabei dem Feldrain, wo die ahnungslose Magd die Kräuter sammelte.
Als sich der Falke genau hinter Waldrada befand, ließ Ralf das

Federspiel wirbeln, das er aus seiner Umhängetasche geholt hatte. Flatternd bewegte sich das Gebinde aus Enten- und Gänsefedern über dem Kopf des Mannes; der Raubvogel erspähte es, hielt es für lebende Beute und sauste mit peitschenden Flügelschlägen darauf zu. Dabei schwirrte er so dicht über die junge Frau hinweg, daß Waldrada aufschrie und dem Falken erschrocken nachschaute, bis dieser dort im Schatten der Bäume verschwand, wo Ralf sich verbarg. Erst nachdem der Beizvogel außer Sicht gekommen war, wandte sich die Magd wieder ihrer Arbeit zu. Wenig später indessen tauchte der Falke neuerlich am Firmament auf und schoß plötzlich abermals gefährlich nahe an der jungen Frau vorbei. Mit demselben Herzschlag wurde die Angst der Magd vor dem vermeintlich aggressiven Raubvogel übermächtig; Waldrada packte ihren Korb und floh in Richtung der Degenberger Burg.

Normalerweise hätte ihr Weg sie dabei unweit der Stelle am Waldrand vorbeigeführt, wo der große Vogel verschwunden war. Doch in ihrer Furcht wandte sich die junge Frau ein Stück vorher nach rechts und lief auf eine mit Gestrüpp bewachsene Bodensenke zu, die sich parallel zum Forstsaum ebenfalls zum Burghügel emporzog. Im Schutz der Büsche, so hoffte Waldrada, würde sie vor weiteren Angriffen des Falken sicher sein. Tatsächlich legte sie zwischen den Sträuchern an die hundert Meter zurück, ohne daß sich der Raubvogel noch einmal hätte blicken lassen. Schon glaubte die Magd, nichts mehr befürchten zu müssen; erleichtert verlangsamte sie ihre Schritte – aber dann erschrak sie erneut.

Ralf hatte vorausgesehen, welchen Fluchtweg Waldrada wählen würde. Es war ihm außerdem gelungen, unbemerkt vom Waldrand zur Bodensenke zu schleichen, wo er sich hinter einem Ginsterbusch verborgen hatte. Nun stand er, den Beizvogel wieder auf der Faust, unvermittelt vor der jungen Frau, griff mit der freien Hand nach ihrem Arm und hielt sie fest.

»Du ...?!« stieß Waldrada atemlos hervor, rang nach Luft und setzte wütend hinzu: »Laß mich sofort los!«

Der Falkner überhörte die Aufforderung. Einige Sekunden weidete er sich an der Hilflosigkeit der Magd, dann sagte er, wobei ein niederträchtiger Unterton in seiner Stimme mitschwang: »Du hast wohl Angst gehabt, daß mein Beizvogel dich verletzen könnte, was?«

Es widerstrebte Waldrada, ihm darauf eine Antwort zu geben. Sie preßte die Lippen zusammen und versuchte, sich aus seinem Griff zu befreien. Doch ihre Anstrengungen waren vergeblich; eisern umklammerte Ralfs Faust ihren Oberarm. Im nächsten Augenblick zog der Falkner die junge Frau mit einem harten Ruck noch näher an sich heran und äußerte grinsend: »Aber du mußt dich nicht fürchten. Der Raubvogel tut dir kein Leid an – sofern du ihn oder mich nicht reizt ...«

Die Drohung bewirkte, daß Waldrada zu zittern begann; halb schluchzend flehte sie: »Bitte ... laß mich gehen!«

Ralf jedoch schüttelte den Kopf und zischelte: »Ich sehe, du hast begriffen, was mit dir passiert, wenn du mir nicht zu Willen bist! Also spiel nicht länger das Unschuldslamm! Du weißt, wie scharf ich auf dich bin, und du selbst willst es doch genauso wie ich ...«

»Nein!« keuchte die junge Frau. In Panik bemühte sie sich, von dem Falkner loszukommen, aber der Kraft des Mannes war sie nicht gewachsen. Ralf drängte Waldrada gegen den Ginsterstrauch, setzte den Falken mit einer schnellen Bewegung auf einem verkrüppelten Birkenstämmchen daneben ab und warf die junge Frau zu Boden. Unmittelbar darauf lag er über ihr, zerrte an Waldradas Mieder – und obwohl sie sich verzweifelt wehrte, wußte sie, daß sie letztlich keine Chance hatte.

Trotzdem kämpfte sie weiter, grub ihre Zähne in die Halsgrube des Falkners und biß zu – aber nicht deshalb fuhr Ralf jäh zurück. Vielmehr ließ plötzlich aufklingender Hufschlag ihn hochschrecken; als er mit einem Fluch den Kopf wandte, sah er einen Reiter, der im Galopp heranpreschte.

Der Falkner wollte aufspringen; ehe es ihm jedoch gelang, hatte der Berittene den Ginsterbusch erreicht. Ein wuchtiger Stiefeltritt schleuderte Ralf von Waldrada weg; der Falkner überschlug sich mehrmals und landete am Rand der Senke in einem Holundergesträuch. Gleichzeitig riß der Reiter sein Roß, das noch ein kleines Stück weitergaloppiert war, herum und trieb es zu der jungen Frau, die soeben taumelnd auf die Beine kam.

Bei Waldrada angelangt, schwang sich der Fremde aus dem Sattel, legte fürsorglich den Arm um die Schultern der verstörten Magd und fragte: »Hat der Schurke dich verletzt?«

»Nein ...« entgegnete Waldrada mit flatternder Stimme. »Aber wenn du mir nicht beigesprungen wärst ...«

Sie unterbrach sich und starrte mit schreckgeweiteten Augen auf das Holundergestrüpp; mit dem nächsten Lidschlag erklang von dort ein gurgelnder Wutschrei. Der Fremde fuhr herum und sah, daß der Falkner sich wieder aufgerafft und seinen Hirschfänger aus der Scheide gerissen hatte. Jetzt hetzte Ralf, die scharfe Klinge zum Stoß erhoben, heran. Seine Absicht war eindeutig; er wollte sich an dem Mann rächen, der Waldrada zu Hilfe gekommen war.

Der Fremde allerdings reagierte schnell und entschlossen. Ein rascher Sprung brachte ihn zu seinem Roß, an dessen Sattel ein Schwert festgeschnallt war. Im nächsten Moment hatte er die Klinge gezogen und trat dem Angreifer, der ihn fast schon erreicht hatte, entgegen. Wiederum eine Sekunde später klirrte der Hirschfänger des Falkners gegen den Schwertstahl; mit einer gewandten Bewegung parierte der Fremde den Hieb, doch sofort attackierte Ralf von neuem.

Das Gesicht des Falkners war von blindem Haß verzerrt, Mordlust stand in seinen blutunterlaufenen Augen. Immer wieder griff er an, vermochte aber die Deckung des anderen, der sich geschickt verteidigte, nicht zu durchbrechen. Mehrmals bewegten sich die Männer, verbissen fechtend, um das nervös tänzelnde Roß herum; die entsetzte Waldrada wurde Zeugin des Zweikampfes. Dann auf einmal führte Ralf einen allzu blindwütigen Hieb; sein Gegner nutzte seine Chance, wich behende aus und brachte im nächsten Sekundenbruchteil einen heftigen Schlag an, der dem Falkner die Waffe aus der Hand prellte. Es gelang dem Fremden, sich gedanken-

schnell zu bücken und den Hirschfänger Ralfs an sich zu bringen; als er daraufhin drohend beide Klingen gegen den Falkner zückte, gab dieser Fersengeld.
Der Sieger machte keinen Versuch, Ralf zu verfolgen. Auf sein Schwert gestützt und schwer atmend, beobachtete er, wie der Falkner bis zum Ende der Bodensenke rannte. Erst dort hielt Ralf abrupt inne, wandte sich kurz um und stieß einen gellenden Pfiff aus. Der Beizvogel, welcher nach wie vor auf dem Birkenstämmchen saß, breitete die Schwingen aus, schoß seinem Herrn hinterher und landete auf dessen ausgestrecktem Unterarm. Gleich darauf war der Falkner im Wald verschwunden; Waldrada, die ihm ebenso wie ihr Retter angespannt nachgeblickt hatte, atmete erleichtert auf – dann wandte sie sich dem Fremden zu, um ihn genauer zu betrachten.
Die Burgmagd schätzte ihn auf knapp dreißig Jahre. Er war großgewachsen und schlank; sein attraktives Antlitz mit der markanten Nase und dem kräftigen Kinn wurde von lockigem, rotblondem Haar umrahmt, das ihm fast bis auf die Schultern reichte. Dieses Gesicht gehörte zweifellos einem Mann, der mit beiden Beinen im Leben stand; in seinen Augen jedoch, deren Farbe zwischen Grün und Blau changierte, lag – trotz des eben ausgefochtenen Kampfes – etwas Verträumtes. Gekleidet war er in ein hirschledernes Wams, unter dem er ein naturfarbenes, über der Brust geschnürtes Leinenhemd trug; aus demselben Material wie das Hemd war auch die Hose geschneidert, und die Füße des Fremden steckten in halbhohen Stulpenstiefeln.
Nun lockte der gutaussehende Mann mittels eines Zungenschnalzens sein Pferd heran, steckte das Schwert zurück in die am Sattel hängende Scheide und verwahrte den erbeuteten Hirschfänger in einer Packtasche. Anschließend bückte er sich, um seine Kopfbedeckung vom Boden aufzuheben, die er gleich beim ersten Angriff Ralfs verloren hatte. Doch Waldrada war schneller, reichte ihm die barettartige Kappe und sagte dabei in weichem Tonfall: »Ich weiß gar nicht, wie ich dir danken soll, mein unbekannter Ritter …«

Der Fremde antwortete nicht sofort. Der innige Blick aus den tiefblauen Augen der achtzehnjährigen Burgmagd schien ihn zu verwirren; endlich erwiderte er stockend: »Nein, ich bin kein Edelmann ... Bin nur ein Heimatloser, der aus den Bergen weit im Süden kommt ... Reinhart heiße ich ...«
»Reinhart – welch schöner Name«, unterbrach ihn die junge Frau mit reizendem Lächeln. »Und ich bin Waldrada. Ich gehöre zu den Dienstleuten der Degenberger Burg, die du da drüben siehst, und würde mich sehr freuen, wenn du mich dorthin begleiten würdest ...«
»Auf die Veste?« fiel ihr nunmehr Reinhart ins Wort. »Ich weiß nicht, ob das gut wäre ... Ich meine, selbstverständlich bringe ich dich bis zum Tor ... Aber die Burg sollte ich wohl besser nicht betreten, nachdem ich mich mit dem Falkner angelegt habe, der doch gewiß ebenso wie du im Dienst des Ritters steht ...«
Waldrada tastete nach der Hand Reinharts. »Du befürchtest, du könntest Schwierigkeiten bekommen, wenn Gewolf von Degenberg, der Burgherr, von dem Zweikampf zwischen dir und Ralf erfährt. Doch diese Gefahr besteht bestimmt nicht. Der Falkner hat allen Grund, über seine Schandtat und ihre für ihn so schmählichen Folgen zu schweigen. Käme ans Licht, daß er mir Gewalt antun wollte, müßte er mit schwerer Strafe rechnen, denn Gewolf ist ein gerechter Herr. Also wird der Lump den Mund halten.«
»Aber willst du ihn denn nicht verklagen?« fragte Reinhart, der immer noch unsicher wirkte.
Die Magd schüttelte den Kopf. »Ich glaube, es ist besser für mich, ebenfalls zu schweigen. Würde ich mich dem Ritter anvertrauen, hätte ich zwar meine Rache, würde jedoch unweigerlich selbst ins Gerede kommen. Und du weißt vermutlich, wie es ist, wenn die Leute erst einmal angefangen haben, ihre Mäuler über einen zu wetzen.«
»So etwas kann grausam sein«, murmelte Reinhart. »Es kann den Ruf eines Menschen auf immer zerstören.«
»Du verstehst mich!« versetzte Waldrada und drückte seine Hand. Einen Moment verharrten beide schweigend; dann,

nach einem tiefen Atemzug, kam Waldrada auf ihr Anliegen zurück: »Wie ist es nun? Nimmst du meine Einladung, mit mir auf die Burg zu kommen, an?«
Weil Reinhart nach wie vor zögerte und seltsam geistesabwesend ins Leere starrte, fügte die Magd drängend hinzu: »Bitte, tu mir den Gefallen! Du darfst es mir einfach nicht abschlagen; mußt mir die Möglichkeit geben, dich besser kennenzulernen. Ich möchte so gerne mehr von dir wissen. Zum Beispiel, warum es dich aus dem Gebirge im Süden hierher in den Donauwald verschlagen hat. Ich habe das Gefühl, es ist irgendwie ein Rätsel um dich, und es würde mir viel bedeuten, deine Lebensgeschichte zu erfahren.«
»Ja, ich habe einiges durchgestanden«, gab Reinhart mit gepreßter Stimme zu. »Das Schicksalsrad trug mich durch Höhen und Tiefen ... Ich erlebte mehr Glück, aber auch mehr Leid als die meisten ... Und vielleicht würde es mir tatsächlich guttun, mit jemandem darüber zu sprechen ...«
»Ich spüre, es wäre gut für dich«, sagte die junge Frau leise; gleich darauf bemerkte sie eine jähe Blässe auf seinem Gesicht und erkundigte sich besorgt: »Was ist los mit dir? Du wirkst plötzlich ganz erschöpft!«
»Es ist nichts weiter ...« kam es von Reinhart. »Doch ein wenig Ruhe könnte mir wirklich nicht schaden ... Laß uns also zur Veste reiten, ich nehme dich zu mir aufs Roß ...«
Damit ergriff er die Zügel seines lichtbraunen Wallachs und machte Anstalten, aufzusitzen. Aber kaum hatte er das Sattelhorn gepackt und den Fuß in den Steigbügel gestellt, taumelte er, verlor das Gleichgewicht – und stürzte schwer zu Boden. Reglos blieb er liegen; mit einem erschrockenen Aufschrei ließ sich Waldrada neben ihm auf die Knie nieder und stellte fest, daß er die Besinnung verloren hatte. Sie rieb seine Schläfen und tätschelte seine Wange; als das nicht half, beschloß sie, die Brustverschnürung seines Hemdes zu öffnen, um ihm auf diese Weise das Atmen zu erleichtern.
Sie zerrte das verrutschte Wams beiseite, um besser an die Kordel darunter heranzukommen – und so entdeckte sie den eingetrockneten Blutfleck auf dem Hemdleinen eine Hand-

breit über Reinharts linker Hüfte. Behutsam zog sie das Hemd aus dem Hosenbund, nun sah sie den Verband um Reinharts Bauch. Auch die Wundbinde war bräunlich verkrustet, an einer Stelle jedoch sickerte frisches Blut durch den Stoff – und jetzt wurde der jungen Frau klar, was die Ohnmacht Reinharts verursacht hatte. Irgendwann, vermutlich schon vor Tagen, mußte er die schwere Verletzung davongetragen haben; nun, wahrscheinlich während des Zweikampfes mit dem Falkner, war die Wunde erneut aufgebrochen, und deshalb hatte Reinhart den Schwächeanfall erlitten.

Eben als Waldrada dies begriff, stöhnte Reinhart und öffnete die Augen. Verwirrt starrte er auf die junge Frau; er schien Mühe zu haben, sie zu erkennen, dann keuchte er: »Hilf mir ... Bring mich zur Burg ...«

»Das werde ich!« versprach Waldrada. »Doch zuvor brauchst du einen frischen Verband.«

Obwohl Reinhart schwach protestierte, löste die junge Frau die blutverkrustete Binde von seinem Leib. Darunter kam eine spannenlange, sichtlich tiefe Schnittwunde mit entzündeten Rändern zum Vorschein. Unwillkürlich dachte Waldrada, daß die Verletzung von einer Schwertklinge stammen könnte, aber sie verkniff sich eine entsprechende Bemerkung und bemühte sich statt dessen, die Blessur mit zerdrückten Hirtentäschelblättern, die sie aus ihrem Kräuterkorb nahm, zu reinigen. Darüber hinaus, das wußte sie, hatte der Pflanzensaft eine blutstillende Wirkung, und tatsächlich stellte sie schon nach wenigen Minuten fest, daß die Blutung aus der in der Mitte aufgeplatzten Wunde zum Erliegen kam.

Während die junge Frau Reinhart versorgte, schien dieser abermals mit einer Ohnmacht zu kämpfen. Doch wenig später, als Waldrada seine Unterstützung benötigte, um ihn mit einem breiten Leinenstreifen, den sie von ihrem Unterrock abgetrennt hatte, neu zu verbinden, war er imstande, sich halb aufzurichten. Nachdem die Burgmagd den Verband festgeknotet hatte, beschwor sie ihn: »Jetzt mußt du deine ganze Kraft zusammennehmen, um aufs Pferd zu kommen!«

Reinhart nickte und schaffte es mit Waldradas Hilfe, sich zu

erheben. Schwankend, den Arm um die Schultern der jungen Frau geschlungen, stand er da; als Waldrada ihm riet, sein linkes Bein zu schonen und das Roß von der rechten Seite aus zu besteigen, stimmte er zu. Sie führte ihn um den Wallach herum, aber es gelang ihm nicht, sich aufzuschwingen. Erst als die Burgmagd ihn umschlang und den taumelnden Körper des Mannes hochstemmte, schaffte er es, in den Sattel zu kriechen. Dort sank er in sich zusammen und lag nun halb auf dem Hals des lammfromm dastehenden Pferdes; erleichtert sagte sich Waldrada, daß ihr zumindest das Tier auf dem Weg zur Veste keine Schwierigkeiten bereiten würde.
Die junge Frau tätschelte den Hals des lichtbraunen Wallachs, dann ging sie um das Roß herum, hob ihren Kräuterkorb auf, hängte ihn an den Sattelpacken und ergriff die Zügel. Willig folgte ihr das Pferd; während sie das Tier langsam in Richtung der Burg führte, achtete Waldrada darauf, sich stets so nahe bei Reinhart zu halten, daß sie ihn notfalls vor einem Sturz bewahren konnte. In der Tat wankte er auf dem ungefähr halbstündigen Weg mehrmals bedenklich, doch jedesmal griff die Achtzehnjährige rasch zu und stützte den Verletzten.
Endlich erreichten sie den Pfad, der sich zur Festung emporschlängelte; vorsichtig lenkte Waldrada den Wallach um die Kehren, und dann ragte das mit Kalk verputzte Mauerwerk des Burgtors direkt vor ihnen auf. Die Pferdehufe polterten über die Bohlen der herabgelassenen Zugbrücke; erstaunt erkundigte sich der aus dem Torschlund tretende Wächter, welch seltsamen Gast Waldrada da auf die Veste brächte.
»Frag nicht lange, sondern hilf mir lieber, das Roß in die Vorburg zu führen«, beschied ihn die Magd; vor sich hin murmelnd tat ihr der Brückenwächter den Gefallen. Schließlich kam der Wallach vor einem der hölzernen Gesindehäuser, die an die Wehrmauer des äußeren Festungshofes angebaut waren, zum Stehen. Sofort waren zwei weitere Dienstmägde zur Stelle und schickten sich nach kurzem Wortwechsel mit Waldrada an, den Verwundeten vom Pferd zu heben.
Eben als die Frauen Reinhart in das Holzhaus tragen wollten, erschien unter dem Torbogen, der in den Innenhof der Veste

führte, der Burgherr. Gewolf von Degenberg, ein kräftig gebauter Mittdreißiger mit kantigem Schädel und dunkelblonder, ein gutes Stück über die Schultern fallender Haarmähne, trug einen knielangen Wappenrock in den roten und gelben Farben seines ritterlichen Geschlechts. In der Hand hielt er eine verbeulte Tartsche; offenbar wollte er den beschädigten Turnierschild zur Schmiede bringen, deren Esse in einem abgelegenen Winkel der Vorburg rauchte. Nun aber fiel sein Blick auf die Mägde, die sich um den Verletzten bemühten; Gewolf stutzte, dann schlug er die Richtung zum Gesindehaus ein.

Dabei kam der Ritter an dem Falkner vorbei, der sich nahe des inneren Tores bei einem dort abgestellten, mit Brennholz beladenen Karren herumdrückte und die Frauen, welche sich um Reinhart kümmerten, mit verkniffener Miene beobachtete. Als der Burgherr sich ihm näherte, duckte sich Ralf unwillkürlich. Der Ritter indessen achtete nicht auf ihn, überquerte den Hof und trat zu den Mägden, welche den Verwundeten mittlerweile bis zur Türschwelle des Hauses geschleppt hatten.

Jetzt hielten die Frauen inne; mit gerunzelter Stirn musterte Gewolf den halb ohnmächtigen Reinhart, dann wandte er sich an Waldrada und fragte in barschem Tonfall: »Wer ist dieser Mann? Und was ist mit ihm passiert?«

Instinktiv gebrauchte die junge Magd eine Notlüge: »Ich fand den hilflosen Fremden auf den Südäckern, wo ich Kräuter sammelte. Er muß dort bei einem der steinernen Raine einen bösen Sturz vom Pferd getan und sich an einem Felsbrocken verletzt haben. Er blutete stark, war kaum noch bei Besinnung, und ich hielt es für meine Christenpflicht, ihn zu verbinden und ihn auf die Burg zu schaffen.«

Langsam nickte der Ritter, gab sich einen Ruck und erklärte: »Du hast richtig gehandelt. Und weil du den Mann gerettet hast, sollst du dich auch weiterhin um ihn kümmern. Ich hoffe, es wird dir gelingen, ihn wieder auf die Beine zu bringen. Tu also dein Bestes, um ihn gesundzupflegen, damit man von uns auf dem Degenberg nicht sagen kann, wir seien

unbarmherzig. Später dann, wenn der Fremde sich erholt hat und mir Rede und Antwort hinsichtlich seines Standes und seiner Herkunft stehen kann, gibst du mir Bescheid.«
»Es soll geschehen, wie Ihr befehlt, Herr!« erwiderte Waldrada erleichtert.
Abermals nickte Gewolf von Degenberg; im nächsten Moment besann er sich auf seine beschädigte Tartsche und schlug den Weg zur Schmiede ein.
Die drei Frauen wiederum trugen Reinhart nun ins Gesindehaus und betteten ihn dort in einer der Kammern aufs Strohlager. Anschließend, während ein Burgknecht auch das Gepäck des Verwundeten hereinbrachte und sodann den Wallach zu den Stallungen führte, entblößten die Mägde behutsam Reinharts Oberkörper, entfernten den provisorischen Verband, wuschen die Blessur mit Kräutersud und bandagierten sie danach mit ausgekochtem Linnen.
Der Verletzte lag die ganze Zeit über stöhnend da; er litt jetzt abwechselnd unter Schweißausbrüchen und Schüttelfrost, und manchmal lallte er unverständliche Worte. Ganz offensichtlich hatte das Wundfieber ihn gepackt; Waldrada vermutete, daß der Kampf mit dem Falkner, das erneute Aufbrechen der Wunde und die Tortur des halb Ohnmächtigen auf dem Ritt zur Veste die Ursachen waren. Doch nicht nur das jähe Fieber machte der jungen Frau Sorgen. Sie ängstigte sich insgeheim auch, weil die beiden älteren Mägde notgedrungen Reinharts Blessur erblickt hatten: die tiefe Schnittwunde, die kaum vom Aufprall auf einen Felsbrocken stammen konnte, wie sie dem Ritter gegenüber behauptet hatte.
Schließlich, als eine der Frauen eine entsprechende Bemerkung machte, entschloß Waldrada sich, die Wahrheit zu sagen. Unter dem Siegel der Verschwiegenheit vertraute sie sich den Mägden, die ihre Schlafgenossinnen im Gesindehaus waren, an. Sie erzählte ihnen, wobei sie allerdings möglichst abwiegelte, von dem Anschlag, den Ralf gegen sie ins Werk gesetzt hatte, und vom mutigen Eingreifen des Fremden. Danach berichtete sie, wie Reinhart zusammengebrochen war und sie die möglicherweise von einer Waffe stammende

Blessur entdeckt hatte, die wohl schon mehrere Tage alt war. »Aber er hat sich die Wunde bestimmt nicht in einem ehrenrührigen Kampf zugezogen«, schloß sie. »Er ist ein guter Mensch; das hat er durch den ritterlichen Beistand, den er mir leistete, bewiesen.«

Damit gaben die beiden älteren Frauen sich letztlich zufrieden; sie versprachen, den übrigen Burgleuten gegenüber Stillschweigen zu bewahren. Freilich war ihnen anzusehen, daß sie darauf brannten, später mehr über den geheimnisvollen Fremden zu erfahren – doch vorerst, das war allen drei Mägden klar, galt es, ihn so gut wie möglich zu pflegen.

Diese Aufgabe oblag, entsprechend der Anweisung Gewolfs von Degenberg, vor allem Waldrada. Nachdem die beiden anderen Mägde sie mit Reinhart allein gelassen hatten, bereitete sie eine große Kanne Lindenblütentee zu und flößte dem Kranken den Aufguß in regelmäßigen Abständen ein. Stunden verstrichen; der Lindenblütenabsud ließ Reinhart noch stärker schwitzen, aber bei Einbruch der Nacht hatte Waldrada das Gefühl, als sei das Fieber leicht gesunken. Wenig später fiel der Kranke in tiefen Erschöpfungsschlaf; Waldrada nahm einen raschen Imbiß zu sich und bereitete sich danach ihr Lager in der Nähe von Reinharts Ruhestatt.

Bis Mitternacht schlummerte sie ungestört, dann schrak sie plötzlich hoch. Ein Schrei des Kranken hatte sie geweckt; im Licht der Unschlittkerze, die auf einem Schemel neben seinem Bett brannte, sah sie, daß er sich halb aufgerichtet hatte und mit panisch geweiteten Augen ins Leere starrte. Hastig sprang Waldrada von ihrem Lager und hastete zu Reinhart. Sie nahm ihn in die Arme und flüsterte beruhigend auf ihn ein; er jedoch – das Fieber schien jetzt wieder gestiegen zu sein – nahm nicht die geringste Notiz von ihrer Gegenwart. Vielmehr stieß er nun ein angstvolles Keuchen aus; unmittelbar darauf begann er einmal mehr in abgerissenen Sätzen zu phantasieren – und diesmal konnte Waldrada einzelne Worte verstehen.

»Der Mond über dem verzauberten See ...« hörte sie den Kranken stöhnen. »Die schwarze Fee auf dem Felsen ...

Göttliche Lust, höllischer Schmerz ... Sehnsucht, die das Herz verbrennt ... Betäubung am Glutschlund ... Flamme, die alles Denken auslöscht ... Ringen um das Vollkommene ... Ohnmacht und trotzdem Triumph ... Aber dann die Tücke der Neider ... Ihr Wühlen, ihre Lügen ... Die Schergen ... Sie greifen nach mir ... Zerren mich ins Feuer ...«

Mit dem letzten Satz bäumte sich Reinhart auf, schlug nach Waldrada, schien in ihr eines der fürchterlichen Wesen aus seinen Wahnvorstellungen zu sehen. Die junge Frau hatte Mühe, seine Hände festzuhalten; sie verspürte entsetzliche Angst und hatte zugleich tiefes Mitleid mit ihm. »Bitte, komm zu dir!« beschwor sie ihn. »Du mußt gegen das Fieber ankämpfen! Ich helfe dir, ich bin bei dir ...«

Sie flehte weiter; auf einmal erschlaffte der Körper des Kranken, besinnungslos sank er auf das Bett zurück. Waldrada schluchzte auf; eine Minute später kam eine der älteren Mägde, die ebenfalls erwacht war, herein. Sie betastete die Stirn Reinharts und stellte bestürzt fest: »Der Bedauernswerte glüht ja förmlich vor Hitze! Wir müssen schleunigst etwas tun, um das Wundfieber herabzudrücken!«

Sie versuchten es mit kalten Umschlägen und träufelten dem Ohnmächtigen zwischendurch abermals Lindenblütentee in den Mund. Doch Reinharts Temperatur blieb gefährlich hoch, und im Morgengrauen erlitt er einen weiteren Panikanfall, in dessen Verlauf er neuerlich von gräßlichen Dingen phantasierte. Danach fiel er wiederum in komaartigen Schlaf; Waldrada überlegte verzweifelt, welches Heilmittel sie ihm zusätzlich verabreichen könnte. Auf einmal erinnerte sie sich an ihre verstorbene Großmutter, die viel mehr als sie selbst über Arzneikräuter gewußt und bei der Behandlung entzündeter Wunden auf die Hauhechel geschworen hatte.

Waldrada informierte die andere Magd und bat sie, zum Palas zu gehen und die Burgherrin zu fragen, ob diese Hauhechelkraut zur Verfügung habe. »Es könnte sein«, antwortete die ältere Frau. »Schließlich muß sich die Herrin, wenn die Festung belagert wird, um die Verletzten kümmern, und wenn das Heilkraut so wirksam ist, sollte sie es kennen.«

Damit eilte die betagte Magd davon; Waldrada hoffte, daß man sie trotz der frühen Tageszeit im Palas vorlassen würde. Aber es dauerte länger als eine Stunde, ehe die Alte zurückkehrte – und zwar mit leeren Händen. Doch dann zog sie einen Leinenbeutel aus der Tasche ihres rupfenen Überwurfs und beschied Waldrada: »Die Herrin rät, den Hauhechelsud ein Dutzend Vaterunser lang ziehen zu lassen. Danach sollst du ein Pflaster damit tränken und es dem Kranken auf die Wunde legen. Das Wundpflaster darf jedoch nicht länger als einen halben Tag dort bleiben, anschließend mußt du es erneuern.«

»Gott gebe, daß es hilft!« flüsterte Waldrada. Gleich darauf, während die andere Frau an ihr Tagewerk ging, machte sie sich daran, die Kräutertinktur zuzubereiten. Als sie wenig später die Binde von Reinharts Hüfte entfernte, bemerkte sie eine eitrige Stelle am Rand der Blessur. Sorgfältig reinigte sie die Wunde, drückte das Hauhechelpflaster darauf und legte dem Kranken einen frischen Verband an. Zusätzlich wusch sie seinen Körper erneut mit kühlem Wasser und gab ihm einmal mehr Lindenblütentee ein. Nachdem sie alles, was ihr möglich war, für Reinhart getan hatte, blieb sie bei ihm sitzen und betrachtete unverwandt das vom Fieber gezeichnete Antlitz des Besinnungslosen.

Bis zum Mittag regte sich Reinhart kaum; erst als Waldrada das Wundpflaster wechselte, kam er zu sich. Zuerst irrte sein Blick verwirrt und orientierungslos durch die Kammer. Nach einer Weile aber schien er sich darauf zu besinnen, wo er sich befand und wer die junge Magd war, die soeben die saubere Binde um seinen Leib festknotete. Er wartete ab, bis Waldrada fertig war, danach fragte er mit schwacher Stimme: »Wie lange war ich ohne Bewußtsein?«

Die Achtzehnjährige klärte ihn auf; als sie sein Erschrecken bemerkte, fügte sie rasch hinzu: »Doch jetzt hast du das Schlimmste überstanden. Die Wunde sieht schon besser aus als am Morgen, und auch das Fieber ist zurückgegangen.« Sie schenkte ihm ein Lächeln, dann erkundigte sie sich: »Wie wäre es, wenn ich dir eine Suppe bringen würde?«

»Ich glaube, ich könnte tatsächlich ein paar Löffel vertragen«, antwortete Reinhart nach kurzem Überlegen.
»Das ist ein weiteres gutes Zeichen«, erklärte Waldrada, zog die Zudecke über ihn und verließ die Kammer.
Nach zehn Minuten kam sie wieder; sie trug einen mit dampfender Milchsuppe gefüllten Napf in den Händen, den sie aus der Gesindeküche der Burg geholt hatte. Mit einem Holzlöffel gab sie Reinhart die Nahrung ein; gehorsam schluckte er, bis die Schale leer war.
»Das hat wohlgetan«, bedankte er sich, während Waldrada den Napf beiseite stellte. »Und sofern du mir nun helfen würdest, könnte ich versuchen, aufzustehen.«
»Kaum geht es dir ein bißchen besser, wirst du unvernünftig!« tadelte ihn die junge Frau. »Aber ich werde dich erst aus dem Bett lassen, wenn das Fieber völlig von dir gewichen ist und auch keine Gefahr mehr besteht, daß deine Wunde von neuem aufbricht.«
»Dann muß ich mich wohl fügen«, erwiderte Reinhart, wobei er Waldrada zuzwinkerte. »Doch ich schwöre dir, länger als einen, höchstens zwei Tage wird es nicht dauern, bis ich wieder auf den Beinen bin.«
»Wir werden sehen«, kam es von der jungen Frau. »Vorerst jedenfalls mußt du dich noch schonen, damit du …«
Sie unterbrach sich, weil der Kranke heftig gähnte; gleich darauf murmelte er: »Ich bin auf einmal so müde. Aber ich möchte dir noch sagen, daß ich dir gewiß nicht vergessen werde … was du für mich … getan hast.« Die letzten Worte kamen stockend, im nächsten Moment war Reinhart eingeschlafen.
Abermals betrachtete Waldrada, auf der Bettkante sitzend, lange sein Antlitz. Dabei wurde ihr bewußt, wieviel ihr dieser Mann, obwohl sie ihn kaum kannte, schon bedeutete – dann dachte sie mit einem wehen, sehnsüchtigen Ziehen im Herzen: Und weil das so ist, muß ich unbedingt erfahren, was ihn tief in der Seele dermaßen quält, und welche Schicksalsschläge ihn trafen, bevor er hier im Donauwald auftauchte.

***

Ehe Waldrada jedoch Aufklärung bekam, verstrichen noch drei Tage. Erst dann war Reinhart soweit wiederhergestellt, daß er das Krankenlager verlassen und die junge Magd es wagen konnte, ihn auf die Alpträume anzusprechen, die ihn auf dem Höhepunkt des Wundfiebers verfolgt hatten.
Zu diesem Zweck überredete Waldrada Reinhart zu einem Spaziergang. Sie verließen die Veste und schlenderten den Burghügel hinab, bis sie zu einer einsamen Waldlichtung gelangten. Dort ließen sie sich im jungen Farn nieder; nachdem sie eine Weile still dagesessen hatten, stellte Waldrada die Frage, die ihr auf der Seele brannte: »Was meintest du damals, nach dem Kampf mit dem Falkner, als du mir sagtest, das Schicksalsrad habe dich durch Höhen und Tiefen getragen, und du hättest mehr Glück, aber auch mehr Leid erlebt als die meisten?«
Jäh verspannte sich Reinharts Gesicht; für einen Moment sah es so aus, als sei er nicht bereit, zu antworten. Doch nachdem er einige Sekunden mit sich gerungen hatte, erwiderte er: »Ja, du hast ein Recht darauf, in gewisse Dinge eingeweiht zu werden. Denn ohne deine Fürsorge hätte mich der Schwertstreich, der meine Hüfte traf, womöglich schon ins Grab gebracht ...« Er sann einen Augenblick nach, dann fuhr er fort: »Was ich dir jetzt anvertrauen werde, ist allein für deine Ohren bestimmt. Du mußt mir versprechen, mit keinem anderen Menschen darüber zu reden. Würdest du es trotzdem tun, könnte es meinen Tod bedeuten ...«
»Um Himmels willen!« stieß Waldrada hervor; mit dem nächsten Atemzug beteuerte sie: »Selbstverständlich werde ich schweigen!«
Reinhart nickte, dann begann er: »Ich wurde am Tegernsee geboren, an dessen Ufer sich die weithin berühmte Benediktinerabtei erhebt. Mein Vater war einer der Klosterfischer, und wahrscheinlich wäre ich in seine Fußstapfen getreten, wenn ich meine Eltern nicht Anno 1284, als ich gerade erst elf Jahre alt war, verloren hätte. Sie befanden sich im Boot auf dem See, als plötzlich ein wütendes Gewitter losbrach und ein Blitz den Kahn traf. So wurde ich zum Waisen, und es wäre

schlecht um meine Zukunft bestellt gewesen, wenn die Mönche sich meiner nicht angenommen hätten. Sie gaben mir Unterkunft und Arbeit im Kloster; zuerst griff ich zu, wo immer ich gebraucht wurde, später kam ich, weil ich inständig darum bat, als Lehrling in die Glashütte der Abtei, die maßgeblich zum Wohlstand der Benediktiner beiträgt ...«
»Dann kennst du wohl gar das Geheimnis des Glasmachens?« fiel ihm Waldrada erregt ins Wort.
»Ich lernte, das Gesätz zu mischen, es zu schmelzen und die flüssige Masse zu formen«, bestätigte Reinhart. »Und meine Lehrer waren die Nachfolger derjenigen, welche das Wissen um die Glasherstellung vor vielen Generationen aus der welschen Stadt Venedig über die Alpen gebracht hatten. Diese Südländer errichteten um das Jahr 1000, zur Zeit des Abtes Gozbert, die erste Tegernseer Hütte, deren Erzeugnisse damals mit Gold aufgewogen wurden. Aber auch heute noch sind die klösterlichen Glaswaren bei Adligen und Kirchenfürsten sehr gefragt; ähnlich wie früher sind die im Dienst der Abtei stehenden Glasmacher hoch angesehen.«
»Und einer dieser Künstler warst du«, murmelte Waldrada. »Trotzdem wurdest du, wie ich vermute, landflüchtig. Irgend etwas Furchtbares passierte, nicht wahr?«
»Du hast es erraten«, entgegnete Reinhart leise. »Meine Welt brach zusammen, als ich dachte, den Gipfel der Lebensfreude erreicht zu haben. Mein vermeintliches Glück hatte die Gestalt einer wunderschönen Frau, die im vergangenen Frühjahr mit einer Gauklertruppe ins Tegernseer Tal kam. Die Fahrenden schlugen ihr Lager unweit der Abtei am Seeufer auf; dort wo die steilen Uferwälder sich bis zum Wasser herabziehen. In der Nacht nach ihrer Ankunft sah ich Iskara im Mondlicht auf einer Felsplatte tanzen, und bis heute kann ich dieses Bild nicht vergessen ...«
Waldrada rückte näher an Reinhart heran, damit ihr nur ja kein Wort entging. Er erzählte weiter; seine Erinnerungen rissen ihn mit – auf einmal glaubte er, alles was sich im Spätfrühling dieses Jahres 1301 am Tegernsee zugetragen hatte, noch einmal zu erleben.

Iskara

Nie zuvor hatte der Glasmacher aus der Tegernseer Klosterhütte solch bezaubernde, beinahe überirdische Schönheit erblickt. Die höchstens zwanzigjährige Fremde, die im Silberschein des Mondes selbstvergessen auf der Felsplatte über dem Wasser tanzte, trug ein helles, weich fließendes Gewand, das ihren schlanken Leib wie Wellen aus magischem Licht umspielte. Ihr nachtschwarzes Haar wehte um das reizvolle Antlitz; ihre Bewegungen waren wie ein sinnliches Gebet, das die junge Frau an eine heidnische Liebesgöttin richtete.
Wie gebannt starrte Reinhart auf das Bild. Er vermochte sich nicht loszureißen; lange stand er unter den Bäumen, die ihn vor Entdeckung schützten – bis er unvorsichtigerweise, um die Tänzerin noch genauer zu sehen, einen Schritt vortrat, und ein morscher Ast unter seinem Fuß brach. Im selben Moment zuckte die Fremde wie ertappt zusammen und fuhr herum; für eine Sekunde trafen sich ihre und seine Augen, mit dem nächsten Lidschlag floh sie. Jenseits des Felsens verschwand sie; nur ein kaum hörbares Rascheln war weiter drinnen im Forst noch zu vernehmen, dann herrschte Stille. Stille, die plötzlich von einem wilden Stöhnen des Glasmachers unterbrochen wurde; jäh hatte er begriffen, daß er der zauberschönen Unbekannten mit Leib und Seele verfallen war.
Am folgenden Tag nahm er sein Privileg als Geselle der Glashütte, der bald Meister sein würde, wahr und arbeitete den ganzen Morgen über auf eigene Rechnung. Er fertigte einen Halsschmuck aus nußgroßen Grünglasperlen, begab sich zum Lager der Fahrenden und forschte nach der jungen Frau. Als er sie nicht finden konnte, war er zutiefst enttäuscht; dann aber meinte er, einen fernen, lautlosen Ruf zu vernehmen. Er lief zu der Stelle am See, wo er sie in der Nacht zuvor beob-

achtet hatte – dort saß sie auf dem Felsen und schaute ihn an, als hätte sie sein Kommen erwartet.
Er brachte kein Wort heraus, während er sich ihr näherte, doch in den Händen hielt er die Kette mit den schimmernden Glaskugeln, und sie duldete es, daß er ihr den Schmuck mit sanfter Bewegung anlegte. Der Glanz der Perlen schien mit dem olivfarbenen Schimmer ihrer Haut zu verschmelzen; als sie sich bewegte, fingen sich die Sonnenstrahlen im Glas und irisierten in ihren dunklen Augen – den berückenden Augen, in denen nun ein Lächeln aufleuchtete. Und dieses Lächeln schlug die Brücke zwischen ihnen; sie kamen ins Gespräch, er sagte ihr seinen Namen und sie ihm ihren: Iskara.
Später erlaubte Iskara ihm, sie auf einem Spaziergang zu begleiten. Durch lichten Buchenwald wanderten sie zum Gipfel des Leeberges hinauf; sie fanden einen Platz, von dem sie einen herrlichen Ausblick auf den See hatten. Fischerboote zogen nahe des jenseitigen Ufers beim Dorf Rottach flirrende Furchen über das Gewässer; die junge Frau mit dem ebenholzschwarzen Haar veranlaßte Reinhart, aus seinem Leben zu erzählen. Er redete über seine Eltern, die er so früh verloren hatte, dann über die Arbeit in der Glashütte. Iskara nahm sichtlich Anteil an dem grausamen Schlag, der ihn in seiner frühen Jugend getroffen hatte; spielte träumerisch mit der Perlenkette, während er über die Kunst des Glasmachens sprach. Nachdem er geendet hatte, fragte sie, ob er verheiratet sei oder allein lebe. Er gestand, die eine oder andere Liebschaft gehabt zu haben; letztlich aber sei er, weil ihm die Arbeit am Glasofen alles bedeute, ledig geblieben.
Als er daraufhin ein herausforderndes Blitzen in Iskaras Augen zu erkennen glaubte, beteuerte er, es sei jedoch möglich, daß ihm die Richtige bislang bloß nicht begegnet sei. Wie er sich diese Einzige denn vorstelle, wollte Iskara wissen; ohne nachzudenken, erwiderte er: »So wie du müßte sie sein!« Sie entgegnete nichts, wies ihn aber auch nicht zurecht, und das gab ihm den Mut, sie zu bitten: »Erzähle mir jetzt von dir.«
Iskara zögerte kurz, dann berichtete sie von ihrer Kindheit

und Jugend auf den Landstraßen; von einem Dasein, das oft genug bitter und hart gewesen war. Seit sie zurückdenken könne, seien sie und ihre Leute im Frühjahr und Sommer nördlich der Alpen unterwegs gewesen; den Herbst und Winter hätten sie regelmäßig im wärmeren Süden verbracht. Teils schlügen sich die Fahrenden mit Pferdehandel und dem Verkauf von allerlei Tand durch, teils gaukelten sie für die Bürger in den bayerischen oder lombardischen Städten und Dörfern. Sie selbst, so Iskara weiter, besitze die Gabe des Wahrsagens; sie könne, wenn sie die Handlinien der Menschen betrachte, Zukünftiges erkennen. Darüber hinaus tanze sie zur Zimbel; dabei vergesse sie zuzeiten die Welt um sich herum, und manchmal treibe es sie danach zu einsamen Orten, wo sie die Lust an den Tanzbewegungen ihres Körpers ganz für sich allein genieße.
»Wie letzte Nacht auf der Felsplatte«, flüsterte Reinhart, und erneut meinte er, sie im magischen Mondlicht vor sich zu sehen. Gleich darauf aber glaubte er, ihre schlanke, biegsame Gestalt auf einem Marktplatz zu erblicken und zu hören, wie die Kerle grölten und Zoten rissen; die Vorstellung war ihm unerträglich, und es brach aus ihm heraus: »Du solltest dich nicht länger vor anderen zur Schau stellen! Wenn du nur wolltest, könnte ich dir ein besseres Leben bieten!«
»Könntest du das wirklich?« kam es in seltsamem Tonfall von ihr. Reinhart war sich nicht klar, ob zögerliche Zuneigung oder verhaltener Spott in ihrer Stimme mitschwang; daher schwieg er zwei, drei Sekunden lang. Dann, eben als er sich entschloß, einen zweiten Vorstoß zu machen, verblüffte sie ihn noch mehr. Sie beugte sich zu ihm, ihre Hand wühlte in seinem Haar, ihre Lippen berührten die seinen; doch unmittelbar nachdem sie ihn zart geküßt hatte, raunte sie: »Du großes Kind ...«
Nein! wollte er ihr zurufen. Du täuschst dich, ich gelte etwas im Klosterland. Bald werde ich Meister in der Glashütte sein und zu Wohlstand kommen. Dann kann ich ein Weib besser als die meisten hier im Tegernseer Tal ernähren.
Aber er brachte keinen Ton heraus. Ihre Finger, die ihn noch

immer so zärtlich streichelten, hinderten ihn daran; sie schienen ihn zu bannen und willenlos zu machen. Er konnte nichts anderes tun, als sich der Liebkosung stumm und beglückt hinzugeben – bis er plötzlich ein übermütiges Lachen vernahm. In derselben Sekunde löste sich Iskara von ihm, sprang auf und lief zurück zum Weg, der den Berghang hinabführte. Im Nu war Reinhart ebenfalls auf den Beinen und rannte ihr nach, doch auf dem Pfad, der sich zwischen den Buchen schlängelte, verlor er sie unvermittelt aus den Augen. Es war, als hätte die Erde sie verschluckt; eine ganze Weile suchte er vergeblich nach ihr, zuletzt machte er sich allein auf den Rückweg zum See.

Als er am Lager der Fahrenden vorüberkam, verschmähte er es, dort neuerlich nach Iskara zu fragen. Er zwang sich auch dazu, nicht zu der Uferstelle zu gehen, wo er sie am frühen Nachmittag wiedergetroffen hatte. Vielmehr redete er sich ein, sofern ihr an ihm läge, würde sie ihn zu finden wissen. Als er sich schließlich der Glashütte näherte, beschleunigte er seine Schritte und konnte es auf einmal kaum mehr erwarten, wieder am Ofen zu stehen. Bis zum Vesperläuten arbeitete er wie ein Besessener und fertigte Dutzende großer Butzenscheiben. Selbst als die anderen ihre Lederschurze ablegten und Feierabend machten, blieb er zusammen mit dem Nachtschürer in der Hütte und schuftete weiter; er brauchte die Betäubung, um nicht nachdenken zu müssen.

Irgendwann drängte es ihn dennoch danach, auf einen Sprung nach draußen zu gehen und frische Luft zu schnappen. Während er unterm Sternenhimmel stand, hatte er plötzlich das Empfinden, als trüge der Wind das Geräusch schneller Zimbelschläge heran. Reinhart kämpfte darum, stark zu bleiben, aber es gelang ihm nicht; wenige Minuten später hastete er am Seeufer entlang zum Lager der Fahrenden.

Er glaubte, Iskara vor sich zu sehen; ihren schlanken Leib, der sich verführerisch zu den Klängen des fremdartigen Musikinstruments bewegte. Ebenso meinte er, anfeuernde Rufe aus Männerkehlen zu hören; aufgepeitschtes Schreien und geiles Brüllen einheimischer Burschen, die wohl von den nahegele-

genen Dörfern und Gehöften gekommen waren, um die Schwarzhaarige zu sehen. Und als er sich vorstellte, einer dieser derben, dumpfen Kerle könnte nach Iskara greifen, stieß er selbst einen keuchenden Schrei aus und rannte noch schneller. Wenig später hatte er den Platz erreicht, wo die Planwagen und Zelte im Kreis um ein hochloderndes Feuer standen – und dort tanzte Iskara; tanzte mit der Zimbel in der Hand und tat scheinbar alles, um die Dorfburschen, die sich in großer Zahl eingefunden hatten, verrückt zu machen.
In einer ersten, beinahe irrsinnigen Regung war Reinhart versucht, den Ring der dichtgedrängt stehenden Dörfler zu durchbrechen und Iskara wegzuzerren; irgendwohin ins bergende Dunkel der Nacht oder des Waldes. Er benötigte seine ganze Willenskraft, um sich zurückzuhalten und im Schatten eines der etwas abseits stehenden Planwagen zu bleiben; hier harrte er aus und ließ den brennenden Blick nicht von der tanzenden jungen Frau. Er verschlang sie mit den Augen, während sie sich immer schneller drehte und ihr langes, ebenholzschwarzes Haar immer wilder um ihre nackten Schultern peitschte – dann, als hätte sein Wille sie dazu gezwungen, warf sie unvermittelt den Kopf herum und schaute direkt in seine Richtung. Wie ertappt zuckte er zusammen, duckte sich in den Schlagschatten des Wagens; zitternd stand er da, bis Iskara sich jäh wieder abwandte.
Im nächsten Moment ertrug Reinhart es nicht länger, sie aus seinem Versteck heraus zu beobachten. Er floh, schlug jedoch nicht den Weg zur Klostersiedlung ein, sondern nahm den Pfad, der zu der bewußten Felsplatte über dem Wasser des Sees führte. Dort angelangt, warf er sich zu Boden, preßte das Gesicht gegen den groben Stein und schluchzte seine Verwirrung und Sehnsucht heraus. Lange lag er so da; langsam zog der Mond, dessen volle Scheibe auch in dieser Nacht wieder über den Baumwipfeln glühte, seine Bahn. Tiefe Stille herrschte im Forst, auch das ferne Zirpen der Zimbel war nun verstummt; endlich richtete sich Reinhart auf, kauerte jetzt auf dem Felsen, starrte reglos hinaus auf die schweigende Flut des Tegernsees. Und dann spürte er plötzlich instinktiv, daß er

nicht länger allein war; gleich darauf hörte er in seinem Rücken Iskaras Stimme: »Ich ahnte, hier würde ich dich finden ...«
Während Iskara diese Worte flüsterte und sich dabei an ihn schmiegte, vergaß er alles, was ihn eben noch gequält hatte: seine Eifersucht auf die Dorfburschen; den seelischen Schmerz, den sie ihm, scheinbar bloß flatterhaft mit ihm spielend, zugefügt hatte; sein peinigendes Hin-und-hergerissensein zwischen nie zuvor erlebtem Verlangen und der Furcht, letztlich doch nur zurückgestoßen zu werden. Von alldem wußte er nun nichts mehr, er wußte einzig noch: Sie hatte ihn gesucht, sie war bei ihm; ihre Sehnsucht nach ihm war ebenso stark gewesen wie seine nach ihr.
Reinhart zog Iskara in seine Arme; jetzt, endlich, würde sie ihm gehören, ihm ganz allein. Ihre Küsse berauschten ihn; er wühlte in ihrem ebenholzschwarzen Haar und spürte, wie ihre Brüste sich an ihn preßten. Er stammelte an ihren Lippen, daß er sie bis zum Wahnsinn liebe; er machte Anstalten, die Verschnürung ihres Mieders zu öffnen. Aber da entzog Iskara sich ihm und raunte ihm mit unendlich verführerischem Lächeln zu: »Warte ... Ich will für dich tanzen ...«
Sie entfernte sich ein paar Schritte, dann wiegte ihr Körper sich zu den Klängen einer unhörbaren Melodie. Das Mondlicht umspielte ihre Gestalt, malte silberne Reflexe auf ihre nachtschwarzen Locken und umschmeichelte ihren Leib. Ihren biegsamen Körper, den sie nun allmählich entblößte, bis sie bloß noch das helle, weich fließende Untergewand trug, in dem Reinhart sie in der Nacht zuvor erstmals gesehen hatte. Schließlich ließ sie auch dieses letzte Kleidungsstück fallen und tanzte jetzt nackt für ihn; verzauberte ihn durch ihre makellose, beinahe überirdische Schönheit. Wie gebannt verfolgte er jede ihrer Bewegungen – bis Iskara auf einmal davonhuschte. Doch diesmal floh sie nicht wieder vor Reinhart, ließ sich vielmehr zwischen den Büschen am Rand der Felsplatte zu Boden gleiten, und dort, auf einem Bett aus dichtem Moos, erwartete sie ihn.
Nie vorher hatte Reinhart derart intensive Lust erlebt wie

während der folgenden Stunden, da er in Iskaras Armen lag. In seiner grenzenlosen Leidenschaft verlor er sich völlig an sie und wurde nicht gewahr, wie die Zeit verstrich; erst im Morgengrauen schlief er erschöpft ein. Aber schon wenig später, als die ersten Sonnenstrahlen durch die Baumwipfel fingerten, erwachte er wieder, und neuerlich wurden er und Iskara eins. Diesmal brachte die junge Frau ihn dazu, sie sehr innig zu lieben; Reinhart begriff, daß sie den unsagbar schönen Traum der Nacht auf diese Weise sanft ausklingen lassen wollte. Und sanft war auch der Abschied, ehe der Glasmacher zurück zur Klostersiedlung gehen mußte; bevor sie selbst im Wald verschwand, schmiegte sich Iskara noch einmal an ihn, streichelte ihn zärtlich und versprach, sich auch in der kommenden Nacht wieder auf der Felsplatte über dem See einzufinden.

Den ganzen Tag verspürte Reinhart schmerzhafte Sehnsucht nach ihr. Die Arbeit in der Glashütte erschien ihm, was früher nie der Fall gewesen war, schal und langweilig; er konnte es kaum erwarten, bis vom Kloster her endlich das Vesperläuten erklang. Sofort machte er sich zu dem bewußten Platz auf, und an diesem Abend erwartete ihn Iskara bereits auf dem flachen Felsen, lief ihm entgegen und berauschte ihn erneut mit ihren Küssen.

Von da an trafen sie sich jede Nacht. Wenn er Iskaras körperliche Liebe genoß, erlebte Reinhart schrankenloses Glück; tagsüber, in der Glashütte, träumte er von einer gemeinsamen Zukunft mit ihr. Manchmal malte er Iskara aus, wie es sein könnte, wenn sie für immer zusammenbleiben würden. Teils ging sie, halb spaßhaft, darauf ein; teils hörte sie ihm lediglich versonnen zu. Einmal, als er schwärmerisch von einem Haus sprach, das er später für sie beide nahe der Klostersiedlung am Seeufer errichten wollte, legte sie ihm den Finger auf die Lippen und bat ihn, das Schicksal nicht herauszufordern. Er verstand nicht genau, was sie damit meinte; in seinem Überschwang redete er sich jedoch ein, sie habe ihm nur klarmachen wollen, daß sie noch ein wenig Zeit brauche, um sich endgültig für ein Leben mit ihm zu entscheiden.

Reinhart dachte so, weil er blind vor Leidenschaft war. Sein einziger Wunsch war, so oft und so lange wie möglich mit Iskara zusammenzusein; ihr schien es ebenso zu ergehen. Wieder und wieder verzauberte sie ihn in jenen Nächten, in denen der Mond allmählich abnahm. Sie liebten sich auf dem Moosbett bei der Felsplatte oder im Schutz verwunschener Lichtungen tiefer im Wald; eine Woche nach ihrem Kennenlernen brachte Iskara Reinhart dazu, mit ihr in einem Fischerboot auf den See hinauszufahren. Weit draußen auf dem dunklen Gewässer gab sie sich ihm hin; als sie langsam wieder zum Ufer ruderten, trieben Wolken vor den Halbmond. Für einen Augenblick hatte Reinhard das fast bedrohliche Empfinden, als würde ihm etwas entgleiten. Aber im nächsten Moment schmiegte sich Iskara an ihn; ihre Lippen berührten unendlich zärtlich seine Wange, und Reinharts seltsame Beklemmung verlor sich. Er flüsterte Iskara zu, daß er sie in alle Ewigkeit lieben werde; einmal mehr nahm sie seine Worte mit leisem, versonnenem Lächeln hin.
Als das Boot auf den Uferkies schurrte, sprang sie leichtfüßig heraus, umarmte ihn nochmals lange und verschwand wie ein Schatten im eben anbrechenden Morgengrauen. Reinharts unerklärliche seelische Befangenheit kehrte zurück, doch dann dachte er an das Wiedersehen am folgenden Abend; tief sog er die Morgenluft in die Lungen und machte sich auf den Heimweg zur Klostersiedlung. In der Glashütte vergrub er sich in seine Arbeit und fertigte an diesem Vormittag ein Dutzend mit Noppen verzierter Trinkbecher; die Mittagspause nutzte er, um einen Armreif für Iskara zu formen. Er bemerkte nicht, wie zwei andere Glasmacher, die zu dieser Stunde ebenfalls auf eigene Rechnung in der Hütte arbeiteten, hinter seinem Rücken über ihn tuschelten. Er hatte völlig auf seine Umgebung vergessen; hatte, auch nachdem der Reif vollendet war, einzig Iskara im Sinn und stellte sich unablässig vor, wie ihre Augen strahlen würden, wenn sie das Geschenk von ihm empfing.
Gleich nach dem Vesperläuten suchte er, wie üblich, den flachen Felsen am Seeufer auf, ließ sich dort nieder und lauschte

in die Richtung, aus der seine Geliebte kommen mußte. Nach einer Weile veranlaßte seine wachsende Unruhe ihn, schärfer zu horchen und zu spähen – plötzlich wurde ihm bewußt, daß von dort, wo sich in etwa einer Drittelmeile Entfernung der Lagerplatz der Fahrenden befand, nicht der geringste Laut zu vernehmen war. Sonst waren stets gedämpfte Geräusche herübergedrungen, aber heute war kein Ruf, kein Pferdewiehern, keine Musik zu hören – und auf einmal, in derselben Sekunde, da ihm klar wurde, was das bedeutete, durchzuckte ein scharfer Schmerz Reinharts Herz.
Er sprang auf, hastete durch den Wald; achtete nicht auf die Zweige, die in sein Gesicht peitschten. Irgendwann stürzte er über eine Wurzel; er raffte sich wieder hoch und rannte weiter – dann sah er im Halbdunkel der hereinbrechenden Nacht den Platz vor sich, wo bis gestern die Planwagen und Zelte gestanden hatten. Jetzt lag der Ort verlassen da; nur niedergetretenes Gras, ein paar Feuergruben mit Kohlenresten und Karrenspuren erinnerten an die Menschen, die hiergewesen waren. Als Reinhart mit zitternden Händen eine der verlassenen Kochstellen untersuchte, stellte er fest, daß die Landfahrer schon vor vielen Stunden weitergezogen sein mußten; die Fahrenden – und mit ihnen Iskara, für die er an diesem Tag den Armreif angefertigt hatte.
Er begriff nicht, wie sie ihm das hatte antun können. Letzte Nacht noch hatten sie sich draußen auf dem See im Fischerkahn geliebt; nun war sie spurlos verschwunden, ohne Erklärung, ohne ein einziges Abschiedswort. Reinhart schrie seinen Schmerz heraus; er verfluchte Iskara, stammelte gleich darauf schluchzend ihren Namen. Dann, wider alle Vernunft, fing er an, nach ihr zu suchen. Er suchte am Seeufer und in den Hangwäldern nach ihr; er lief am Gestade des Gewässers entlang bis Rottach und hielt erst inne, als aus einem der Gehöfte ein Wolfshund herausschoß und ihn wütend verbellte. Ein Knecht, der das Tier zurückpfiff und dem verstörten Glasmacher danach Rede und Antwort stand, sagte Reinhart, er habe die Planwagen am späten Morgen durchs Dorf fahren sehen. Jenseits von Rottach seien die Fremden in nord-

westlicher Richtung weitergezogen; vielleicht nach Tölz, vielleicht auch zur Pilgerkirche von Heilbrunn.
In seiner Verzweiflung war Reinhart drauf und dran, sich in Rottach ein Roß zu besorgen und den Landfahrern ohne Verzug zu folgen. Erst als der Knecht, der ihn kannte, ihm gut zuredete und ihn daran erinnerte, daß er zu den Hörigen des Klosters zähle, und der Abt ihm Büttel hinterherhetzen würde, falls er das Tegernseer Tal ohne Erlaubnis verließe, kam Reinhart zur Einsicht. Mit versteinertem Gesicht wandte er sich ab und machte sich auf den Rückweg zur Klostersiedlung; dort taumelte er in die Glashütte und schleuderte den Reif, den er Iskara hatte schenken wollen, unter dem erschrockenen Blick des Nachtschürers in einen der Öfen.
Während der folgenden Woche wurde Reinhart zu einem Schatten seiner selbst. Vom Morgengrauen bis zur Abenddämmerung schuftete er ohne Unterlaß in der Hütte; er versuchte sich durch die harte Arbeit zu betäuben, doch es gelang ihm nicht wirklich. Daher begann er bald, Trost im Alkohol zu suchen; nahm sich, um irgendwann einschlafen zu können, einen Weinkrug mit auf seine Kammer, oder er hockte halbe Nächte in der Taverne, die zur Glashütte gehörte, und trank becherweise Branntwein. Wenn der Meister oder einer der anderen Gesellen sich seiner annehmen wollten, wies er sie brüsk ab; er ließ niemanden an sich heran und quälte sich ununterbrochen mit der Frage: Warum hatte Iskara ihn dermaßen brutal von sich gestoßen?!
Doch er fand lange keine Antwort, erst am achten Tag nach Iskaras Verschwinden bekam er sie. Ein älterer Glasmachergeselle namens Gunther ließ sich trotz mehrfacher Versuche Reinharts nicht von dessen Tisch in der Hüttentaverne vertreiben. Zusammen mit dem Verzweifelten trank er; schließlich begann Reinhart sich sein Leid von der Seele zu reden, und nachdem er geduldig zugehört hatte, erklärte der schon ergraute Gunther schonungslos: »Du hättest wissen müssen, daß diese Fahrenden auf Gedeih und Verderben zusammenhalten. Sie trennen sich nie auf Dauer voneinander, ebensowenig werden sie jemals seßhaft. Als du dachtest, du könntest

die Schwarzhaarige dazu bringen, hier am Tegernsee zu bleiben und dir in der Klosterkirche an den Traualtar zu folgen, hattest du dich auch schon rettungslos zum Narren gemacht. Denn es liegt einfach nicht in der Natur dieser flatterhaften Frauen, sich so wie unsereiner an einen festen Ort zu binden. Sie haben etwas im Blut, das sie immer wieder auf die Landstraßen treibt; nur dort und stets auf der Suche nach dem, was hinter dem Horizont liegt, können sie leben. So ist das schon immer gewesen mit den Landfahrern, und du bist beileibe nicht der erste, der auf ein junges Weibsbild, das in einem Planwagen auftauchte und unterm Sternenhimmel tanzte, hereinfiel. Du hast die Liebe mit jener Iskara genossen und hast am Ende bitter dafür bezahlt; jetzt bist du hoffentlich klüger geworden, und was das Weibsstück angeht, so vergißt du es am besten so schnell wie möglich.«
»Das kann ich nicht!« stöhnte Reinhart außer sich.
»Du wirst es schaffen!« erwiderte der Ältere. »Es scheint dir nur so, als sei dein Leben zerstört. In Wahrheit aber kann das, was du durchgestanden hast, dir sogar Bereicherung bringen ...«
»Inwiefern?!« unterbrach Reinhart fassungslos.
»Weil du ein begnadeter Glasmacher bist – und das Leid dein Talent weiter reifen lassen wird, sofern du es nur willst«, lautete die Antwort. »Du mußt dich bloß durch das Dunkel hindurchkämpfen, das dich im Moment umgibt, dann erblickst du zuletzt auch wieder das Licht und wirst deinen künstlerischen Weg mit klareren Augen als zuvor erkennen.«
Obwohl Reinhart beileibe nicht mehr nüchtern war, berührten ihn die Worte Gunthers tief. Wenig später verabschiedete sich der Ältere; kurz nach ihm verließ auch Reinhart die Taverne, und in dieser Nacht vermochte er endlich wieder zu schlafen, ohne sich völlig betrunken zu haben.
Am folgenden Morgen bat er den Hüttenmeister um einen Tag Urlaub und erhielt ihn; danach verschwand Reinhart bis zur Abenddämmerung in den Wäldern. Als die Sonne sank, zwang er sich, die über das Wasser des Sees ragende Felsplatte aufzusuchen; bis weit in die Nacht hinein saß er an dem Platz,

wo er Iskara erstmals gesehen hatte. Dort versuchte er, sich von ihr zu befreien und das, was in seinem Inneren noch immer nach ihr schrie, zum Verstummen zu bringen. Es gelang ihm nicht völlig, doch als er schließlich zur Klostersiedlung zurückging, war er bedeutend ruhiger geworden. Vor der Glashütte blieb er stehen und schaute auf die Fenster, hinter denen geheimnisvolles rötliches Licht waberte; plötzlich verspürte er starken, beinahe unwiderstehlichen Schaffensdrang.

Am nächsten Vormittag versetzten die Butzenscheiben, die Reinhart anfertigte, die übrigen Glasmacher in Erstaunen und erweckten bei manchen sogar Neid. Denn es glückte Reinhart, der nun nicht länger um der seelischen Betäubung willen, sondern mit äußerster Hingabe arbeitete, besonders dünne und große Scheiben zu formen, wie sie kein anderer fertiggebracht hätte. Es sah fast nach Zauberei aus, als die einzigartigen Stücke entstanden; nachdem sie erkaltet waren, stellte sich zudem heraus, daß sie kaum von Schlieren verunziert waren. Gunther drückte Reinhart wortlos die Hand; der Meister versprach ihm, dem Abt Bericht zu erstatten – einige der jüngeren Glasbläser hingegen tuschelten mißgünstig.

Aber Reinhart achtete nicht auf diese Neider. Am Nachmittag schuf er weitere Butzenscheiben von gleicher Qualität; abends dann, als er die Hütte verließ, schoß ihm eine Idee durch den Kopf. Die Glasscheiben, die er heute angefertigt hatte, waren von leicht grünlichem Weiß; jetzt überlegte er, ob er nicht zweifarbige Stücke zustande bringen könnte. Rötliche Ornamente, so dachte er, müßten sich höchst reizvoll vom grün durchhauchten Weiß abheben; stundenlang ließ ihn der Gedanke nicht mehr los, und am folgenden Morgen begann er zu experimentieren.

Eingedenk eines Hinweises, den ihm ein vor Jahren verstorbener Glasmacher einmal im vertraulichen Gespräch gegeben hatte, ging Reinhart zum Schmied der Klostersiedlung. Er reichte dem Handwerker eine Kupfermünze und bat ihn, sie mit der Feile zu bearbeiten. Verwundert ging der Klosterschmied ans Werk, Reinhart sammelte die Kupferspäne in

einem Schälchen. Zuletzt, als die Münze ganz zerfeilt war, forderte der Glasmacher den Schmied auf, die Späne auszuglühen. Der Handwerker tat ihm auch diesen Gefallen, danach brachte Reinhart die gebrannten Kupferkörnchen zur Glashütte. Dort mischte er in einem kleinen Schmelztiegel das übliche Gesätz aus zerstoßenem Quarz, Kalk und Pottasche, sodann mengte er die Kupferpartikel darunter. Anschließend schob er den gefüllten Glashafen in einen der Öfen und wartete ab, bis die darin enthaltene Masse geschmolzen war.
Endlich kam der Augenblick, da Reinhart mit Hilfe der Glaspfeife eine Probe aus dem Schmelztiegel entnehmen konnte. Er verzichtete darauf, eine Kugel zu blasen; vielmehr verteilte er einige zähe Fäden auf einem Stück fahlweißen Bruchglases, das ein Helfer auf seine Anweisung hin im Streckofen erhitzt hatte. Einige andere Glasmacher wurden auf die rötliche Farbe des von Reinhart geschmolzenen Gesätzes aufmerksam und scharten sich nun um ihn. Zusammen mit ihm beobachteten sie gespannt, wie die Kupferglasfäden sich an den Rändern mit dem Weißglas verbanden und langsam erkalteten – plötzlich jedoch sahen sie, wie das eben noch so ungewöhnlich schimmernde Rotglas seinen Glanz verlor, bräunlich wurde und sich gleich darauf in eine schmutzig graue Substanz verwandelte.
»Hochmut kommt vor den Fall!« stieß hämisch einer der jüngeren Gesellen hervor.
Der Hüttenmeister, der direkt neben Reinhart stand, murmelte: »Auch ich habe es einmal versucht, und es hat mir ebensowenig wie dir gelingen wollen.«
Reinhart blickte den Meister beinahe trotzig an; dann, als er ein aufmunterndes Zwinkern Gunthers wahrnahm, versetzte er: »Es ist noch nicht aller Tage Abend!«
Mit diesen Worten wandte er sich wieder dem Glasofen zu, griff nach einer meterlangen Zange und nahm den Schmelztiegel mit dem verunglückten Gesätz heraus. Er stellte den Glashafen ab, musterte die glühende Masse und überlegte: Das Rot war da, aber es besaß nicht die nötige Kraft, um während des Abkühlens erhalten zu bleiben. Ich habe das

Gesätz wohl falsch gemischt; wahrscheinlich war der Kupferanteil zu gering oder das Metall war zu wenig ausgeglüht. Doch es muß einen Weg geben, und ich werde ihn finden!
Am Nachmittag unternahm Reinhart einen neuen Versuch, der allerdings wiederum fehlschlug; ähnlich verhielt es sich während der übrigen Woche. Obwohl der Glasmacher die Zusammensetzung der Schmelzmasse ständig veränderte und den Kupferanteil von Mal zu Mal steigerte, erzielte er keinen Fortschritt. Diejenigen, die ihm ohnehin nicht wohlgesonnen waren, spotteten täglich bissiger über ihn; Reinhart indessen ließ sich nicht beirren und experimentierte weiter.
Auch am frühen Sonntagmorgen stand er am Ofen; außer ihm hielt sich nur der Tagschürer in der Hütte auf, der kurz zuvor seinen Dienst angetreten hatte. Und einige Stunden später, gerade als die Glocken der Klosterkirche zum Hochamt riefen, hatte Reinhart das Gefühl, als sei er endlich am Ziel.
Das geschmolzene Gesätz hatte diesmal eine intensive, fast purpurn glühende Farbe; Reinhart rief dem Schürer zu, eine Weißglasplatte im Streckofen zu erwärmen. Dann ließ er einige Kupferglasfäden darauf festschmelzen – und tatsächlich verblaßte der rötliche Schimmer nicht, sondern bildete nach dem Erkalten einen faszinierenden Kontrast zum fahlweißen Glas.
Ungläubig starrte der Tagschürer. Auf seinem Gesicht lag ein Ausdruck, als sei er Zeuge von etwas Verbotenem geworden; in der nächsten Sekunde schlug er mit fahriger Hand ein Kreuz und flüsterte: »Der Herrgott sei uns gnädig!«
Reinhart hingegen freute sich: »Ich habe es geschafft! Jetzt kann ich Zierscheiben anfertigen, wie sie noch keinem vor mir gelungen sind!« Gleich darauf befahl er dem Schürer: »Bring mir ein paar von den besonders großen und dünnen Butzenscheiben her, die ich zu Beginn der Woche geformt habe.«
Der Mann stand einen Moment unschlüssig da, schließlich aber gehorchte er und trug die Fenstergläser heran. Reinhart wies ihn an, sie zu erhitzen; nachdem die erste Scheibe ausreichend erwärmt war, schob Reinhart die Glaspfeife ins Ofenloch und entnahm dem Schmelztiegel weiteres Kupferglas.

Vorsichtig ließ er einen dünnen Strang der rötlichen Masse auf das Weißglas fließen und formte eine Spirale. Langsam verband das Rotglas sich mit seiner Umgebung und bildete an den Spiralenrändern einen rosafarbenen Schimmer aus. Noch einmal erhitzte Reinhart die ovale, Platte, glättete behutsam ihre Oberfläche – und dann lag eine makellose zweifarbige Butzenscheibe mit dem von glühendem Rot zu Rosa changierenden Ornament in der Mitte vor ihm.
Rasch arbeitete Reinhart weiter und versah auch die übrigen Weißglasscheiben mit spiralförmigen Verzierungen. Zuletzt, als das Kupferglas verbraucht war, hatte er ein halbes Dutzend einmalig schöner Stücke geschaffen. Im selben Augenblick, da er aufatmend zurücktrat, drang neuerlich Glockengeläut in die Glashütte; das Hochamt war vorüber, und Reinhart forderte den Schürer auf: »Lauf zur Kirche und verständige die anderen Glasmacher. Ich kümmere mich inzwischen um die Öfen.«
Es dauerte kaum zehn Minuten, bis der Meister, die Gesellen und Lehrjungen eintrafen. Staunend drängten sie sich um das Gestell, auf dem die zweifarbigen Scheiben lagen; schließlich sagte der Hüttenmeister: »Ich glaubte nicht daran, daß es dir gelingen würde, Reinhart. Doch jetzt hast du uns alle eines Besseren belehrt. Die Gläser sind einzigartig; fast möchte man meinen, bei ihrer Entstehung sei Magie im Spiel gewesen.«
Andere äußerten sich ähnlich überschwenglich; einige der Glasmacher freilich begannen einmal mehr untereinander zu tuscheln. Besonders einer, der als Frömmler bekannt war, tat sich mit mißgünstigen Bemerkungen hervor; plötzlich fuhr er Reinhart an: »Du hast das Hochamt versäumt, weil du selbst heute unbedingt am Glasofen stehen mußtest! Und ich bezweifle, ob unter solchen Umständen Gottes Segen auf deiner Arbeit liegen kann?!«
Ehe Reinhart etwas zu erwidern vermochte, mischte sich Gunther ein: »Künstlerische Begeisterung fragt nicht nach Sonn- oder Feiertag – und der Herrgott versteht das schon!«
»Richtig!« nickte der Meister. »Und nun laßt uns ins Wirtshaus gehen, damit wir Reinharts Erfolg feiern können.«

Bis zum Abend zechten die Glasmacher ausgelassen; zumindest diejenigen, die Reinhart wohlgesonnen waren. Die Neider allerdings, welche zunächst für sich an einem Tisch hockten, zogen sich bald zurück. Später am Nachmittag sah Reinhart zufällig, wie zwei von ihnen zur Glashütte gingen, wo einzig der Tagschürer zugange war. Reinhart dachte an nichts Böses; er ahnte nicht, daß die beiden den Arbeiter aushorchen wollten. Aber in der Abenddämmerung, als er in Begleitung Gunthers, der ihm wegen Iskara ins Gewissen geredet und ihm geholfen hatte, seinen Liebeskummer zu überwinden, von der Taverne heimging, kam ihnen das Weib des Gesellen entgegen und berichtete verstört: »Ein paar von den Glasmachern hetzen in der Ansiedlung gegen dich, Reinhart! Sie sagen, sie hätten mit dem Schürer in der Hütte gesprochen. Und der habe ihnen eingestanden, es sei, als du die zweifarbigen Scheiben machtest, nicht mit rechten Dingen zugegangen. Der Tagschürer habe richtiggehend gespürt, daß dabei etwas Verbotenes, vielleicht gar Dämonisches im Spiel gewesen sei ...«
»Unsinn!« unterbrach sie ihr Ehemann. »Die Mißgünstigen zerreißen sich bloß ihre Mäuler, weil sie Reinhart nicht das Wasser reichen können. Wahrscheinlich geben sie von selbst bald wieder Ruhe – falls nicht, wird der Hüttenmeister ein Wort mit dem Abt reden, damit dieser die Verrückten zur Ordnung ruft.«
Auch Reinhart nahm die Warnung nicht sonderlich ernst – das jedoch sollte sich in den folgenden Tagen als schwerer Fehler erweisen. Denn das Tuscheln und Hetzen verstummte keineswegs; vielmehr wurden die Anschuldigungen gegen den Glasmacher, welcher die ungewöhnlichen Butzenscheiben hergestellt hatte, immer irrationaler und boshafter.
Die Neider Reinharts sowie einige abergläubische Menschen in der Klostersiedlung, die sich von ihnen beeinflussen ließen, behaupteten, die seltsamen Spiralen, die man auf den bewußten Scheiben erblicken könne, seien in Wahrheit Schlangen. Teuflisches Natterngezücht, das einer, der mit dem Bösen im Bunde stehe und dem Leibhaftigen zur Stunde des

Sonntagsgottesdienstes seine Seele verpfändet habe, mittels Schwarzkunst ins Glas gebannt hätte. Jederzeit könne das Höllengezücht wieder zum Leben erwachen und über die Christenmenschen im Dorf herfallen; dann sei der Fluch der schwarzhaarigen Hexe erfüllt, mit der Reinhart es getrieben habe. Ganz ohne Zweifel nämlich sei diese Fahrende eine Besenreiterin und ein Galsterweib gewesen; eine, die es darauf abgesehen habe, ihr belialisches Gift ins Abteiland zu speien, und der Glasmacher sei ihr, von Satan verblendet, auf den Leim gegangen.

Zunächst wurden diese und andere hirnrissige Anwürfe im Klosterdorf verbreitet; bald liefen sie auch in Rottach und im Flecken Wiessee am westlichen Seeufer um, ebenso in Gmund. Als schließlich sogar der auf der Burg Ebertshausen bei Kaltenbrunn sitzende Ritter rebellisch wurde und die Benediktiner nachdrücklich aufforderte, die Ruhe im Tegernseer Tal wiederherzustellen, blieb dem Abt nichts anderes übrig, als gegen Reinhart vorzugehen. Obwohl der Hüttenmeister sich für den hochbegabten Gesellen einsetzte und schwor, Reinhart sei lediglich das Opfer einer infamen Verleumdung, mußte sich dieser zu einem Verhör im Kloster einfinden.

Zutiefst getroffen, stand Reinhart im Kapitelsaal vor dem Tribunal. Der Abt saß ihm gegenüber, links und rechts des Klostervorstehers hatten je drei weitere hochrangige Mönche Platz genommen. Und einer dieser Chorherren, der einem bedeutenden Adelsgeschlecht entstammte und in der Abtei großen Einfluß besaß, entpuppte sich im Verlauf der Befragung als ein von Wahnideen verblendeter Fanatiker. Weil der Abt ihm nicht ausreichend Widerstand entgegensetzte, gelang es ihm, die Leitung des Verhörs an sich zu reißen. Sodann stellte er Reinhart Fangfragen und rhetorische Hinterhalte; rasch verwickelte sich der Glasmacher, der in seiner geradlinigen Art dieser tückischen Taktik nicht gewachsen war, in Widersprüche.

Schließlich verlor Reinhart die Selbstbeherrschung und warf dem Inquisitor vor, dieser mache sich durch seine Angriffe selbst zum Werkzeug des Bösen. Daraufhin schrie der Chorherr triumphierend: »Das ist der Beweis für die Schuld des Angeklagten! Er hat mich, einen Priester, soeben als jemanden verleumdet, der mit Luzifer im Bunde sei! Dadurch aber hat er einen Gesalbten Gottes und folglich Gott selbst geschmäht! Und dies ist nach allen Erkenntnissen der Wissenschaft über Dämonen- und Hexenwesen ein unfehlbares Indiz dafür, daß der Glasmacher seine Seele dem Teufel verpfändet hat!«

Zwar waren nicht alle Kleriker bereit, dieser verqueren Argumentation zu folgen, und es kam zu einer erregten Auseinandersetzung, doch letztlich beugte sich der Abt dem einflußreichen Chorherrn. Der Klostervorsteher ordnete an, Reinhart einzukerkern, bis man den Fall dem Salzburger Erzbischof vorgetragen habe; der Kirchenfürst solle dann entscheiden, welche Strafe über den Glasmacher zu verhängen sei.

Wenig später wurde Reinhart ins Verlies geworfen. Stets hatte er die Mönche geachtet, aber jetzt konnte er in ihnen nur noch Wahnsinnige sehen; Geistesgestörte, die von krankhaften Zwangsvorstellungen besessen waren. Unbarmherzig hatten sie zugeschlagen; hatten ihn – nachdem es ihm eben erst gelungen war, den Schmerz über Iskaras Verlust einigermaßen zu überwinden – erneut in den Abgrund gestürzt. Nun kauerte er in dem finsteren Loch auf einer Strohschütte; irgendwann würde die niedrige, mit Eisenblech beschlagene Pforte wieder aufgestoßen werden, und die Büttel würden ihn zu einem weiteren, diesmal peinlichen Verhör holen. Sie würden ihn foltern, bis er in seiner unerträglichen Qual all das eingestand, was die eifernden Inquisitoren von ihm hören wollten; am Ende würde man ihn den Galgenhügel hinauftreiben, wo das Henkersbeil oder der Scheiterhaufen ihn erwarteten.

Unablässig räderten diese fürchterlichen Vorstellungen durch Reinharts Schädel; nach Stunden erschien der Schließer und stellte einen Wasserkrug und einen Holzteller mit einem Kanten Brot darauf vor die Füße des Gefangenen. Reinhart zwang sich, zu essen und zu trinken; rings um ihn husch-

ten jetzt Dutzende hungriger Ratten. Der Glasmacher erwehrte sich ihrer, so gut er konnte; bis tief in die Nacht hinein fand er keinen Schlaf – plötzlich vernahm er von draußen ein Geräusch.
Reinhart fuhr hoch; im nächsten Moment hörte er den Türriegel klirren, dann öffnete sich knarrend die Pforte. Der Gefangene griff nach dem Krug und hob ihn zum Schlag; er fürchtete, seine Feinde wollten ihn gleich hier im Kerker ermorden, und nahm sich vor, sein Leben möglichst teuer zu verkaufen.
Doch dann rief jemand leise seinen Namen. Er erkannte die Stimme; sie gehörte dem grauhaarigen Gesellen Gunther, der mit ihm über Iskara gesprochen und ihn dazu gebracht hatte, in der Glashütte das scheinbar Unmögliche zu versuchen. Nun, nachdem Reinhart sich zu erkennen gegeben hatte, tastete sich der Altgeselle zu ihm und flüsterte: »Ich habe den Wärter bestochen, so daß du fliehen kannst. Aber wir müssen uns beeilen, viel Zeit bleibt dir nicht!«
Damit zog er Reinhart zur Tür und führte ihn anschließend durch enge Kellergänge, bis sie im Innenhof des Klosters ins Freie kamen. Eine Schlupfpforte in der Ummauerung war unversperrt; so gelangten sie unbemerkt nach draußen und liefen entlang eines mit Gestrüpp bewachsenen Feldrains zu einem etwa dreihundert Meter entfernten Wäldchen. Im Schutz der Bäume stand ein Reitpferd; Gunther erklärte Reinhart: »Im Packsack findest du Geld und Proviant, am Sattel hängt ein gutes Schwert. Am besten fliehst du nach Nordosten, in vier oder fünf Tagen kannst du auf diese Weise die Donau erreichen. Jenseits dieses Stromes beginnt das Waldgebirge des Nordgaus, und auf dessen höchstem Kamm verläuft die Grenze zum Königreich Böhmen. Wenn du dich bis dorthin durchschlagen kannst, bist du in Sicherheit und wirst vermutlich auch wieder Arbeit finden, denn in verschiedenen böhmischen Herrschaften gibt es ebenfalls Glashütten.«
»Wie kann ich dir jemals vergelten, was du für mich getan hast?« stieß Reinhart tiefbewegt hervor.

»Rede nicht, sondern sieh zu, daß du wegkommst!« lautete die Antwort. »In ein paar Stunden geht die Sonne auf; danach wird es nicht mehr lange dauern, bis der Abt von deiner Flucht erfährt. Vermutlich wird er sofort Klosterknechte zu deiner Verfolgung aussenden, und bis dahin solltest du schon möglichst weit weg sein!«

Reinhard nickte und schwang sich aufs Roß. Wortlos drückte er noch einmal die Hand Gunthers, dann lenkte er das Pferd aus dem Wäldchen und trabte unter dem sternklaren Himmel davon. Als der Morgen graute, hatte er Gmund hinter sich gebracht; während allmählich die Sonne aufging, ritt er ins hügelige Bauernland nördlich des Tegernsees hinein. Gegen Mittag wurde die Gegend flacher; am Spätnachmittag trug der lichtbraune Wallach Reinhart bei Bruckmühl über die Mangfall. Nachdem Roß und Reiter einige weitere Meilen zurückgelegt hatten, entdeckte der Flüchtige abseits des Weges einen Heuschober. Reinhart brachte das Pferd unter das schützende Dach und versorgte es; anschließend bereitete er sich sein Nachtlager auf einem Haufen vorjährigen Grummets.

Mit dem ersten Tageslicht war der Glasmacher wieder auf den Beinen; bevor er den Wallach sattelte, spähte er mißtrauisch zum südlichen Horizont, von wo etwaige Verfolger kommen mußten. Doch kein anderer Reiter war zu sehen; erleichtert bestieg Reinhart das Roß und setzte seine Flucht fort, die ihn jetzt in Richtung Ebersberg führte. Sicherheitshalber umritt er den Ort, den er in der Nachmittagsmitte erreichte; einige Stunden später, kurz bevor abermals die Nacht hereinbrach, fand er einen guten Schlafplatz am erlenbewachsenen Ufer eines Baches.

Als Reinhart die Satteldecke über sich zog, durfte er sich sagen, daß er nun bereits den zweiten Tag unbehelligt geblieben war. Wenn auch morgen keine Häscher auftauchen, dachte er, habe ich wahrscheinlich nicht mehr viel zu befürchten. Diese Hoffnung freilich trog; die Klosterbüttel, die sich auf Befehl des Abtes an seine Fersen geheftet hatten, waren ihm näher, als er ahnte, und am folgenden Nachmittag schlugen sie zu.

Es passierte im Vilstal zwischen Dorfen und Vilsbiburg. Reinhart suchte schon eine ganze Weile nach einer Stelle, wo er das Flüßchen im Sattel überqueren konnte. Endlich entdeckte er eine Furt und trieb den Wallach ins Wasser – im gleichen Augenblick erschienen auf einer Hügelkuppe in seinem Rücken zwei Tegernseer Klosterknechte. Irgend etwas warnte den Flüchtigen; er wandte sich um und sah die Verfolger, welche ihre Rösser im selben Moment zum Galopp spornten. In voller Karriere preschten sie den Hügel herunter; auch Reinhart trieb seinen Wallach an, gewann das jenseitige Ufer und versuchte, einen Streifen Mischwald zu erreichen, der sich in ungefähr einer halben Meile Entfernung auf der Randhöhe des Flußtales erhob. Kurz vor dem Wäldchen jedoch holten ihn die Häscher, die bedeutend schnellere Pferde besaßen, ein. Der eine griff Reinhart direkt an; der andere schoß ein kleines Stück an ihm vorbei, riß sein Roß jäh herum – und dann attackierten die Büttel den Glasmacher von zwei Seiten.
Im letzten Moment war es Reinhart gelungen, sein Schwert zu ziehen; nun verteidigte er sich mit dem Mut der Verzweiflung gegen die beiden Klosterknechte. Der eine Häscher schwang ein breites Hiebschwert gegen ihn, der zweite einen Streitkolben. Immer heftiger setzten sie dem Glasmacher zu; auf einmal warf ihn ein hinterhältiger Kolbenschlag auf den Hals seines Wallachs. In derselben Sekunde traf ihn die Klinge des anderen Büttels in der Hüftgegend; gleichzeitig aber schnellte Reinharts Waffe vor und durchbohrte die Schulter des Mannes, der ihn mit dem Hiebschwert verwundet hatte. Mit einem gellenden Schrei stürzte der Klosterknecht vom Pferd; der andere Häscher fluchte und holte mit dem Streitkolben zu einem fürchterlichen Schlag aus, der dem Glasmacher den Garaus gemacht hätte – sofern der Wallach nicht einen jähen Satz zur Seite getan hätte. So jedoch ging der Hieb des Büttels fehl, und Reinhart nutzte seine Chance. Mit aller Kraft führte er einen waagrechten Schwertstreich; seine Klinge schlitzte den Oberschenkel des Gegners auf, und blutüberströmt landete auch der zweite Klosterknecht auf der Erde.

Ehe die beiden Verletzten wieder auf die Beine zu kommen vermochten, fing der Glasmacher, seiner eigenen Blessur nicht achtend, die Pferde der Häscher ein. Die Tiere mit sich führend, trabte er etwa dreißig Meter davon; am Waldrand hielt er noch einmal an und rief den Besiegten zu: »Eine halbe Wegstunde südlich steht ein Bauernhof, wo ihr Hilfe finden werdet. Und wenn ihr später an den Tegernsee zurückgekehrt seid, könnt ihr dem Abt ausrichten, daß er euch hinter einem Unschuldigen herhetzte!«
Gleich darauf verschwand der Reiter mit den beiden ledigen Rössern unter den Bäumen. Nördlich des Waldstreifens galoppierte Reinhart ungefähr eine Meile weiter; erst dann saß er ab, untersuchte seine Wunde und verband sie mit Hilfe eines Tuches, das in der Satteltasche eines der erbeuteten Pferde steckte. Die beiden fremden Tiere wiederum behielt er bei sich, bis er am späten Nachmittag an einem abgelegenen Flecken Weideland vorbeikam, auf dem eine Kuhherde graste. Reinhart öffnete den Gatterzaun und trieb die Rösser der Klosterknechte hinein; er selbst setzte seine Flucht in Richtung Vilsbiburg fort und übernachtete unter dem Dach einer einsamen Wegkapelle ein Stück südöstlich dieses Marktfleckens.
Einige Stunden bevor sich die Sonne am folgenden Tag neigte, kam Reinhart zwischen den Städten Landshut und Dingolfing an die Isar; ein Ferge, der nicht viel fragte, setzte ihn und den Wallach über den Fluß. Abermals vierundzwanzig Stunden später sah der Flüchtige zur Linken Straubing vor sich; er bog vorsichtshalber nach rechts ab, ritt im Abstand von einigen Meilen an der Gäubodenstadt vorbei und erreichte das Südufer der Donau. Weil seine Wunde ihm jetzt zunehmend Beschwerden bereitete, verzichtete er darauf, den großen Strom noch am gleichen Abend zu überqueren. Er fand Unterkunft in einem kleinen Weiler; am nächsten Morgen folgte er dem Fischer, der ihn beherbergt hatte, zu dessen Zille.
Am jenseitigen Ufer bezahlte er den Mann und ließ sich den Weg beschreiben, den er nehmen mußte, um durch das Wald-

gebirge nördlich der Donau zur böhmischen Grenze zu gelangen. Der Fischer zählte ihm die Ortschaften auf, die er passieren mußte: zunächst Schwarzach, sodann Bernried und Bischofsmais, schließlich Regen und Zwiesel. Reinhart bedankte sich und trabte in nordöstlicher Richtung davon; bald freilich ließ er den Wallach wieder in Schritt fallen, denn seine Verletzung schmerzte noch ärger als am Vortag. So kam er nur langsam voran; erst um die Mittagszeit lag das Dorf Schwarzach vor ihm, und er rastete in Sichtweite des Ortes an einem Bachlauf. Als er sich nach einer Stunde einigermaßen erholt hatte, trabte er weiter und hielt nunmehr auf eine Burg zu, die sich in etwa zwei Meilen Entfernung auf einem Hügel erhob.

Während Reinhart der Veste näher kam, überlegte er, ob er es riskieren sollte, direkt am Fuß des Burgberges vorbeizureiten. Letztlich entschloß er sich aber dazu, lieber ein Stück auszuweichen und sich in der Deckung eines Waldstreifens zu halten, der sich von der Veste ins Tal herabzog. Wenig später hatte er den Saum des Forstes erreicht und folgte ihm ungefähr hundert Meter. Dann gaben die Bäume den Blick auf eine mit Gestrüpp bewachsene Bodensenke frei; im selben Moment sah der Glasmacher eine junge Frau mit langem, kastanienbraunem Haar, die sich verzweifelt gegen einen Kerl wehrte, der ein graugrünes Lodenwams trug – und sofort setzte Reinhart sein Roß in Galopp, um der Bedrängten zu Hilfe zu eilen.

Der Degenberger

Nachdem Reinhart mit seiner Erzählung zu Ende gekommen war, blieb Waldrada, die ihm hingerissen gelauscht hatte, eine ganze Weile stumm. Auf der Waldlichtung am Fuß des Degenberger Burghügels, wo die beiden saßen, war für geraume Zeit nur das Zwitschern der Vögel zu vernehmen – auf einmal aber entfuhr es Waldrada: »Diese Iskara brachte dich völlig um den Verstand, nicht wahr?! Und womöglich trauerst du ihr selbst jetzt noch nach, obwohl sie dich eiskalt im Stich ließ und dich dadurch ins Unglück stürzte!«
Überrascht blickte Reinhart auf. Er erkannte das eifersüchtige Funkeln in den Augen der jungen Frau und fragte sich unwillkürlich, ob es nicht ein Fehler gewesen war, sich ihr so rückhaltlos anzuvertrauen.
Doch im nächsten Moment dachte er daran, wie Waldrada ihn nach dem Kampf mit dem Falkner auf die Veste gebracht und wie hingebungsvoll sie ihn gepflegt hatte. Vielleicht verdankte er ihr sogar sein Leben; außerdem hatte er eine gewisse Zuneigung zu ihr gefaßt, deshalb bemühte er sich, sie zu beruhigen: »Ich habe das Gefühl, als läge das, was zwischen mir und Iskara geschah, nicht erst Wochen, sondern schon Monate zurück. Und manchmal denke ich nun auch, daß ich mich zu etwas hinreißen ließ, was ich jetzt selbst nicht mehr ganz verstehe. So gesehen, hast du unter Umständen recht, wenn du sagst, ich hätte mich um den Verstand bringen lassen. Aber ...« Er zögerte und sprach erst weiter, als Waldrada eine ungeduldige Geste machte. »Aber in einem täuschst du dich. Es war nicht Iskara, welche das Verhängnis auslöste, das mich traf ...«
»Wärst du durch ihre Schuld nicht halb wahnsinnig vor Liebeskummer gewesen, dann hättest du nie den Drang verspürt, alle anderen Glasmacher in der Tegernseer Hütte zu übertref-

fen!« unterbrach ihn Waldrada erregt. »Dadurch wiederum zogst du dir den Haß der Neider zu, und die Folge war, daß der Abt dich ins Verlies werfen ließ! Dies alles jedoch passierte nur, weil diese Iskara ...«
Diesmal fiel Reinhart ihr ins Wort: »Nein! Du versuchst, ihr etwas anzulasten, was sie unmöglich vorhersehen konnte. Es war meine ureigene Entscheidung, die Herstellung des zweifarbigen Glases zu versuchen. Daß ich es tat, um Iskara zu vergessen, ist allerdings wahr. Doch es wäre ungerecht, sie deshalb zu verurteilen. Vielmehr muß ich ihr letztlich sogar dankbar sein. Denn hätte sie mich nicht verlassen und hätte ich mich in meinem Schmerz nicht so besessen in die Arbeit vergraben, wäre ich nie fähig gewesen, das Rotglas zu schmelzen und es mit dem Weißglas zu verbinden.«
»Du verteidigst das Weibsstück immer noch!« rief Waldrada mit bebenden Lippen aus. »Und das ist der Beweis! Du liebst sie nach wie vor!«
Kaum hatte die Achtzehnjährige die Sätze hervorgestoßen, begriff sie, wie sehr sie sich bloßgestellt hatte. Jäh errötete sie und machte Anstalten aufzuspringen. Aber plötzlich lag Reinharts Arm um ihre Schultern, und sie hörte ihn besänftigend sagen: »Ich glaube, es ist besser, wenn wir nicht länger von dieser Frau sprechen. Viel wichtiger finde ich es ohnehin, darüber zu reden, was nun weiter geschehen soll. Was würdest du mir denn raten, nachdem du die Gründe kennst, die mich dazu brachten, hierher in den Donauwald zu fliehen?«
Waldrada antwortete nicht gleich, erst nach ein paar Sekunden löste sie sich behutsam von Reinhart und fragte leise: »Bist du dir etwa nicht mehr sicher, ob du nach Böhmen weiterreiten willst?« Sie schluckte, dann fügte sie gepreßt hinzu: »Vorhin erzähltest du doch, das sei deine Absicht. Und wenn du denkst, du könntest dort dein Glück machen ...«
»Glück?« Reinhart lachte mit bitterem Unterton auf. »Darum geht es weniger. Ich muß einfach wieder einen Arbeitsplatz an einem Glasofen finden, nur so kann ich auf anständige Weise meinen Lebensunterhalt verdienen. Und Gunther, der mir

zur Flucht verhalf, meinte eben, im böhmischen Königreich würde ich wohl eine Chance bekommen.«

»Doch es zieht dich nicht in das fremde Land, oder?« erkundigte sich Waldrada.

Reinhart schüttelte den Kopf. »Zwar soll Böhmen reich sein, und es leben gewiß auch dort gute Menschen. Aber es ist nicht meine Heimat. Es ist nicht Bayern ...«

Waldrada berührte seine Hand. »Du fürchtest, du könntest Heimweh bekommen?«

»Ich weiß, daß es so wäre«, erwiderte Reinhart. »Bloß ... ich bin nun einmal Glasmacher, und am Tegernsee, wo die einzige bayerische Hütte steht, darf ich mich nie wieder sehen lassen. Was bleibt mir also übrig, als über die Grenze zu gehen?«

»Einst soll es auch bei uns im Waldgebirge Glashütten gegeben haben«, murmelte Waldrada.

Erstaunt blickte Reinhart auf. »Woher weißt du das?«

»Gewolf, der Burgherr, erzählt gelegentlich davon«, entgegnete Waldrada. »Er sagt, einer der früheren Äbte des Klosters Niederalteich, das bei Deggendorf an der Donau liegt, hätte in der Vergangenheit Glas von Hütten im Wald gekauft. Einige Fenster der Abteikirche seien aus Butzenscheiben zusammengefügt worden, doch später sei die Kunst des Glasmachens hierzulande wieder in Vergessenheit geraten.«

»Von diesen Waldglashütten war am Tegernsee nichts bekannt«, versetzte Reinhart. »Desto aufschlußreicher ist es für mich, aus deinem Mund etwas über sie zu erfahren. Und was den Degenberger Ritter angeht, so scheint ihn das Glas keineswegs gleichgültig zu lassen.«

»Da hast du recht«, bestätigte Waldrada. »Gewolf weiß nicht nur über die untergegangenen Hütten Bescheid, sondern bedauert ihr Verschwinden auch. Erst kürzlich wurde ich zufällig Zeugin eines Gesprächs, das er mit dem Vogt führte, und bei dieser Gelegenheit meinte der Ritter, es sei eine Schande, daß es bei uns keine Glashütte mehr gebe.«

»Gerade hier in den ausgedehnten Wäldern ließe sich Holz in Hülle und Fülle schlagen«, entfuhr es Reinhart. »Zudem mangelt es vermutlich auch nicht an Quarzgestein und Kalk.«

»Heißt das, du könntest dir vorstellen, im Donauwald wieder eine Glashütte zu errichten?« erkundigte sich Waldrada, wobei sie unwillkürlich näher an ihn heranrückte.
»Möglich wäre es«, antwortete Reinhart. »Mit der Unterstützung des Ritters ließe es sich durchaus ...« Er unterbrach sich. »Aber was rede ich da?! Ich bin vogelfrei und muß heilfroh sein, daß mir die Flucht über die Donau gelungen ist. Sollten die Tegernseer Mönche meiner doch noch habhaft werden, droht mir der Kerker oder Schlimmeres. Und deshalb würde sich der Burgherr gewiß nicht mit mir einlassen.«
»Er müßte ja nichts von deinem Unglück erfahren«, erwiderte Waldrada. »Du könntest dich statt dessen als Glasmacher ausgeben, der lange in Venedig weilte, von wo die Glaskunst ursprünglich über die Alpen gelangte, wie du mir erzähltest. Jetzt seist du nach Bayern zurückgekehrt, um einen Gönner zu finden, in dessen Diensten du eine Glashütte aufbauen willst. Es wäre auch nicht dumm, wenn du Gewolf sagen würdest, dir sei bekannt, daß es im Waldgebirge bereits früher derartige Hütten gegeben hätte; deshalb seist du hergekommen. Und was deine Wunde angeht, so könntest du ein paar Tagesritte südlich der Donau von Strauchdieben überfallen worden sein, derer du dich mit knapper Not erwehrtest, wobei du verletzt wurdest.«
»Das wäre ein ganzes Bündel faustdicker Lügen!« verwahrte sich Reinhart.
»In gewissem Sinne schon – aber eigentlich auch wieder nicht unbedingt«, kam es etwas gewunden von Waldrada. »Denn in deinem Fall sollte man wohl besser von einer Notlüge sprechen. Und zu einer solchen List wärst du meiner Ansicht nach durchaus berechtigt. Schließlich hat man dir bitteres Unrecht angetan, du wurdest unschuldig verfolgt – und deshalb besitzt du zweifellos das Recht, ein bißchen zu schwindeln, wenn es darum geht, einen Neuanfang zu machen.«
Reinhart überlegte, dann gab er zu: »Zumindest klänge die Geschichte, die du dir ausgedacht hast, glaubhaft.«
»Ich bin überzeugt, daß der Ritter sie dir abnehmen würde!« versicherte Waldrada mit unternehmungslustig blitzenden

Augen. »Und wenn du mitspielst, kannst du dich schon in Kürze von der Wahrheit meiner Worte überzeugen. Gewolf hat nämlich an jenem Nachmittag, als ich dich halb ohnmächtig auf die Burg brachte, angeordnet, daß du ihm hinsichtlich deines Standes und deiner Herkunft Rede und Antwort stehen sollst, sobald du wiederhergestellt bist. Und daher könntest du noch heute bei ihm vorsprechen ...«

»Das geht mir viel zu schnell!« sträubte sich Reinhart. »Ich muß zunächst einmal in Ruhe über alles nachdenken. Erst dann werde ich entscheiden, was ich dem Ritter sage – oder verschweige.«

Waldrada war klug genug, sich vorerst damit zufriedenzugeben. Wenig später allerdings, als sie und der Glasmacher auf die Veste zurückgekehrt waren, konnte sie dennoch so etwas wie einen kleinen Sieg verbuchen. Denn die beiden älteren Mägde, die Waldrada bei der Pflege Reinharts unterstützt hatten, wollten nun ebenfalls mehr über den Fremden erfahren – und um sich nicht zu gefährden, deutete Reinhart ihnen in groben Zügen das an, was Waldrada sich ausgedacht hatte. Für den Rest des Tages wirkte der Glasmacher freilich in sich gekehrt; offenbar war es ihm nicht ganz leichtgefallen, den Frauen die Notlüge aufzutischen.

In der Nacht lag Reinhart lange wach; sorgfältig wog er das Für und Wider von Waldradas Vorschlag ab. Falls er, wie ursprünglich geplant, nach Böhmen weiterritt, durfte er damit rechnen, Arbeit in einer dortigen Glashütte zu finden. Er könnte dann bereits in wenigen Wochen wieder an einem Schmelzofen stehen; allerdings würde er es als Fremder vermutlich nicht leicht haben, und auch mit seinen besonderen Kenntnissen müßte er wohl hinter dem Berg halten, um nicht erneut den Neid der anderen Gesellen oder gar des Meisters zu erregen. Könnte er hingegen Gewolf dazu veranlassen, eine Glashütte auf Degenberger Gebiet zu errichten, so wäre er in dieser Hütte zwangsläufig sein eigener Herr. Das wiederum würde bedeuten, daß er bei der Herstellung und Verarbeitung des Glases völlig freie Hand hätte und von daher ohne Einschränkung experimentieren könnte.

Nachdem Reinhart mit seinen Erwägungen soweit gekommen war, schien es ihm tatsächlich am klügsten zu sein, den Rat Waldradas zu befolgen. Im nächsten Moment aber kehrten seine Bedenken wegen der Lüge zurück, die dann gegenüber dem Burgherrn nötig sein würde. Es widerstrebte Reinhart, seine Zukunft auf solch trügerischem Grund zu bauen – unmittelbar darauf jedoch wurde ihm bewußt, daß er in Böhmen ebensowenig über die Ereignisse am Tegernsee sprechen durfte; auch in einer böhmischen Glashütte würde er sonst riskieren, irgendwann von seiner Vergangenheit eingeholt zu werden. So gesehen blieb ihm also hier wie dort gar nichts anderes übrig, als zu der Notlüge Zuflucht zu nehmen – und warum dann nicht gleich hier auf dem Degenberg? Bliebe er aber im Donauwald, dann könnte er weiterhin unter Menschen seines Volkes leben und würde seine bayerische Heimat nicht verlieren.
Bayern freilich, so ging es ihm jetzt durch den Kopf, war für ihn gefährlicher als Böhmen. Die Degenberger Herrschaft lag nur fünf Tagesritte vom Tegernsee entfernt; unter Umständen konnten irgendwann Leute aus dem Voralpenland hier auftauchen, die ihn kannten. Dann allerdings fiel ihm wieder ein, was Waldrada ihm am Nachmittag auf dem Weg zurück zur Burg erzählt hatte: Daß das Waldgebirge nördlich der Donau sehr abgeschieden sei und – abgesehen von Saumhändlern, die auf dem Bayerweg vom Donautal hinüber nach Böhmen durchzögen – nur selten Fremde herkämen. Außerdem würden die hier ansässigen Ritter eifersüchtig auf ihre Rechte und Privilegien achten; weder Herzog Stephan von Niederbayern, zu dessen Territorium der Donauwald gehöre, noch irgendwelche andere, nicht aus der Gegend stammende Adlige oder Kirchenfürsten, wie etwa der Tegernseer Abt, hätten hier viel Einfluß. Zudem, überlegte Reinhart weiter, würde man eine Degenberger Glashütte keinesfalls auf dem Festungsgelände selbst betreiben können. Vielmehr müßte man irgendwo in den riesigen Herrschaftsforsten einen geeigneten Platz suchen; ein solch einsamer Ort aber böte dann zusätzliche Sicherheit.

Alles in allem kam Reinhart zuletzt zu der Auffassung, daß es wahrscheinlich besser für ihn wäre, im Donauwald zu bleiben und nicht nach Böhmen weiterzureiten. Ob sich der Burgherr jedoch wirklich bereit erklären würde, einen Hüttenbetrieb aufzubauen, war eine andere Frage. Das Gespräch Gewolfs mit dem Vogt, das Waldrada mit angehört hatte, mußte nicht unbedingt einen ernsthaften Hintergrund gehabt haben; vielleicht hatte der Ritter den Untergang der alten Glashütten im Waldgebirge lediglich aus einer momentanen Laune heraus bedauert. Auf jeden Fall aber, so sagte sich Reinhart, ehe er endlich einschlief, wäre es sinnvoll, mit dem Burgherrn zu reden; morgen, nahm er sich vor, werde ich zu ihm gehen.

***

Als Reinhart sich dem Torbogen näherte, der in den inneren Festungshof führte, begegnete er unvermutet dem Falkner. Ralf trug denselben Raubvogel auf der Faust, den er eine Woche zuvor auf Waldrada gehetzt hatte; nun warf er seinem damaligen Kontrahenten einen tückischen Blick zu, drückte sich an ihm vorbei und verschwand mit raschen Schritten.
Sollte ich in der Degenberger Herrschaft bleiben, so darf dieser Halunke nie etwas von meiner Vergangenheit erfahren, dachte Reinhart. Gleich darauf passierte er das Tor und betrat den Innenhof der Burg. Zu seiner Linken, ein Stück von der hohen Schildmauer entfernt, ragte der wuchtige Bergfried empor. Schräg dahinter erhob sich der viergeschossige Palas; rechter Hand war eine Kapelle an die Wehrmauer angebaut, und ungefähr in der Mitte des Hofes befand sich ein gemauerter, mit einem Holzdach versehener Ziehbrunnen. Im Vorübergehen grüßte Reinhart eine Magd, welche soeben einen vollen Wassereimer auf den Brunnenrand hievte; wenig später stand er vor der steilen Steintreppe, die zum Portal des Palas im ersten Stockwerk hinaufführte.
Über die unregelmäßig geformten Staffeln, die etwaigen Feinden den Zugang erschweren sollten, stieg Reinhart nach oben. Eben als er an die ganz mit Eisen beschlagene Pforte klopfen

wollte, öffnete sich im Portal ein Schieber, und von drinnen erklang eine barsche Männerstimme: »Was willst du?«
Reinhart nannte seinen Namen, dann setzte er hinzu: »Der Ritter hat befohlen, daß ich bei ihm vorsprechen soll, sobald ich das Krankenlager ...«
»Ach ja, du bist der Fremde, den Waldrada, welche dich vorhin bereits anmeldete, unter ihre Fittiche nahm«, unterbrach ihn der andere; im nächsten Moment schwang die Pforte auf.
Reinhart sah sich einem vierschrötigen Waffenknecht im Lederkoller gegenüber, der einen Spieß und am Gürtel ein Kurzschwert trug. Mit einer Handbewegung forderte der Reisige den Glasmacher auf, einzutreten; nachdem er das Portal wieder geschlossen und den Riegel vorgeschoben hatte, erklärte er: »Ich bringe dich zum Burgherrn, komm mit!«
Durch enge, verwinkelte Gänge folgte Reinhart dem Waffenknecht zu einem Stiegenturm, der das Herzstück des Palas bildete. Über Wendeltreppen, deren Schächte nicht viel mehr als schulterbreit waren, kletterten die beiden Männer zum obersten Geschoß empor und langten schließlich vor einer schmalen Spitzbogenpforte am Ende eines weiteren Ganggewölbes an. Der Reisige klopfte, dann zog er die Tür auf und schob Reinhart über die Schwelle.
Gewolf von Degenberg stand vor einem der mit dünnen Tierhäuten bespannten Fenster des Erkerraumes. Auch heute trug der kräftig gebaute Mittdreißiger mit dem kantigen Schädel und der dunkelblonden, schulterlangen Haarmähne einen Wappenrock in den roten und gelben Farben seines Geschlechts. Am Gürtel des Ritters hing ein langer Dolch, dessen Griff mit Gold und Elfenbein ausgelegt war; in der Hand hielt der Burgherr eine Urkunde, die er offenbar gerade studiert hatte.
Jetzt legte er das Schriftstück auf eine Truhe neben der Fensteröffnung und bedeutete Reinhart, näherzutreten. Schweigend gehorchte der Glasmacher; wie der Brauch es gebot, blieb er drei Schritte vor dem Ritter stehen. Gewolf musterte ihn eine Weile mit zusammengekniffenen Brauen, endlich stellte er fest: »Wie es aussieht, bist du wieder bei Kräften.«

»Dank der guten Pflege, die mir auf Eurer Burg zuteil wurde, macht meine Wunde mir kaum noch zu schaffen«, entgegnete Reinhart. »Gott möge Euch und den Mägden, insbesondere Waldrada, die Fürsorge vergelten!«
Der Ritter nickte, dann wies er auf eine Sitznische in einem der Fenstererker und forderte den Glasmacher auf: »Nimm Platz. So können wir uns besser unterhalten.«
Als Reinhart saß, erkundigte sich Gewolf noch einmal nach dessen Verletzung und wollte wissen: »Hast du sie dir tatsächlich bei einem Sturz vom Pferd zugezogen, wie Waldrada vermutete, als sie dich auf die Veste brachte?«
»Nein«, erwiderte Reinhart. »In Wahrheit stammt die Wunde von einem Kampf, den ich einige Tagesritte südlich der Donau mit Wegelagerern ausfocht.« Er wunderte sich, wie leicht es ihm fiel, dem Ritter die Unwahrheit zu sagen, und fuhr fort: »Zwar vermochte ich mich der Strauchdiebe mit knapper Not zu erwehren und konnte sie zuletzt vertreiben, doch einer von ihnen hatte mich mit seinem Waidmesser böse erwischt.«
»Verfluchtes Gesindel!« knurrte Gewolf. »Hatten sie es auf dich abgesehen, weil du Kaufmannswaren mit dir führtest?«
»Das kann nicht der Grund gewesen sein«, entgegnete Reinhart. »Ich bin kein Händler, sondern ein Glasmacher, der lange Zeit in Venedig ...«
»Du verstehst es, Glas herzustellen und hast diese Kunst in Italien erlernt?!« unterbrach ihn der Ritter erregt.
»Bei welschen Meistern«, bestätigte Reinhart – dann erzählte er Gewolf von Degenberg die erfundene Geschichte, zu der Waldrada ihm tags zuvor geraten hatte.
Gespannt lauschte ihm der Ritter; als Reinhart zu Ende gekommen war, hielt es Gewolf nicht länger an seinem Platz. Er sprang auf, schritt ein paarmal auf und ab, kehrte zum Erker zurück und stieß hervor: »Ich kann es kaum glauben! Seit Jahren überlege ich, ob es nicht möglich wäre, bei uns im Waldgebirge wieder eine Glashütte zu betreiben. Und jetzt tauchst plötzlich du auf! Das muß eine Fügung des Schicksals sein!«

Der Ritter trat auf Tuchfühlung an Reinhart heran, fixierte ihn eindringlich und vergewisserte sich: »Du wärst also wirklich bereit, in meine Dienste zu treten?«
»Ich sagte Euch schon, daß ich nach Bayern heimkehrte, um einen Gönner zu finden«, antwortete Reinhart.
»Aber warum hier?« fragte Gewolf. »Warum gingst du nicht dorthin, wo bereits Glas erzeugt wird? An den Tegernsee?«
Reinhart zuckte innerlich zusammen – und erwiderte: »Dort müßte ich unter dem Hüttenmeister arbeiten ...«
»Aha, und dem stünde dein Ehrgeiz entgegen«, schmunzelte der Ritter. »Es wäre dir lieber, du könntest dein Wissen beim Aufbau einer neuen Glashütte einsetzen, um danach unter ihrem Dach selbst Meister zu sein?«
»Ich bin sicher, daß eine derartige Aufgabe mich nicht überfordern würde«, erklärte Reinhart.
»Außerdem verstehst du es, dein Licht nicht unter den Scheffel zu stellen«, äußerte Gewolf. Belustigt schlug er Reinhart auf die Schulter, setzte sich wieder und sprach weiter: »Aber das ist kein Fehler, wenn einer, der sein Handwerk gelernt hat, Selbstvertrauen besitzt. Und weil du mir auch sonst ein Kerl von echtem Schrot und Korn zu sein scheinst, bin ich gar nicht abgeneigt, es mit dir zu versuchen ...«
»Heißt das, Ihr wollt mich eine Hütte errichten lassen?« platzte Reinhart heraus.
»Langsam!« bremste ihn der Ritter. »Ein wenig Zeit mußt du mir schon lassen, damit ich die richtige Entscheidung treffen kann. Bis dahin bleibst du auf der Burg; sobald ich mir alles gründlich überlegt und mich auch mit dem Vogt beraten habe, hörst du von mir.«
Reinhart begriff, daß die Audienz beendet war. Er erhob sich, verneigte sich vor Gewolf und wandte sich zum Gehen. Dabei fiel sein Blick auf die Urkunde, welche der Ritter vorhin auf der Truhe abgelegt hatte. Reinhart stutzte; im nächsten Moment richtete er die Augen auf das mit Tierhäuten bespannte Fenster schräg über dem Möbelstück, drehte sich noch einmal halb zu Gewolf von Degenberg um und versetzte mit feinem Lächeln: »Gäbe es in diesem Erkergemach

Glasfenster, durch die das Licht ungehindert in den Raum fallen könnte, wäre es für Euch bedeutend leichter, gewisse Schriftstücke zu lesen.«
Unmittelbar darauf schritt Reinhart, ohne eine Antwort des Ritters abzuwarten, zur Tür. Gewolf schaute ihm nach; als die Pforte hinter Reinhart ins Schloß fiel, murmelte er: »Der Mann hat recht. Doch das wäre nur einer der Vorteile, die ich aus einer Glasmanufaktur ziehen könnte ...«

***

Die folgenden Tage verbrachte Reinhart in gespannter Erwartung. Das Gespräch mit dem Burgherrn war erfreulich verlaufen, zudem hatte der Glasmacher einen guten Eindruck von Gewolf gewonnen; daher wünschte er sich jetzt inständig, in der Degenberger Herrschaft bleiben zu können.
Waldrada wiederum, die von Reinhart gleich nach der Unterredung mit Gewolf eingeweiht worden war, bangte der Entscheidung des Burgherrn förmlich entgegen. Längst hatte sie sich eingestanden, daß sie in den attraktiven Glasmacher mit dem lockigen rotblonden Haar und den graugrünen Augen verliebt war. Einer der älteren Mägde, die ihr mütterliche Freundschaft entgegenbrachte, hatte Waldrada anvertraut: »Ich glaube, es passierte bereits, als Reinhart mich vor der Zudringlichkeit des Falkners bewahrte. Seitdem muß ich mir immer wieder vorstellen, wie es wäre, wenn aus uns ein Paar würde ...«
Infolgedessen umsorgte Waldrada den Glasmacher nach wie vor hingebungsvoll. Zwar war Reinhart kurz nach der Audienz auf Anweisung des Ritters ein kleines hölzernes Wohngebäude in der Vorburg zur Verfügung gestellt worden, wodurch er nicht länger auf die Kammer angewiesen war, in der er krank gelegen hatte, aber die Achtzehnjährige nutzte weiterhin jede Gelegenheit, um mit ihm zusammenzusein. Sie brachte ihm sein Essen, kümmerte sich um seine Kleider und zeigte ihm auf ausgedehnten Spaziergängen in ihren freien Stunden die Umgebung der Veste. Manchmal auch überredete

sie Reinhart, dem seine rasch vernarbende Wunde mittlerweile kaum noch Beschwerden verursachte, sie hinter sich aufs Pferd zu nehmen und mit ihr auszureiten; wenn sie sich dabei unauffällig an ihn schmiegen konnte, war Waldrada glücklich.
Reinhart genoß jedes Zusammensein mit ihr; er tat es, obwohl oder vielleicht gerade weil er fühlte, wie es um sie stand. Bisweilen ertappte er sich dabei, wie er mit dem Gedanken an ein Verhältnis mit der hübschen Achtzehnjährigen spielte; mehr freilich nahm er sich, obwohl Waldrada es ihm bestimmt nicht verwehrt hätte, nie heraus. Die Erinnerung an Iskara war schuld daran, und wenn Waldrada dies spürte, litt sie insgeheim. Doch stets sagte sie sich dann, daß ihr noch viel Zeit bleiben würde, um Reinhart zu erobern, sofern er nur im Degenberger Herrschaftsgebiet ansässig werden könnte.
Aber ein Tag um den anderen verstrich; schon war eine volle Woche seit der Audienz vergangen, und noch immer hatte Gewolf keine Entscheidung getroffen. Waldrada wurde zunehmend unruhiger; auch Reinhart fragte sich, warum der Ritter so lange zögerte. Einmal, als der Vogt ihm begegnete und ihn von oben bis unten musterte, stieg der Verdacht in ihm auf, der Verwalter sei nicht unbedingt sein Freund und lege es vielleicht darauf an, Gewolf von seinen Plänen abzubringen. Doch bereits wenige Stunden später, als ihm der Vogt neuerlich über den Weg lief und ihn freundlich grüßte, schalt Reinhart sich einen Narren; ähnlich hin- und hergerissen war er während der folgenden Tage – bis ihn der Ritter endlich, eineinhalb Wochen nach der ersten Unterredung, zu sich befahl.
Diesmal fand das Gespräch im großen Kaminraum des Palas statt. Gewolf saß zusammen mit seiner Gattin Irmingard an einem schweren Eichentisch beim Wein; offensichtlich hatte das Paar soeben sein Mittagsmahl beendet, denn ein Diener trug beim Eintreten Reinharts gerade eine Platte mit übriggebliebenen Bratenstücken ab.
Höflich verbeugte sich der Glasmacher vor dem Burgherrn und dessen gutaussehender brünetter Ehefrau. Obwohl er

innerlich aufs höchste angespannt war, fiel ihm seltsamerweise plötzlich ein, was Waldrada ihm über die ritterliche Familie erzählt hatte: Daß Irmingard ihrem Gemahl zwei Kinder geschenkt habe, einen Sohn namens Wolfhart und eine Tochter Gertraud. Beide lebten aber nicht mehr auf der Veste; der siebzehnjährige Wolfhart diene, dem Brauch gemäß, als Knappe auf der Burg Brennberg weiter donauaufwärts, Gertraud sei schon im Alter von dreizehn Jahren an einen böhmischen Adligen verheiratet worden. Nach Böhmen, wohin auch ich eigentlich wollte, ging es Reinhart durch den Kopf; eben als er es dachte, redete ihn Gewolf an: »Du machtest neulich eine kluge Bemerkung, als du davon sprachst, daß Glasfenster das Leben hier auf der Burg erleichtern würden. Und jetzt möchte ich gerne von dir wissen, welche Art von Scheiben du anfertigen könntest, sofern ich dich beauftragen würde, eine Glashütte einzurichten?«

Reinharts Augen leuchteten auf. »Sowohl weiße als auch farbige Butzenscheiben, wenn ich das dazu nötige Material bekomme«, antwortete er.

»Sogar bunte Gläser?« stieß der Ritter überrascht hervor. »Versprichst du da nicht mehr, als du zu leisten vermagst?«

»Ich habe früher bereits farbiges Glas geschmolzen«, erwiderte Reinhart, »und traue es mir durchaus wieder zu.«

»Und welche Ingredienzen würdest du benötigen?« fragte Gewolf nun; seine Gattin beugte sich gespannt vor.

Reinhart zögerte, dann erklärte er: »Es ist ein Geheimnis. Kein Glasmacher darf es verraten. So lautet der strenge Ehrenkodex, dem die Angehörigen meiner Zunft verpflichtet sind.«

Gewolf preßte die Lippen aufeinander und wirkte verprellt; im nächsten Moment jedoch, weil Irmingard besänftigend ihre Hand auf seinen Unterarm legte, besann er sich und lenkte ein: »Sei's drum. Wichtig ist allein, daß du die Kunst beherrschst, und ich will es dir glauben.« Er fixierte Reinhart scharf und fuhr fort: »Aber ich warne dich! Wehe, wenn du mich belogen hast und nicht imstande bist, dein Wort hinsichtlich des weißen und bunten Glases zu halten!«

Reinhart schien die Drohung gar nicht wahrzunehmen. Für ihn war allein wichtig, was der Ritter sonst gesagt hatte; nun vergewisserte er sich: »Habe ich Euch richtig verstanden, Herr? Ihr seid entschlossen, eine Glashütte auf Degenberger Grund und Boden bauen zu lassen?«
Gewolf ließ ihn noch ein paar Sekunden schmoren, dann nickte er. »So ist es, und du sollst sie errichten. Ich nehme dich in meinen Dienst und bezahle dir einen guten Lohn. Sobald die Hütte steht und du die Gehilfen für ihren Betrieb angelernt hast, kannst du die Glasmanufaktur als Meister leiten.«
»Ihr werdet Eure Entscheidung gewiß nicht zu bereuen haben!« beteuerte Reinhart.
»Das hoffe ich!« entgegnete der Ritter. »Ein solcher Hüttenbau ist teuer; ich erwarte daher, daß die Manufaktur so rasch wie möglich Profit abwirft. Dieses Ziel mußt du dir setzen; verwirklichst du es, darfst du meiner Gunst sicher sein.«
»Ich werde Euch bestimmt nicht enttäuschen!« versprach Reinhart noch einmal, dann erkundigte er sich: »Wann soll ich mit der Arbeit anfangen?«
»Du kannst sofort damit beginnen, einen geeigneten Platz für die Glashütte zu suchen«, beschied ihn Gewolf. »Allerdings solltest du dich vorher mit dem Vogt besprechen; er wird dir beschreiben, wo die Grenzen des Degenberger Herrschaftsgebiets verlaufen. Ansonsten gebe ich dir völlig freie Hand, den richtigen Standort auszuwählen – und vielleicht hast du ihn ja schon gefunden, wenn ich Mitte nächster Woche von Regensburg zurückkehre.«
»Ihr habt vor, in die berühmte Reichsstadt zu reiten?« fragte Reinhart überrascht.
»Ich breche bereits morgen früh auf«, antwortete der Burgherr. »Der Regensburger Rat hat die gesamte Ritterschaft des Nordgaus zu einem Turnier geladen, und ich will dort Ehre für mein Geschlecht einlegen. Doch wie gesagt, in sieben oder acht Tagen bin ich wieder hier auf dem Degenberg; wenn du mir dann einen guten Bauplatz nennst, können wir die Errichtung der Glashütte unverzüglich in Angriff nehmen.«

Mit diesen Worten beendete Gewolf das Gespräch; er griff nach dem Weinpokal und trank seiner Gemahlin zu. Für Reinhart war dies das Zeichen, daß er entlassen war; der Glasmacher verbeugte sich und verließ den Kaminraum. Eilig ging er durch die verwinkelten Gänge zum Portal des Palas, stieg die steile Treppe draußen hinab und lief über den inneren Burghof. Unter dem Torbogen, der hinaus in die Vorburg führte, erwartete ihn Waldrada; Reinhart konnte in seinem Überschwang nicht anders, als sie zu umarmen – und im selben Augenblick wußte Waldrada, daß ihr inniger Wunsch in Erfüllung gegangen war: Der Mann, in den sie sich verliebt hatte, würde im Degenberger Land bleiben.

***

Gemeinsam wurden die hübsche Burgmagd und der Glasmacher am darauffolgenden Morgen Zeugen, wie der Ritter an der Spitze seines Gefolges die Veste verließ.
Gewolf von Degenberg saß im Sattel eines rassigen Tölters, dessen Zaumzeug mit golden leuchtenden Bronzeplättchen besetzt war; der rotgelbe Mantel des Ritters hing weit über die Kruppe des edlen Rosses. Unmittelbar hinter ihm trabten drei Knappen, deren Gewänder ebenfalls die Degenberger Wappenfarben zeigten; von ihren Lanzenspitzen flatterten dazu passende Wimpel. Danach kamen zwei berittene Pferdeknechte, die zwischen sich den Streithengst des Burgherrn führten. Der mächtige gescheckte Percheron, dessen Flanken von Schabracken bedeckt waren, trug die Turnierwaffen Gewolfs: Kettenpanzer, Topfhelm, Schild und Zweihandschwert. Die Stoßlanzen wiederum, welche der Edelmann auf der Stechbahn benutzen würde, lagen auf einem Pferdekarren, der darüber hinaus Proviantsäcke und etliche Fässer beförderte. Diesem Gefährt folgten vier berittene Reisige in Brustharnischen und mit Eisenhüten auf den Köpfen; sie waren mit Kurzschwertern und Armbrüsten ausgerüstet. Den Nachtrab des Reiterzuges bildeten schließlich mehrere Burgleute, die den Degenberger während des Turniers versorgen

oder seiner Kurzweil dienen sollten; zu ihnen zählte auch der Falkner, welcher einen seiner Raubvögel bei sich hatte.
Waldrada und Reinhart, die nahe des äußeren Festungstores standen, bewunderten die prächtige Kavalkade. Sie sahen Gewolf, die Knappen, die Roßknechte mit dem Percheron, den Gepäckkarren und die Reisigen vorüberziehen; die Reiter passierten den Torschlund, draußen polterten die Pferdehufe über die Zugbrücke. Zuletzt nahte die Gruppe der Diener, bei denen sich Ralf befand; plötzlich fiel dessen Blick auf den Glasmacher und Waldrada – in der nächsten Sekunde verzerrte sich das Gesicht des Falkners vor Haß.
Im Verlauf der vergangenen Wochen hatte Ralf bemerkt, wie die Magd und Reinhart immer vertrauter miteinander geworden waren. Jetzt mußte er einmal mehr mit ansehen, wie gut sie sich verstanden; wie der Fremde einen Scherz machte, wie Waldrada ihn anstrahlte, wie Reinhart seinen Arm um ihre Schultern legte. Im selben Moment ließ der Falkner seiner Wut freien Lauf; jäh stieß er die Faust im Beizhandschuh in Richtung des Paares und reizte so den Raubvogel. Das Tier peitschte mit den Schwingen und schien Anstalten zu machen, wegzufliegen; es sah aus, als wollte der große Beizvogel Waldrada und den Glasmacher angreifen.
Die junge Frau schrie auf; instinktiv stellte sich Reinhart vor sie – gleich darauf war Ralf vorübergeritten, und im Torschlund beruhigte sich der Raubvogel wieder.
»Ich fürchte, irgendwann werde ich dem Schurken noch einmal eine Lektion erteilen müssen!« stieß der Glasmacher aufgebracht hervor.
Waldrada, die sich schnell von ihrem Schreck erholt hatte, lächelte ihn erneut verliebt an. »Ach was, er ist bloß eifersüchtig«, flüsterte sie, »und wollte mir deswegen einen Tort antun. Aber auch wenn er mir eben Angst einjagte, kann er mich nicht wirklich einschüchtern – schließlich habe ich in dir einen Beschützer, der niemals zulassen wird, daß mir irgend jemand etwas Böses antut, oder?«
Reinhart zögerte kurz, dann streichelte er über ihr kastanienbraunes Haar und erwiderte leise: »Das weißt du doch!«

Der Urwald

Bereits während der letzten Wochen hatten Waldrada und Reinhart, zusammen auf dem Rücken des lichtbraunen Wallachs reitend, gelegentliche Ausflüge in die Umgebung der Festung unternommen. Nun, da Gewolf von Degenberg zum Turnier nach Regensburg gezogen war, verbrachte das Paar noch sehr viel mehr Zeit in der freien, frühsommerlichen Natur.
Es war Reinhart daran gelegen, so rasch wie möglich einen geeigneten Platz für den Bau der Glashütte ausfindig zu machen, und Waldrada, welche das Degenberger Herrschaftsgebiet gut kannte, hatte sich beim Vogt die Erlaubnis erbeten, ihn dabei unterstützen zu dürfen. Daher bestiegen die beiden jeden Morgen das kräftige Roß; dann trabte der Wallach nach Westen oder Norden, wo sich weitgehend noch unberührte Wälder ausdehnten. Solange das Gelände es gestattete, ließen Reinhart und Waldrada sich von ihrem Pferd tragen; wurden die Steige zu steil, führten sie das Tier. Auf diese Weise hatten sie schon einen beträchtlichen Teil der urwüchsigen Forste erkundet, jedoch bisher keine Örtlichkeit entdeckt, welche dem Glasmacher zugesagt hätte. Deshalb brachen sie an diesem Tag – dem vierten, seit der Ritter die Burg verlassen hatte – erneut auf. Diesmal, so hatte Waldrada vorgeschlagen, sollte ihr Ziel der etwa fünf Meilen nordöstlich der Veste gelegene Hirschenstein sein.
Zuerst folgten sie der Weißach, die in ihrem Unterlauf unweit der Burg vorüberfloß und von den Hängen des Grandsberges herabströmte. Mehrmals zügelte Reinhart den Wallach, saß ab und untersuchte das Bachbett. Stets stellte er dabei fest, daß das Gewässer reichlich Quarz im Geschiebe führte; schließlich erklärte er Waldrada: »Von daher könnte man an der Weißach, deren Randhänge zudem kräftig bewaldet sind,

durchaus eine Hütte errichten. Aber für meinen Geschmack läge sie zu nahe an der Veste, weshalb ich mich angesichts meiner Vergangenheit hier nicht wirklich sicher fühlen könnte.«
Waldrada, die sich insgeheim wünschte, Reinhart würde in der Nähe der Burg bleiben, damit sie ihn häufig sehen könnte, nickte etwas betreten. Doch gleich darauf überwand sie ihre Enttäuschung; sie schenkte dem Glasmacher ein Lächeln und forderte ihn, nicht ohne Hintergedanken, auf: »Dann komm weiter. Ich kenne einen Platz, der dir besser gefallen wird.«
Sie ritten am Ufer der Weißach entlang, bis sie den Südhang des Grandsberges erreichten. Dort bogen sie ab und schlugen eine nordöstliche Richtung ein; nach einer Weile, als der Hochwald sich vorübergehend lichtete, wurde in der Ferne die mächtige Kuppe des Hirschenstein sichtbar. Bald freilich verdichtete sich der Baumbestand wieder; wenig später begann das Gelände kräftig anzusteigen, so daß Reinhart und seine Begleiterin absitzen mußten. Ihr Weg führte sie ungefähr eine Stunde lang stetig bergauf; es war anstrengend, aber die wilde Schönheit des Urwaldes entschädigte Waldrada und Reinhart für die Mühen, die ihnen das Vorwärtskommen bereitete.
Riesige Tannen, Fichten, Buchen und Bergulmen breiteten ihre Äste aus; teilweise ragten sie fünfzig Meter empor. Da und dort waren ihre gewaltigen Stämme von Moosbärten bedeckt oder mit holzigen Schlinggewächsen behangen; anderswo hatten sich Kolonien von Baumschwämmen an ihnen festgesetzt, von denen manche eine Elle Durchmesser erreichten. Auf lichten Flächen zwischen diesen gigantischen Bäumen standen kleinere Birken, Erlen, Haselnußstauden und Schlehenbüsche; noch tiefer wanden sich gelegentlich dornige Brombeerranken oder die Zweige von Waldhimbeersträuchern um niedergestürzte Baumstämme. Unvermittelt konnte irgendwo die Oberfläche eines Tümpels aufglänzen, auf dessen Grund sich das dunkle Filigran alten Laubes abgelagert hatte und über den schillernde Libellen hinwegflirrten. An anderen Stellen wieder brach das Felsgestein durch den

Waldboden, bildete flache Runsen und phantastische Treppen oder türmte sich jäh zu schroffen Bastionen auf, in deren Spalten sich magere, oftmals skurril verwachsene Pflanzen festgekrallt hatten.

Reinhart war fasziniert von dieser einzigartigen Landschaft, die sich stark von den Bergwäldern unterschied, die er vom Tegernsee her kannte. Dort hatte man die Forste längst kultiviert, hier jedoch besaßen sie noch ihren ursprünglichen Zauber. Wie Waldrada erzählte, kamen höchstens einmal Jäger oder Leute wie sie selbst, die von einem der wenigen Einödhöfe der Gegend stammten, in die verwunschen wirkende Wildnis; daher war der Urwald so gut wie unangetastet geblieben. Viele Meilen breitete er sich rings um den Hirschenstein aus, und die junge Frau sagte dem Glasmacher auch, daß mit dem Roß oben in der Gipfelregion des Berges kein Durchkommen mehr sei. Aber sie wolle mit ihm sowieso nicht dorthin; vielmehr gebe es an einem der niedrigeren Hänge des Hirschenstein einen besonderen Ort, den er unbedingt sehen müsse.

Als Reinhart Genaueres erfahren wollte, hauchte sie ihm einen Kuß auf die Wange und beschied ihn, er solle Geduld haben und abwarten. Anschließend führte sie ihn noch etwa eine Meile weiter durch die Wildnis, deren Charakter sich jetzt allmählich änderte. Wo die vereinzelten Felsen bislang aus grauem Gneis oder Granit bestanden hatten, wirkten ihre Schroffen und Schrunden nun zuweilen heller; manchmal, wenn ein durch die Baumwipfel dringender Sonnenstrahl sie traf, blitzte es förmlich aus ihnen. Der Glasmacher wußte, was das bedeutete; er prüfte eine Reihe dieser Felsblöcke und kam zu dem Ergebnis, daß sie allesamt quarzhaltig waren.

»Es sieht so aus, als befände sich hier ein vielversprechendes Vorkommen des Gesteins, das man zur Glasherstellung benötigt«, erläuterte er Waldrada. »Aber ich bin nicht sicher, ob es ausreichen würde, eine Glashütte zu betreiben.«

»Am besten überlegst du dir das dort drüben«, entgegnete die junge Frau und deutete mit geheimnisvoller Miene auf eine Stelle seitlich im Forst, wo sich hinter einer Gruppe uralter

Tannen eine Schlucht zu verbergen schien. Reinhart spähte hinüber; in der nächsten Sekunde tastete Waldrada nach seiner Hand und fügte mit lockendem Unterton in der Stimme hinzu: »Unterhalb der Bäume liegt der Platz, den ich dir zeigen möchte. Der magische Ort, von dem es auf den Einödhöfen heißt, er sei einst eine Tanzstätte der Feen gewesen ...«
Ehe Reinhart etwas zu erwidern vermochte, war die junge Frau davongehuscht. Der Glasmacher, welcher sich um den Wallach kümmern mußte, kam bedeutend langsamer als sie voran; Waldrada verschwand zwischen den Riesentannen, bevor Reinhart die Hälfte der Strecke bis dorthin zurücklegen konnte. Als er endlich bei den mächtigen Bäumen anlangte, erkannte der Glasmacher, daß er sich vorhin nicht getäuscht hatte. Jenseits der Tannen traten am Rand eines steilen Hanges mehrere Felsbastionen zutage; gleich Wächtern standen sie über der Schlucht, die sich unter ihnen öffnete.
Reinhart ging näher heran; von Waldrada war keine Spur zu sehen – statt dessen erblickte der Glasmacher die im Urwald verborgene Kluft jetzt in ihrer ganzen Schönheit. Sie war halbmondförmig und mochte vom einen Ende bis zum anderen ungefähr hundertfünfzig Schritte messen; dichter Mischwald, aus dem da und dort das Weiß von Birkeninseln leuchtete, bedeckte ihre Flanken. Im Norden, dem Gipfel des Hirschenstein zu, schäumte ein Gießbach zu Tal; sein Wasser sammelte sich in einem fast kreisrunden Teich im mittleren Bereich der Schlucht, und an einer Stelle des Ufers ragte eine flache Felsplatte ein Stück in das Gewässer hinein.
Staunend verharrte Reinhart; nachdem er die erste Überraschung überwunden hatte, entdeckte er nahe der Steinbastionen am Kluftrand einen Wildwechsel, der in die Schlucht hinabführte. Der Pfad, der wohl häufig von Rotwild benutzt wurde, das nach unten zur Tränke wollte, war so breit, daß Reinhart das Pferd ohne Schwierigkeiten in die Klamm bringen konnte. Dort angelangt, schaute sich der Glasmacher nach Waldrada um, doch nach wie vor schien sie wie vom Erdboden verschwunden. Unschlüssig wartete Reinhart eine Weile ab – dann hatte er plötzlich das Empfinden, eine laut-

lose Stimme riefe ihn zu der Felsplattform, die über das Teichufer vorsprang.
Sofort als sie ihm das erste Mal aufgefallen war, hatte die vom Wasser umspülte Granitplatte eine bestimmte Assoziation in ihm geweckt. Schlagartig war die Erinnerung an Iskara wachgeworden; nun, da er langsam auf die flache Steinplatte zuging, geriet er in einen seelischen Zwiespalt. Er hatte das Gefühl, als sei ihm Iskara, diese unendlich verführerische, aber auch gefährliche Frau, wieder ganz nahe; gleichermaßen glaubte er, Waldradas wärmere, sanftere Anwesenheit zu spüren. Reinhart war emotional hin- und hergerissen; hinzu kam das Begreifen, daß Waldrada ihn zweifellos sehr bewußt zu diesem Platz geführt hatte. Und es mußte ihr, nachdem sie seine Geschichte kannte, auch klar sein, was sie dadurch in seinem Inneren auslöste; als Reinhart dies dachte, empfand er beinahe Empörung wegen ihres Verhaltens.
Heftig sog er die Luft ein, dann packte er die Zügel des Wallachs fester und zog das Roß weiter. Gerade weil er soeben mental vor der Felsplattform zurückgescheut war, wollte er sich jetzt zwingen, sie aufzusuchen; er hoffte, die Beklemmung, die ihn befallen hatte, auf diese Weise überwinden zu können. Freilich gelang es ihm nicht, das Pferd wirklich dorthin zu bringen, denn auf einmal wurde der Boden trügerisch, und er mußte den Wallach ein Stück vom Teichufer entfernt an einem Birkenstamm festbinden. Da das Roß, das zum Wasser wollte, dabei unwillig stampfte, wurde Reinhart abgelenkt – als er wieder aufsah, bemerkte er, daß er nicht länger allein war.
Auf der Steinplatte stand Waldrada; der Wind, der über den Teich strich, spielte in ihrem kastanienfarbenen Haar. Das mit blauen Borten geschmückte Leinenkleid wurde vom Luftzug gegen ihren Körper gedrückt; weich zeichneten sich die Konturen ihrer Brüste, Hüften und Schenkel unter dem Stoff ab. Reinharts Zorn verflog; wie gebannt hing sein Blick an dem reizvollen Bild – und nun begann die junge Frau zu tanzen.
Waldradas Bewegungen waren ungekünstelt, trotzdem oder gerade deswegen wirkten sie ungemein verlockend auf den

Glasmacher. Er sah, wie die Achtzehnjährige sich wiegte und drehte; ihre Lider waren halb geschlossen, als würde sie einer Melodie lauschen, die nur sie allein zu hören vermochte. Ein entrückter Ausdruck lag auf ihrem Antlitz; dann, ganz sachte, verwandelte er sich in ein träumerisches Lächeln – und erst jetzt schien Waldrada den Mann bei der Birke wahrzunehmen. Wie in beglücktem Erstaunen öffneten sich ihre Augen weit und strahlten ihn an; im nächsten Moment löste sie die Verschnürung, die ihr Kleid über der Brust zusammenhielt, und das Gewand glitt zu Boden.

Wiederum ein paar Sekunden später kniete Reinhart vor ihr. Vor Verlangen stöhnend, preßte er sein Gesicht an ihren Leib; die Hände der jungen Frau wühlten in seinem Haar, gleich darauf sanken sie beide auf den flachen, moosbewachsenen Felsen. Unmittelbar bevor er sich mit ihr vereinigte, dachte Reinhart flüchtig noch einmal an die andere, an Iskara; doch dann löschte Waldradas Gegenwart die Vergangenheit aus.

Erst nach Stunden fand das Paar in die Realität zurück; die Sonnenstrahlen fielen bereits schräg in die verwunschene Schlucht. Noch einmal küßte Reinhart die junge Frau zärtlich; danach gingen sie eng umschlungen zu der Stelle, wo das Pferd wartete, und traten den Heimweg an.

Als sie durch das Waldstück kamen, in welchem die quarzhaltigen Felsblöcke lagen, erinnerte sich Reinhart wieder an seine Aufgabe, einen Standort für die Glashütte zu finden, und er äußerte nachdenklich: »Das Quarzvorkommen hier deutet unter Umständen auf andere, reichhaltigere Lagerstätten irgendwo in dieser Gegend hin. Vielleicht sollten wir morgen erneut herreiten, um den Forst weiter nördlich zu erkunden?«

»Ich gehe mit dir, wohin du willst!« antwortete Waldrada verliebt. »Und womöglich müssen wir ja sogar die Nacht miteinander im Wald verbringen, was ich außerordentlich genießen würde ...«

***

Zur selben Nachmittagsstunde, da Reinhart und Waldrada das Roß durch die Wildnis am Hirschenstein führten, trat Gewolf von Degenberg auf der Regensburger Haid zum Tjost an.
Der ausgedehnte dreieckige Platz, auf dem die Ritter des Nordgaus seit dem Morgen turnierten, lag ein Stück westlich der riesigen Baustelle, wo der erst halbfertige Dom emporwuchs. Rings um die Haid standen Bürgerhäuser und Tavernen, zwischen ihnen erhoben sich vereinzelte Adelspaläste; im Hintergrund ragten da und dort die weithin berühmten Regensburger Geschlechtertürme über die Dächer der Reichsstadt empor. So prachtvoll die Bauwerke waren, so urwüchsig wirkte die Haid selbst; auf dem weiten Areal wuchs dichtes, kniehohes Wildgras, an manchen Stellen gab es struppige Gebüschinseln. Jetzt freilich war das Gras auf einem mehrere Meter breiten Streifen, der sich über die gesamte Länge des Platzes zog, niedergedrückt; zudem hatten die schweren Hufe Dutzender Turnierrösser, die im Lauf des Tages dort entlang der Balkenschranke aufeinander zu galoppiert waren, vielfach Wasenfetzen aus der Erde gerissen.
Gewolf von Degenberg, der soeben auf seinem gescheckten Streithengst bis nahe ans östliche Ende der Schranke heranritt und das Roß nun an der dafür vorgesehenen, mit Wimpeln gekennzeichneten Stelle zum Stehen brachte, musterte die Stechbahn mit gerunzelter Stirn. Es wäre besser gewesen, ich hätte ein Los für einen der Durchgänge am Vormittag gezogen, dachte er; jetzt kann es passieren, daß der Percheron genau im falschen Moment fehltritt und ich deshalb den Gegner verfehle. Aber der Ritter hatte keine Wahl; er mußte den Turniergang wagen, sofern er sich nicht vor seinen Standesgenossen und den Bürgern bloßstellen wollte. Gewolf unterdrückte einen Fluch; dann gab er seinem Schildknappen, der ihn bei der Balkenschranke erwartet hatte, das Zeichen, ihn zum Stechen fertig zu machen.
Der Knappe reichte ihm den Topfhelm, an dem zwei mächtige, gewundene Widderhörner angebracht waren. Gewolf, dessen Kopf bereits von einer Kettenhaube geschützt war,

setzte den Helm auf. Der Schildknappe, der zu diesem Zweck auf ein Podest neben dem Percheron stieg, zurrte den unteren Helmrand, der nun die Schultern des Ritters berührte, mit Hilfe lederner Bänder am Kettenpanzer Gewolfs fest. Danach nahm der Degenberger von seinem Helfer die Tartsche mit den rot-gelben Balken sowie die Stoßlanze entgegen. Während Gewolf Schild und Lanze probeweise in Kampfposition brachte, trug der Knappe das schwere Zweihandschwert des Ritters zu einem seitlich der Stechbahn stehenden Pfosten und hängte es dort auf. Dasselbe tat gleichzeitig am gegenüberliegenden Ende der Turnierbahn der Schildknappe von Gewolfs Gegner; sollte das Stechen hoch zu Roß unentschieden ausgehen, würden die Kontrahenten den Zweikampf zu Fuß mit den Bidenhändern fortsetzen.
Nachdem alle Vorbereitungen getroffen waren, zwang der Degenberger seinen Streithengst zu einer Levade; sofort ließ auch sein Gegner am westlichen Zugang zur Schranke seinen Rappen steigen. Von den vielen tausend Schaulustigen, die sich auf den Tribünen und unter den Sonnensegeln rings um den Turnierplatz drängten, kamen anfeuernde Rufe. Die einen schrien den Namen des Ritters aus dem Donauwald; die anderen den des Kämpfers am gegenüberliegenden Ende der Turnierbahn: eines Edelmannes aus dem Geschlecht der Abensberger, dessen Helmzier aus einem bronzenen, zum Sprung geduckten Luchs bestand. Aber noch hielten die Kontrahenten ihre Rösser zurück; erst als von einem der Patrizierhäuser her, wo die Mitglieder des Regensburger Rates unter einem Baldachin Platz genommen hatten, ein Fanfarensignal ertönte, galoppierten die Ritter an.
In voller Karriere preschten die schweren Streitrösser aufeinander zu. Die Schabracken in den Wappenfarben ihrer Reiter peitschten die Flanken der Tiere; kurz ehe sie aufeinandertrafen, steigerte sich der Hufschlag der Pferde zum furiosen Stakkato. Wiederum einen Augenblick später zogen die Ritter ihre Schilde ein, duckten sich und ließen die Stoßlanzen vorschnellen. Ein schmetternder Doppelschlag erklang, als die stumpfen Lanzenspitzen auf die Tartschen trafen und die

Schäfte der Waffen zersplitterten. Gewolf wankte im Sattel, konnte sich jedoch mit knapper Not halten; der Abensberger hingegen wurde auf die Kruppe seines Rappen geschleudert, verlor Zügel, Schild und Steigbügel, stürzte vom Roß und überschlug sich mehrmals, bevor er reglos liegenblieb.
Gewolf von Degenberg, der damit gleich im ersten Stechen Sieger geworden war und von den Zuschauern mit begeistertem Beifall gefeiert wurde, handelte chevaleresk. Er wendete seinen Percheron, trieb das Pferd dorthin, wo der überwundene Gegner zu Fall gekommen war, sprang ebenfalls ab und beugte sich zu dem Abensberger nieder. Gleich darauf bewegte sich der Besiegte und stemmte sich auf einen Ellenbogen hoch; Gewolf bemühte sich, ihm ganz auf die Beine zu helfen. Als der Abensberger, der offenbar keine ernsthaften Verletzungen erlitten hatte, aufrecht dastand, umarmte er seinen Kontrahenten und machte auf diese Weise deutlich, daß er ihm nichts nachtragen wollte. Kurz danach waren die Knappen der beiden Ritter zur Stelle; die des Abensbergers führten dessen Rappen und waren ihm behilflich, aufzusitzen. Auch Gewolf bestieg seinen Percheron wieder; dann ritten die Turnierkämpfer zur Ratstribüne, wo der Degenberger einen Silberpokal als Siegespreis entgegennahm.
Ralf, der Falkner, sah, wie sein Herr die Trophäe emporhob, um sie dem jubelnden Volk zu zeigen. Er hätte stolz sein müssen auf den Ritter, dem er diente – aber er konnte keine Freude empfinden. Denn im selben Moment, da Gewolf den Abensberger aus dem Sattel geworfen hatte, war in dem Falkner jäh die Erinnerung an jene beschämende Niederlage wachgeworden, die er selbst erlitten hatte. Noch einmal glaubte er zu erleben, wie Reinhart, der verfluchte Fremde, damals, vor einigen Wochen, bei dem Wäldchen unterhalb der Burg hoch zu Roß auf ihn losgegangen war; gerade als er geglaubt hatte, Waldrada würde endlich ihm gehören. Seit beinahe einem Monat litt Ralf nun schon unter dieser Schmach; sein Haß auf den Glasmacher war noch gewachsen, nachdem ihm klargeworden war, daß Waldrada dem Fremden schöne Augen machte.

Deshalb bedeutete Gewolfs Sieg dem Falkner nichts; mit versteinerter Miene wartete er ab, bis sein Herr die Ovationen der Regensburger entgegengenommen hatte und zusammen mit dem Abensberger zu seinem Quartier in einem der Patrizierhäuser ritt, wo Bademägde und Wein auf die Ritter warteten. Kaum waren die beiden Adligen verschwunden, verspürte auch Ralf plötzlich unwiderstehlichen Durst; er verließ seinen Platz am Rand der Haid, um eine Taverne aufzusuchen.
Zuerst trank der Falkner für sich; später, als der letzte Tjost vorüber war und die Schenke sich daher bis zum Bersten füllte, setzten sich zwei der Degenberger Reisigen, die zufällig in dieselbe Taverne gekommen waren, zu ihm. Ralf war zu diesem Zeitpunkt längst nicht mehr nüchtern, doch er becherte weiter; allmählich wurde sein Blick stier, und wenn er mit den anderen redete, brachte er so manches Wort nur noch lallend heraus. Seine Kumpane indessen störten sich nicht daran; auch sie selbst wollten an diesem Abend Fünfe gerade sein lassen und sprachen dem Bier und bald dem Branntwein ähnlich kräftig zu wie der Falkner.
Irgendwann fiel es einem der beiden Reisigen ein, Ralf wegen Waldrada aufzuziehen; den Falkner hämisch fixierend, spottete er: »Gewolf hat den Abensberger vom Roß gestochen – aber daheim auf dem Degenberg weiß einer namens Reinhart seine Lanze ebenso meisterlich zu gebrauchen. Mit der zielt er einer gewissen jungen Magd unter die Rockschöße, doch dir Ralf«, der Angetrunkene steckte den Daumen zwischen Zeige- und Mittelfinger und formte auf diese Weise ein obszönes Zeichen, »bleibt der Schnabel bei der schönen Waldrada sauber!«
Einen Augenblick saß der Falkner wie erstarrt da; im nächsten Moment schoß seine Faust vor, der Schlag traf den Reisigen im Gesicht. Wutentbrannt wollte der Waffenknecht sein Kurzschwert aus der Scheide reißen, aber Ralf war schneller. Seine Finger krallten sich ins Haar des Reisigen und drückten dessen Kopf auf die Tischplatte; wiederum eine Sekunde später hatte der Falkner mit der freien Hand seinen Dolch gezo-

gen, preßte ihn an den Hals des Waffenknechts und drohte: »Noch ein Wort über die Dirne – und ich schneide dir die Kehle durch!«
Der Reisige, auf dessen Stirn jetzt kalter Schweiß stand, wagte keine Bewegung; Ralf weidete sich an seiner Hilflosigkeit, dann gab er ihn plötzlich frei und fügte, bedeutungsvoll mit der scharfen Klinge spielend, hinzu: »Und was den hergelaufenen Glasmacher angeht – der rennt mir schon noch ins Messer, das schwöre ich!«

***

Reinhart und Waldrada waren an diesem Morgen erneut in Richtung des Hirschenstein aufgebrochen. Nach einigen Stunden hatten sie das Waldstück erreicht, wo sie am Vortag auf die quarzhaltigen Felsblöcke gestoßen waren, und nun trug der lichtbraune Wallach sie entlang der sanft geschwungenen westlichen Ausläufer des Berges weiter: in die Forste nördlich des Hirschenstein, die sie heute erkunden wollten.
Wieder war Reinhart fasziniert von der Großartigkeit der unberührten Natur; hinzu kam das beglückende Empfinden, die vielfältigen Eindrücke mit Waldrada teilen zu dürfen. Seit sie sich ihm hingegeben hatte, fühlte Reinhart sich wie neugeboren; alles, was ihm am Tegernsee und später während seiner Flucht zugestoßen war, schien dank der neuen Liebe bedeutungslos geworden zu sein. Jetzt dachte er einzig noch an die Zukunft: an die Glashütte, die er errichten würde, und an die Zweisamkeit mit Waldrada, die er auch in den kommenden Wochen und Monaten so oft wie möglich genießen wollte.
Nun, da ihm dies einmal mehr durch den Kopf ging, zog er die junge Frau, die er an diesem Tag vor sich auf den Sattel genommen hatte, enger an seine Brust. Waldrada bog den Kopf zurück, so daß es ihm möglich war, sie auf den Mundwinkel zu küssen; gleich darauf lachte sie perlend und erklärte schalkhaft: »Wenn du wieder eine solch verführerische Anwandlung bekommst, sollten wir besser absteigen. Sonst endet unsere Leidenschaft noch mit einem Sturz vom Pferd.«

»Das möchte ich dir natürlich keinesfalls antun, obwohl ich dich mit ein paar blauen Flecken am Po nicht weniger reizvoll fände«, scherzte Reinhart.
Im nächsten Augenblick, weil der Wallach stolperte, griff er fester in die Zügel und brachte das Tier über eine morastige Stelle hinweg. Auf der folgenden halben Meile waren weitere sumpfige Passagen zu überwinden; schließlich gelangten sie zu einem Bach, der vom nordwestlichen Randhang des Hirschenstein zu Tal floß. Der Glasmacher saß ab und untersuchte das Gewässer nach Quarzbrocken im Geschiebe; tatsächlich fand er einige der glitzernden Steine, doch die Ausbeute war eher mager. Eine Viertelstunde später stießen sie abermals auf einen Wildbach, dessen Geröll etwas mehr Quarz enthielt. Wiederum nach einer dreiviertel Meile kamen sie ins Quellgebiet eines dritten Wasserlaufes, und dort fand Reinhart ähnlich große Steinbrocken mit Quarzeinschüssen wie in dem Waldstück südlich vom Hirschenstein.
»Je weiter wir nach Norden vordringen, desto günstiger scheint es auszusehen, oder?« fragte Waldrada, nachdem ihr Begleiter die Felsstücke genau geprüft hatte.
»Ja«, bestätigte Reinhart. »Freilich würde das Quarzvorkommen hier noch immer nicht ausreichen, um eine Glashütte wirtschaftlich zu betreiben. Aber ich glaube ebenso wie du, wir sind auf der richtigen Fährte. Irgendwie sagt mir mein Gefühl, daß wir jetzt bald an einen Ort gelangen, wo es wirklich genug Quarz gibt.« Er deutete auf einen langgestreckten Hügelkamm, der sich direkt vor ihnen nach Nordwesten zog, und forderte Waldrada auf: »Laß es uns dort drüben versuchen.«
»Gut«, stimmte die junge Frau zu. »Doch erst nachdem wir gerastet haben. Es ist längst Mittag, und der Platz hier am Quellteich ist wunderschön.«
Reinhart war einverstanden. Sie brachten das Pferd zu einem grasbewachsenen Flecken, wo es weiden konnte; sie selbst setzten sich ans Ufer des kleinen Weihers, der von der Quelle gespeist wurde. Das kristallklare Wasser rieselte zwischen moosbewachsenen Felsbuckeln hervor; Waldrada schöpfte es

mit der Hand und stillte ihren Durst, Reinhart tat es ihr nach. Danach öffneten sie den Lederbeutel mit den Lebensmitteln, die sie von der Burg mitgebracht hatten, und ließen sich dunkles Brot, hartgekochte Eier und nach Wacholder duftenden Räucherspeck schmecken. Als sie satt waren, nahm Reinhart die junge Frau in seine Arme; zärtlich liebkosten sie einander, aber ehe mehr daraus werden konnte, flüsterte der Glasmacher bedauernd: »Wir müssen weiter, mein Herz!«
Waldrada war versucht, ihm zu widersprechen, doch sie sah ein, daß er recht hatte, und begnügte sich damit, einen entzückenden Schmollmund zu ziehen. Dem konnte Reinhart nicht widerstehen; er zog sie erneut an sich, um sie noch einmal zu küssen – aber Waldrada entwand sich ihm, sprang auf und floh lachend in Richtung des grasenden Wallachs. Der Glasmacher ergriff den Beutel mit den Nahrungsmitteln und folgte ihr; bei dem Tier angelangt, bekam er doch noch einen Kuß. Dann hob er die junge Frau auf den Pferderücken, schwang sich hinter ihr in den Sattel und trieb das Roß an.
Jenseits der Quellaue wuchs lockerer Mischwald; der weiche Boden dämpfte die Huftritte des Wallachs, und es ging ungefähr eine halbe Meile gut voran. Danach allerdings wurde das Gelände steiniger und steiler, streckenweise erschwerte hier auch dichtes Unterholz das Vorwärtskommen; schließlich sahen Reinhart und Waldrada sich gezwungen, abzusitzen und das Pferd zu führen. Eine weitere halbe Meile kämpften sie sich mühsam durch den unwegsamen Forst und stiegen dabei immer höher; endlich lichtete sich der Wald wieder. An einer Stelle, wo es im vergangenen Winter wohl einen Schneebruch gegeben hatte und Dutzende von Baumstämmen niedergestürzt waren, öffnete sich der Blick auf den Hügelkamm, zu dem Reinhart gewollt hatte; nun lag der Bergrücken scheinbar zum Greifen nahe vor ihnen.
»Wir haben es fast geschafft«, seufzte Waldrada erleichtert – aber der Glasmacher schien gar nicht gehört zu haben, was sie gesagt hatte. Vielmehr drückte er ihr jetzt die Zügel des Wallachs in die Hand und lief zu einem der umgestürzten Baumriesen. Dort wo der aus der Erde gerissene Wurzelballen der

mächtigen Tanne emporragte, kniete er nieder – und erkannte im nächsten Moment, daß das Glitzern, das er von weitem zu sehen vermeint hatte, kein Trug gewesen war: Die mürben, vom Regenwasser blankgewaschenen Felsbrocken am Abbruch der Erdgrube enthielten überreichlich Quarz.
Reinhart rief Waldrada und zeigte ihr, worauf er gestoßen war; gleich darauf zog er sie zum nächsten Wurzelstrunk weiter, und auch dort glänzten die Kristalle im Gestein. Ebenso war es bei den übrigen umgebrochenen Bäumen; zuletzt erklärte der Glasmacher begeistert: »Das ist genau das Vorkommen, nach dem wir gesucht haben! Der Boden hier ist von Quarzbrocken durchsetzt, und gewiß gibt es auch eine Menge quarzhaltiger Trümmer an der Oberfläche.«
»Dort drüben ist vielleicht solch ein Platz!« Waldrada wies auf eine Föhrengruppe, die auf einer kleinen, von Steinblöcken bedeckten Hügelkuppe stand. Reinhart spähte hinüber und nickte; eilig begaben sie sich zu der Erhebung, und in der Tat stellte sich die Vermutung der jungen Frau als richtig heraus. Die Felsen waren von Quarzadern durchzogen; dasselbe galt für andere Steinbrocken, die sie im Umkreis von mehreren hundert Metern um die gestürzten Bäume fanden. Länger als eine Stunde überprüften sie Felsblöcke und rasch aufgescharrte Erdlöcher; danach war Reinhart sicher, eine sehr ergiebige Quarzlagerstätte entdeckt zu haben.
»Sie könnte viele Jahre lang für den Betrieb einer Glashütte ausreichen«, versicherte er Waldrada. »Und sofern es irgendwo in der Nähe noch einen kräftigen Bachlauf gäbe, wäre dort der ideale Standort für eine Hütte.«
»Wozu ein Bach?« kam es verwundert von der jungen Frau.
»Weil das Quarzgestein zerstampft werden muß, bevor es mit Kalk und Pottasche vermischt und geschmolzen werden kann«, entgegnete Reinhart. »Das Zerkleinern der Quarzstücke aber geschieht mit Hilfe eines Pochhammers, und um wiederum diesen anzutreiben, benötigt man Wasserkraft.«
Waldrada überlegte, dann murmelte sie: »Wir haben nördlich des Hirschenstein bereits drei Bäche überquert. Daher ist es fast wahrscheinlich, daß wir einen vierten finden.«

»Das ist auch meine Hoffnung«, pflichtete Reinhart ihr bei. »Laß uns also suchen.«
Ungefähr eine Viertelstunde streiften sie durch den Urwald; schließlich war es ihr Pferd, das sie auf den Wildbach aufmerksam machte. Der Wallach wieherte plötzlich und drängte zu einem Erlenstreifen; als sie ihn erreichten, sahen sie in einer Senke dahinter das Bachbett. Das Wasser strudelte eilig dahin; ein Stück entfernt mündete ein weiteres Rinnsal ein, und parallel dazu floß noch einmal ein Bächlein.
Sie nahmen das gesamte Areal gründlich in Augenschein; schließlich äußerte Reinhart erfreut: »Besser hätten wir es gar nicht treffen können! Die Wasserkraft reicht für das Quarzpochen aus, und da der Boden zwischen den Bachläufen kaum morastig, sondern zumeist fest und trocken ist, kann hier auch problemlos eine Glashütte erbaut werden.«
»Das heißt, wir haben den Platz gefunden, den du dir vorstelltest?« erkundigte sich Waldrada.
Statt einer Antwort küßte Reinhart sie, danach begann er zu schwärmen: »Ich sehe es schon vor mir, wie die Hütte entsteht. Wie wir das Holz, das wir für ihre Errichtung benötigen, gleich in der Nähe schlagen. Wie wir das Ufer des Wildbachs mit Steinen befestigen und dort den Pochhammer zusammenfügen. Wie wir unweit davon die Hütte für das Sieden der Pottasche zimmern. Wie wir eine Lehmgrube ausheben, um den Ton für die Glasöfen zu gewinnen, und wie wir die Öfen mauern sowie den Schmelztiegel brennen. Außerdem braucht es Meiler im Forst, damit wir Holzkohle bekommen ...«
»Halt ein!« unterbrach Waldrada ihn lachend. »Ich glaube dir ja, daß du weißt, wie man eine Glashütte in Gang bringt. Aber mir schwirrt der Kopf von all den Dingen, die ich bloß halb verstehe.«
»Ich werde dir später alles genau erklären«, versprach Reinhart. »Und sobald die Hütte erst steht, bekommst du ein Geschenk von mir. Herrlichen Glasschmuck, wie keine andere Frau hier im Donauwald ihn besitzt.«
»Dann werden sie alle eifersüchtig auf mich werden!« strahlte

Waldrada. »Oder«, sie schmiegte sich an Reinhart, »ich trage den Schmuck ganz für dich allein. Nur dort, wo uns keiner sehen kann. Wo bloß du siehst, wie das gläserne Geschmeide auf meiner nackten Haut schimmert.«
Die letzten Worte flüsterte sie an seinen Lippen; in der nächsten Sekunde genoß sie Reinharts leidenschaftlichen Kuß, und gleich darauf glitten sie zu Boden. Auf der weichen Walderde liebten sie sich und vergaßen darüber die Zeit; als sie in die Realität zurückfanden, war es bereits später Nachmittag.
»Der Rückweg nach Degenberg ist viel zu weit, als daß wir ihn heute noch schaffen könnten«, stellte der Glasmacher fest. »Wir werden uns irgendwo einen Schlafplatz suchen müssen.«
»Darauf hoffte ich gestern am verwunschenen Teich schon«, antwortete Waldrada lächelnd. »Und nun mußt du nur noch entscheiden, wo du mich heute nacht in den Armen halten willst. Wünschst du dir ein Moosbett im tiefen Forst oder würdest du eine Kammer auf einem der Höfe bei der Englmarkirche vorziehen?«
»Höfe? Eine Kirche?« stieß Reinhart überrascht hervor. »Ich dachte, wir befänden uns tief in der Wildnis, und es gäbe weit und breit keine menschliche Ansiedlung!«
»Mit Ausnahme des Dorfes Englmar«, beschied ihn Waldrada. »Ich schätze, es liegt ungefähr zwei Wegstunden entfernt, und die Bauern dort ...«
Sie stockte; erst jetzt begriff sie, was Reinhart soeben wirklich gemeint hatte. Sie tastete nach seiner Hand und fragte: »Du fürchtest, der Platz hier, wo du die Glashütte errichten willst, könnte nicht sicher genug für dich sein?«
»Wenn die Dörfler von meiner Anwesenheit erfahren, werden mir womöglich irgendwann auch meine Feinde auf die Schliche kommen«, entgegnete Reinhart gepreßt.
»Ebensogut könnte dich jemand von den Degenberger Burgleuten verraten«, hielt Waldrada ihm entgegen. »Doch in einem solchen Fall würde dich der Ritter bestimmt schützen; egal ob auf der Veste oder anderswo in seinem Herrschafts-

gebiet. Und was die Englmarer Bauern angeht, so werden sie zwar vom Glashüttenbetrieb Wind bekommen, aber es wird sich kaum einer bei der Hütte sehen lassen. Denn die Dörfler, die in ihrer abgelegenen Ansiedlung einen harten Überlebenskampf führen, haben Wichtigeres zu tun, als sich stundenlang durch unwegsamen Urwald zu kämpfen.«

Waldradas Worte beruhigten Reinhart ein wenig. »Vermutlich hast du recht«, erwiderte er. »Trotzdem wollen wir morgen nicht den direkten Weg heimwärts nehmen, sondern den über Englmar, damit ich mir dort alles selbst ansehen kann.«

»Du möchtest die Nacht also mit mir im Wald verbringen?« vergewisserte sich die junge Frau lächelnd. Als Reinhart nickte, fügte sie augenzwinkernd hinzu: »Dann laß uns doch gleich hier am Wildbach bleiben, wo wir ja in gewisser Weise schon heimisch geworden sind ...«

Schmunzelnd erklärte sich Reinhart einverstanden; wenig später hatten sie auf einer Sandbank am Bachufer den geeigneten Lagerplatz gefunden. Sie versorgten das Pferd, sammelten Holz und errichteten eine Feuerstelle. Zum Abendessen gab es nicht nur Brot, Eier und Speck aus dem Proviantsack, sondern zusätzlich ein halbes Dutzend schmackhafter Krebse, die Waldrada und ihr Gefährte in dem flachen Gewässer gefangen und über der Glut geröstet hatten.

Nachdem sie satt waren, trugen sie Tannenflechten und Laub für ihre Schlafstätte zusammen; bald danach dämmerte es. Sie saßen noch eine Weile am Lagerfeuer; schließlich legten sie sich nieder, und Waldrada kuschelte sich in Reinharts Arme.

Kurz nach Sonnenaufgang erwachten sie, wuschen sich im Wildbach und frühstückten. Dann sattelten sie den Wallach und brachen in nordwestlicher Richtung auf.

Gestern hatte Waldrada vermutet, sie würden bis Englmar etwa zwei Stunden brauchen; im Lauf des Marsches stellte sich dies jedoch als Trugschluß heraus. Denn der Urwald war hier streckenweise dermaßen verfilzt, daß sie das Roß fast die ganze Zeit führen und außerdem häufig Umwege in Kauf nehmen mußten. Erst in der Vormittagsmitte wurde das Vorwärtskommen leichter; endlich stießen sie auf einen Fleck, wo

offenbar im vergangenen Winter Bäume geschlagen worden waren. Ein Trampelpfad führte zu einer gerodeten Hangweide, und von hier aus erblickten der Glasmacher und seine Begleiterin an der Flanke des gegenüberliegenden Hügels die Ansiedlung.
Gut ein Dutzend Höfe scharten sich um einen bescheidenen Kirchenbau; außerhalb des eigentlichen Dorfes gab es einige weitere einschichtige Hofstellen. Die Waldsiedlung, über der da und dort dünne Rauchfäden zerfaserten, machte einen zutiefst weltabgeschiedenen Eindruck; spätestens jetzt begriff Reinhart endgültig, daß ihm von den hier ansässigen Bauern kaum Gefahr drohen würde. Erleichtert teilte er Waldrada mit, was er dachte; dann trieb er den Wallach wieder an.
Nach kurzem Ritt war der Dorfplatz erreicht. Neugierig rannte eine Schar Kinder herbei, ein paar Erwachsene folgten. Als die Bauersleute sich nach dem Woher und Wohin der Besucher erkundigten, gab Waldrada ihnen die unverfängliche Auskunft, die sie zuvor mit Reinhart abgesprochen hatte: »Wir sind hergekommen, um das Englmargrab zu sehen, und verirrten uns im Wald. Nun werden wir an der Grabstätte beten und danach zur Burg des Degenberger Ritters zurückkehren, zu dessen Dienstleuten wir gehören.«
Die Dörfler gaben sich damit zufrieden und gingen wieder an ihr Tagewerk. Waldrada und Reinhart banden das Roß beim Portal des Kirchengebäudes an; gleich darauf standen sie im Inneren des schlichten Sakralbaues, dort wollte der Glasmacher von seiner Begleiterin wissen: »Was hat es mit dem Grab auf sich, das du soeben erwähntest?«
Waldrada bedeutete ihm, ihr nach vorne zum Altar zu folgen. Dort wies sie auf eine mit einem Kreuz versehene Granitplatte, die sich im Boden direkt vor dem Altartisch befand, und erklärte: »Dies ist die Grabstelle des Einsiedlers Englmar. Es heißt von ihm, er sei ein Heiliger gewesen und könne noch nach seinem Tod Wunder wirken.«
»Ein Wundertäter?« stieß Reinhart erstaunt hervor, dann forderte er die junge Frau auf: »Erzähl mir mehr von ihm! Wann lebte er?«

»Vor mehr als zweihundert Jahren«, entgegnete Waldrada. »Englmar entstammte einer Bauernfamilie, die einen Hof in der Nähe von Passau bewirtschaftete, und war zunächst Mönch in dieser Stadt. Der damalige Passauer Bischof Gregorius förderte ihn, aber im September 1093 verstarb dieser Kirchenfürst, und an seinem Todestag verfinsterte sich die Sonne. Die Menschen nahmen das als unheilverkündendes Omen; tatsächlich brach bereits wenige Wochen später die Pest an der Donau aus, und Tausende fielen ihr zum Opfer. Englmar verließ Passau, irrte lange durch die Wälder nördlich des großen Stromes und gelangte schließlich in die hiesige Gegend. Am Pröllerberg, der sich unweit dieses Dorfes erhebt, errichtete er eine Klause. Kamen Wanderer oder Händler auf dem Bayerweg vorüber, gewährte er ihnen Unterkunft und stand ihnen auch auf andere Weise bei, weshalb man ihn bald dankbar als Waldvater bezeichnete. Irgendwann fand er einen Gefährten, der das Leben in der Einsiedelei mit ihm teilte; diese Zweisamkeit allerdings wurde Englmar zum Verhängnis. Denn zu Beginn des Jahres 1100 wurde der Waldvater von dem anderen erstochen.«
»Konnte man den Mörder fassen?« warf Reinhart ein.
Waldrada schüttelte den Kopf. »Es gelang ihm, zu entkommen, nachdem er den Leichnam mit Gestrüpp und Schnee bedeckt hatte. Monatelang lag der Tote in der Nähe der Klause, erst um die Pfingstzeit fand ein vorbeiziehender Priester die Leiche und brachte sie ins Tal. Hier, wo du die Steinplatte siehst, bestattete er den ermordeten Einsiedler. In der Folge wurde das Grab zu einer Raststätte für die Reisenden, welche den Pröller passierten. Allmählich siedelten sich sodann die ersten Bauern an, und ein Menschenalter nach Englmars Tod errichtete man die Kirche über seiner letzten Ruhestätte. Seither, so heißt es, hätten sich am Englmargrab etliche Wunderheilungen ereignet. Daher pilgern bis heute gelegentlich Gläubige hierher, und einmal jährlich, zu Pfingsten, pflegen die Waldbauern der Gegend eine Wallfahrt zu Ehren des Seligen zu unternehmen.«
Aufmerksam hatte Reinhart den Ausführungen Waldradas

gelauscht; jetzt schaute er sinnend auf den Grabstein, nach einer Weile murmelte er: »Fast will es mir scheinen, als wollte Englmar seine hilfreiche Hand auch über mich halten.«
»Wieso?« erkundigte sich Waldrada überrascht.
»Als du vorhin von den Händlern und Pilgern sprachst, die auf dem Bayerweg in dieses Dorf kommen, bekam ich erneut Bedenken wegen meiner Sicherheit in der Glashütte«, antwortete Reinhart. »Doch inzwischen ist mir klargeworden, daß für die Leute, die hier Station machen, allein die Gnadenkirche wichtig ist, nichts sonst. Das aber bedeutet, daß sich keiner dafür interessiert, was weiter östlich in den Wäldern geschieht. Am Grab des Seligen, das dankenswerterweise direkt am Handelsweg liegt, spielt die Musik, und so beschützt der gütige Geist Englmars letztlich den Platz, wo ich die Hütte erbauen will.«
»Ich wußte gar nicht, zu welch frommen und erbaulichen Überlegungen du fähig bist«, versetzte Waldrada. »Und da du so gut mit dem seligen Englmar stehst, solltest du ihm vielleicht bei Gelegenheit eine Kerze stiften.«
»Bei Gelegenheit«, nickte Reinhart augenzwinkernd. »Im Moment jedoch ist es wichtiger, daß wir uns allmählich auf den Heimweg machen. Wir haben im Urwald viel Zeit verloren und dürfen nicht mehr trödeln, wenn wir die Degenberger Burg bis zum Abend erreichen wollen.«
Wenig später verließen sie die Ansiedlung wieder und folgten dem Bayerweg an die vier Meilen nach Süden bis auf die Höhe des Fleckens Perasdorf. Der Saumpfad war einsam; mit Ausnahme eines Mannes, der einen mit Salzfässern beladenen Maulesel führte, begegneten sie keinem Menschen. Ein Stück vor dem genannten Weiler bogen sie nach Südosten ab und schlugen sich einmal mehr durch die Wälder. Kurz vor Sonnenuntergang schließlich tauchte die Veste vor ihnen auf; als er die hohen, weißgetünchten Mauern sah, dachte Reinhart voller Vorfreude: Bald kann ich dem Ritter berichten, daß wir einen geeigneten Standort für die Glashütte gefunden haben.

***

Vorerst freilich weilte Gewolf von Degenberg noch in Regensburg. Am frühen Nachmittag hatte er sich von seinen Knappen die Rüstung anlegen lassen, danach war er im Sattel des gescheckten Percherons abermals zur Haid geritten. Jetzt – es war der Tag nach der Rückkehr des Glasmachers und Waldradas zur Burg im Donauwald – schmetterten die Fanfaren der Turnierherolde; im selben Augenblick gab der Degenberger seinem Streithengst die Sporen, um sich im Buhurt zu bewähren.

Der Percheron preschte vorwärts; zu beiden Seiten Gewolfs galoppierten gleichzeitig rund zwei Dutzend weitere gepanzerte Ritter los. Dasselbe geschah am gegenüberliegenden, westlichen Ende des Turnierplatzes; auch dort spornten knapp dreißig Kämpfer ihre Tiere an und donnerten der Schar entgegen, die sich von Osten näherte.

Es war ein prachtvolles kriegerisches Bild; die Kettenhemden, reich geschmückten Helme und Lanzenspitzen der Reiter spiegelten das Sonnenlicht wider; die Schilde leuchteten ebenso wie die Schabracken der Pferde in den unterschiedlichsten Farben. Die Erde erdröhnte unter dem rhythmischen Hufschlag der schweren Rösser; die vielen tausend Zuschauer, welche sich auch heute wieder an den Rändern der Haid drängten, feuerten die Ritter lautstark an. Dann, als die Gepanzerten ihre Stoßwaffen senkten, wurde das Geschrei zu infernalischem Gebrüll; im nächsten Moment prallten die Reiterrudel aufeinander.

Ein ohrenbetäubendes metallisches Krachen ertönte; mehr als die Hälfte der langen Lanzenschäfte splitterten, Tartschen wurden verbeult, erschrocken wiehernde Pferde bäumten sich auf. An die zehn Ritter stürzten; die übrigen ließen die Stoßwaffen fahren und griffen nach den Schwertern und Morgensternen, die an ihren Sattelhörnern hingen. Gleich darauf war der Nahkampf im Gange, überall verbissen sich die Gegner im wütenden Schlagabtausch. Manche fochten dort, wo es zum Zusammenstoß der beiden Reiterscharen gekommen war; andere jagten sich, Hieb und Gegenhieb tauschend, kreuz und quer über den Turnierplatz.

Der Degenberger hatte Glück gehabt und war beim ersten Zusammenprall auf dem Rücken des Percherons geblieben. Nun setzte er mit geschwungener Klinge denen zu, die in seine Reichweite kamen. Einmal sah es so aus, als könnte er einen Kämpen zu Fall bringen, der auf seinem Schild den silbernen Schwan des Schierlinger Adelsgeschlechts trug. Aber im entscheidenden Moment bockte Gewolfs Roß; der andere vermochte sich mit knapper Not zu retten, und gleich darauf sah sich der Degenberger Ritter selbst in der Bredouille. Zwei Kämpfer der Gegenpartei griffen ihn von beiden Seiten her an; schon fürchtete Gewolf, er müsse den Sattel räumen. Doch da fegte eine heranwirbelnde Streitkeule einen der Gegner vom Pferd; gleich darauf hatte der Degenberger den zweiten in die Flucht geschlagen, und jetzt ließ er den Percheron steigen, um seinen Triumph auszukosten.
Während der Schecke sich mit trommelnden Vorderhufen aufbäumte, erkannte Gewolf, daß mittlerweile gut ein Drittel der Gepanzerten auf der Erde lagen oder von ihren Knappen weggebracht wurden. Ich dagegen werde mich bis zum Schluß des Buhurts behaupten, schoß es ihm durch den Kopf; ich werde auch dann noch auf dem Roß sitzen, wenn die Fanfaren das Zeichen zur Einstellung des Kampfes geben!
In derselben Sekunde aber, da er dies dachte, traf ein heftiger Schwerthieb seine Hüfte. Der Degenberger wankte, der Percheron brach seitlich aus; verzweifelt versuchte Gewolf, sich im Sattel zu halten und den Hengst wieder in seine Gewalt zu bringen. Doch da schlug der Ritter, der ihn angegriffen hatte, erneut zu; diesmal schmetterte der Hieb schräg von hinten gegen das Helmdach des Degenbergers. Knirschend zerbrach eines der dort angebrachten Widderhörner; Gewolf wurde auf den Hals seines Streitrosses geschleudert, verlor die Steigbügel und stürzte. Hart landete er auf dem zerstampften Boden der Haid und blieb mit dröhnendem Schädel liegen; der Schierlinger Burgherr, der ihn überwältigt und so seine Scharte von vorhin ausgewetzt hatte, rief höhnisch nach den Knappen des Degenbergers, damit sie ihrem Herrn beispringen sollten.

Die Gefolgsleute Gewolfs rannten heran, lösten den Helm des besiegten Ritters und halfen ihm wieder auf die Beine. Weil der Degenberger, der von dem schweren Sturz noch immer halb betäubt war, taumelte, stützten die Knappen ihn auf seinem Weg zum östlichen Ende des Turnierplatzes. Unterdessen fing Ralf, der Falkner, welcher ebenfalls herbeigeeilt war, den durchgegangenen Percheron ein. Es dauerte einige Zeit, bis er das verstörte Tier zu dem Patrizierhaus am Rand der Haid gebracht hatte, unter dessen Arkaden Gewolf inzwischen zusammen mit weiteren bezwungenen Rittern saß.

Gerade als Ralf mit dem Roß dort eintraf, erklang von der Tribüne der Ratsherren her das Fanfarensignal, welches das Ende des Buhurts ankündigte. Die ungefähr fünfzehn Kämpfer, die sich bis zuletzt behauptet hatten, ließen voneinander ab und feierten ihren Erfolg, indem sie die Waffen schwenkten und die Pferde zum Kapriolen oder Steigen brachten. Dann formierten sie sich zu einer Kavalkade und trabten zur Ratstribüne, um dort ihre Siegestrophäen in Empfang zu nehmen.

»Dort drüben spreizt sich der Schierlinger eitel wie ein Pfau!« knurrte Gewolf von Degenberg. »Dabei hatte ich ihn schon so gut wie überwunden, und hätte der Hundsfott mich anschließend nicht hinterrücks angegriffen, würde einer der Ehrenpreise mir gehören statt ihm!«

»Da habt Ihr ohne Zweifel recht, Herr«, stimmte der Falkner ihm schmeichlerisch zu. »Der Feigling focht alles andere als ritterlich. Wäre er Manns genug gewesen, Euch Auge in Auge gegenüberzutreten, hätte er gewiß den kürzeren gezogen.«

»Darauf kannst du Gift nehmen!« versetzte der Degenberger. »Und beim nächsten Turnier wird der Schierlinger für seine Tücke bezahlen, das schwöre ich!«

»An dem Tag möchte ich, bei Gott, nicht in seiner Haut stecken!« kam es von Ralf.

Gewolf grinste, dann befahl er seinem Schildknappen: »Gib dem Falkner ein Silberstück. Er soll es in meinem Namen vertrinken und den Hundsfott dabei zur Hölle wünschen.«

Der Knappe gehorchte; Ralf nahm die Münze entgegen und dankte dem Ritter. Wenig später, während der Degenberger wieder in den Sattel stieg, um zu seinem Quartier zu reiten, verließ der Falkner das Arkadengewölbe, überquerte den Platz und verschwand in einer der engen, verwinkelten Gassen nördlich der Haid.

In einer verschwiegenen Taverne dort erwartete ihn ein hagerer Mann von etwa vierzig Jahren, mit dem er im Lauf der Turnierwoche bereits mehrmals heimlich zusammengetroffen war und der die Kleidung eines Händlers trug. Ralf setzte sich zu ihm, warf das Geldstück, das er von Gewolf bekommen hatte, auf den Tisch und erklärte: »Das ist die Anzahlung für den Dienst, den du mir leisten sollst, und sofern wir heute einig werden, bekommst du noch ein Erkleckliches mehr.«

Im Verlauf der folgenden Stunde leerten die beiden einen Krug Wein und beredeten dabei offenbar Dinge, die nicht für fremde Ohren bestimmt waren. Zuletzt reichte der Falkner dem anderen einen kleinen Lederbeutel; der Händler öffnete ihn und zählte die Münzen, dann feixte er und versprach Ralf: »Du kannst dich auf mich verlassen! Es wird alles so geschehen, wie wir es besprochen haben!«

Das Ränkespiel

Ungeduldig hatte Reinhart die Heimkehr des Ritters erwartet; endlich, drei Tage nachdem der Glasmacher und Waldrada von Englmar zurückgekommen waren, meldete der Wächter auf dem Bergfried das Nahen des Reiterzuges. Wenig später passierten die Rösser im Schein der sinkenden Sonne das Brückentor. Die Burgleute, die sich im äußeren Hof versammelt hatten, empfingen Gewolf und sein Gefolge mit freudigen Rufen. Auch Reinhart und Waldrada waren herbeigeeilt; insgeheim hoffte der Glasmacher, daß der Ritter ihn sofort zu sich befehlen würde, um zu erfahren, ob er einen Hüttenbauplatz gefunden habe. Tatsächlich fiel der Blick des Degenbergers kurz auf ihn, doch unmittelbar darauf erschien unter dem inneren Tor Irmingard, die Burgherrin, und winkte ihrem Gemahl zu. Lachend erwiderte Gewolf den Gruß, dann setzte er seinen fuchsroten Tölter in Trab und schien es kaum erwarten zu können, seine Gattin in die Arme zu schließen.
»Du mußt es ihm nachsehen«, raunte Waldrada ihrem Geliebten ins Ohr. »Der Arme war gezwungen, länger als eine Woche ohne sein Weib auszukommen. Da ist es nur verständlich, wenn er sich jetzt um so heftiger nach ihr sehnt. Heute abend will er daher bestimmt nicht mehr mit dir reden, aber morgen wird er sich gewiß an den Auftrag erinnern, den er dir gab.«
»Dann werde ich mich also noch eine Nacht gedulden«, antwortete Reinhart seufzend.
»Ich werde dir die Wartezeit schon versüßen«, versprach Waldrada mit verführerischem Augenaufschlag; im nächsten Moment schmiegte sie sich an ihn und brachte ihn dazu, sie zu küssen.
Weder Reinhart noch Waldrada bemerkten, daß der Falkner, der soeben einen Steinwurf entfernt vom Roß stieg, sie beob-

achtete. Zuerst verzerrte sich das Gesicht Ralfs vor Haß; einen Atemzug später jedoch verzogen sich seine Lippen zu einem bösartigen Grinsen. Er reizte den Beizvogel, den er auch diesmal auf der Faust trug, bis der gefiederte Räuber aggressiv die Schwingen spreizte, und zischelte: »Turtelt nur, ihr Täubchen! Bald wird's euch vergehen, dafür habe ich gesorgt!«
Als das Paar sich voneinander löste, hatte der Falkner sich umgedreht und machte nun Anstalten, sein Pferd zu den Stallungen zu führen. Auch Reinhart und Waldrada verließen den Platz am Tor, um den anderen beim Versorgen der Tiere und Abladen des Troßwagens behilflich zu sein. Kurz bevor die Nacht hereinbrach, lag der äußere Burghof wieder leer und still da; der Glasmacher war zusammen mit Waldrada in seiner Unterkunft verschwunden, und dort hielt die junge Frau das Versprechen, das sie Reinhart gegeben hatte.
Am folgenden Vormittag begegnete der Glasmacher, während er zum Brunnen ging, dem Vogt. Der Burgverwalter teilte ihm mit, Gewolf wolle ihn gegen Mittag holen lassen; bis dahin müsse er sich noch gedulden. Reinhart dankte dem Vogt für die Auskunft; am Ziehbrunnen füllte er die Wasserkanne, die er bei sich hatte, und machte sich auf den Rückweg zu seinem Wohngebäude. Da im selben Augenblick Waldrada herauskam, stellte er den Krug auf der Sitzbank neben der Tür ab und sagte ihr, was er vom Burgverwalter erfahren hatte – plötzlich hörte er, wie jemand seinen Namen rief; er drehte sich um und sah den Ritter heranschreiten.
»Eigentlich wollte ich erst später mit dir sprechen«, erklärte Gewolf dem Glasmacher, nachdem er bei dem Paar stehengeblieben war. »Aber weil ich dir gerade begegne, können wir es auch gleich erledigen. – Ist es wahr? Hast du wirklich einen geeigneten Bauplatz für die Glashütte gefunden, wie der Vogt mir andeutete?«
»Der Ort, den Waldrada und ich nördlich des Hirschenstein entdeckten, ist ideal«, bestätigte Reinhart. »Es gibt dort fast alles, was man zur Glasherstellung braucht: Quarz, Brennholz, Lehm für den Schmelzofenbau und Wasserkraft. Einzig

ein Vorkommen von Kalkerde fehlt, doch ich denke, der Kalk für das Gesätz läßt sich leicht anderswo beschaffen.«
»Ich besitze eine gute Grube am Weißenberg bei Schwarzach«, nickte der Ritter. »Und wenn sie irgendwann erschöpft sein sollte, können wir Steinkalk vom Keilberg nahe Regensburg bekommen, wo der Abbau in großem Stil durchgeführt wird.« Gewolf zwinkerte Reinhart aufgeräumt zu. »Du mußt also bloß noch die Hütte errichten, dann steht der Herstellung der ersten Degenberger Glaswaren nichts mehr im Wege.«
»Sofern Ihr mir genügend Helfer zur Verfügung stellt, sollte die Glashütte bis September, spätestens Oktober fertig sein«, entgegnete Reinhart.
»An Hilfskräften wird es dir nicht mangeln«, versicherte der Ritter. »Am besten suchst du die richtigen Leute zusammen mit dem Vogt aus, und danach ...«
Gewolf verstummte, weil beim äußeren Tor auf einmal Unruhe aufkam. Er spähte zu der Bastion hinüber, wo sich einige erregt gestikulierende Mägde versammelt hatten, und jetzt erschien unter dem Torschlund ein Reiter. Der hagere, etwa vierzigjährige Mann saß auf dem Rücken einer grobknochigen grauen Stute; neben der Mähre lief ein Muli, auf dessen Tragsattel verschiedene in Leder eingeschlagene Packen festgezurrt waren. Am Zaumzeug der Tiere hingen Schellen; ihr Scheppern lockte weitere Schaulustige herbei, welche dem Fremden nunmehr das Geleit dorthin gaben, wo der Ritter stand.
Bei Gewolf, Reinhart und Waldrada angelangt, stieg der Mann vom Pferd und verneigte sich vor dem Burgherrn. Der Ritter musterte ihn, dann erkundigte er sich: »Du bist ein Händler, der auf dem Degenberg Geschäfte machen will?«
»Veith lautet mein Name«, antwortete der Hagere. »Und ich bringe Steinsalz, Gewürze, Stoffe sowie allerlei Tand, welcher den Weibern gefällt.«
»Daß das Frauenvolk auf dich fliegt, habe ich schon gemerkt«, versetzte Gewolf; ernsthafter fuhr er fort: »Du kannst dir hier in der Vorburg eine Unterkunft anweisen las-

sen und deine Waren beim inneren Tor feilbieten. Aber ich warne dich. Versuchst du, jemanden zu betrügen, lasse ich dich ins Verlies werfen!«
»Ich bin ein ehrlicher Mensch!« beteuerte der Händler.
»Das will ich hoffen!« beendete der Ritter die kurze Unterredung.
Veith verbeugte sich erneut und schickte sich an, die graue Stute und den schwerbepackten Maulesel über den Burghof zu führen. Während er die Tiere herumzog, faßte er Reinhart und Waldrada scharf ins Auge. Der Glasmacher bemerkte nichts, doch die junge Frau zuckte zusammen; irgend etwas im Wesen des Fremden ängstigte sie. Seine Pupillen, dachte sie unwillkürlich, haben etwas Stechendes und Böses. Wie schutzsuchend tastete sie nach Reinharts Hand und flüsterte ihm zu: »Der Kerl gefällt mir nicht, wir sollten uns vor ihm in acht nehmen! Es scheint mir fast, als hätte er den bösen Blick!«
Bevor Reinhart etwas zu erwidern vermochte, wies Gewolf, welcher die seltsame Warnung ebenfalls vernommen hatte, Waldrada zurecht: »Laß das abergläubische Gerede! Dieser Veith ist harmlos, der tut keiner Fliege etwas zuleide.«
»Wenn Ihr es sagt, will ich es glauben«, murmelte Waldrada.
Der Ritter gab sich damit zufrieden und wandte sich wieder dem Glasmacher zu: »Zurück zu den Hilfskräften, welche du für den Hüttenbau brauchst. Du suchst dir also die richtigen Leute aus, triffst alle anderen Vorbereitungen und ziehst dann zusammen mit deinen Helfern in die Wälder nördlich des Hirschenstein. – Bis wann, denkst du, kannst du aufbrechen?«
»Wahrscheinlich bereits in wenigen Tagen«, entgegnete Reinhart; anschließend besprachen er und Gewolf verschiedene Einzelheiten. Waldrada hörte ihnen zu und beobachtete gleichzeitig den Händler, der mittlerweile in der Nähe des inneren Burgtores damit beschäftigt war, sein Muli zu entladen. Nach wie vor hatte die junge Frau das Gefühl, als sei mit dem hageren Fremden etwas nicht in Ordnung – freilich ahnten weder sie noch der Glasmacher, noch der Ritter, daß es

sich um denselben Mann handelte, mit dem der Falkner nach dem Buhurt in Regensburg in der verschwiegenen Taverne zusammengesessen hatte.

***

Die tiefe Stille der Mitternacht lag über dem Land. Nur in der Ferne, dem Donautal zu, war manchmal der Ruf eines Uhus zu hören; sooft der gespenstische Laut erklang, umklammerte der Waffenknecht, der oben auf dem Bergfried Wache hielt, den Schaft seiner Armbrust instinktiv fester.
Im Blockhaus an der Mauer des äußeren Burghofes, wo Reinhart und Waldrada engumschlungen schliefen, waren die unheimlichen Schreie des Nachtvogels nicht zu vernehmen. Trotzdem träumte die junge Frau unruhig, ab und zu murmelte sie undeutliche Worte – jetzt erwachte sie plötzlich, fuhr im Bett auf und starrte verstört in die Finsternis.
Waldrada hätte nicht sagen können, warum sie hochgeschreckt war, aber sie spürte, daß da irgend etwas gewesen sein mußte. Mit heftig klopfendem Herzen lauschte sie – dann hatte sie auf einmal das Gefühl, als lauere jemand am halb geöffneten Fensterladen. Sie unterdrückte einen Schrei, griff hastig nach Reinharts Schulter und rüttelte ihn; schlaftrunken setzte auch er sich auf und vernahm im nächsten Moment Waldradas panisches Flüstern: »Jemand ist draußen vor dem Fenster! Einer, der Böses im Sinn hat!«
»Ach was«, murmelte der Glasmacher. »Das bildest du dir bloß ein. Wer sollte ...«
»Der Falkner vielleicht!« unterbrach ihn Waldrada.
Diese Vorstellung ließ Reinhart schlagartig munter werden. Er sprang vom Lager, hastete zur Tür, riß sie auf, rannte ins Freie und durchforschte die Umgebung des Holzhauses. Doch da war nichts, nur die Balken des Gebäudes und das rauhe Gefüge der Burgmauer. Der Glasmacher kehrte zum Eingang des Blockhauses zurück; hier stutzte er, denn von weitem erklang der schaurige Jagdruf eines Uhus.
Ein solcher Vogelschrei muß Waldrada geängstigt haben,

dachte Reinhart; gleich darauf legte er sich wieder neben seine Geliebte, zog sie in die Arme und teilte ihr seine Beobachtung mit. Zunächst freilich beharrte Waldrada darauf, daß sie einen Schatten beim Fensterladen gesehen hätte; schließlich ließ sie sich aber überzeugen und gab zu: »Es wird wohl so gewesen sein, wie du sagst. Der Ruf des Nachtvogels hat mich aus dem Schlaf gerissen, und in meiner Verwirrung sah ich Gespenster.« »Sie kuschelte sich enger an ihn und barg ihr Gesicht in seiner Achselhöhle; als Reinhart fürsorglich die Decke über sie zog, murmelte sie: »Es tut mir leid, ich war dumm ...«
Wenig später waren nur noch die regelmäßigen Atemzüge des schlummernden Paares zu vernehmen, und auch im Burghof herrschte neuerlich tiefe Stille. Zumindest galt dies für eine gewisse Zeit – dann nämlich löste sich aus dem Schatten der Schmiede, die unweit der Behausung des Glasmachers in einem Winkel der Vorburg stand, eine Gestalt.
Es war Veith, der Händler. Mit hämischem Gesichtsausdruck schaute er zum Blockhaus hinüber, zu dessen Fensterluke es ihn vorhin getrieben hatte, und wisperte: »Du hättest ein wenig eifriger nachsuchen sollen, du Narr! Nun hast du deine Chance verpaßt und wirst die Suppe auslöffeln müssen, die ich dir einbrocken werde!«
Lautlos lachte der Hagere auf und huschte davon. Er erreichte das Tor zum inneren Burghof, das unbewacht war, passierte es und lief am Brunnen vorbei auf den Palas zu. Behende huschte er dort die Steintreppe zum Portal empor; oben angelangt, atmete er tief durch und klopfte an der Pforte. Zuerst regte sich drinnen nichts, doch nachdem der Händler ein zweites Mal gepocht hatte, wurde der Schieber im Portal geöffnet.
»Ist da einer?!« erklang es hinter der Luke.
Veith gab sich zu erkennen; daraufhin fragte der Waffenknecht, der die Nachtwache hatte, unwirsch: »Was, in Teufels Namen, willst du zu dieser nachtschlafenden Stunde?!«
»Ich muß den Ritter sprechen!« erwiderte der Händler. »Es geht um eine höchst wichtige Angelegenheit!«
»Erkläre dich genauer!« forderte der Reisige.

Veith beugte sich vor, raunte dem Wächter einige Sätze zu und schloß: »Du siehst, mit der Sache ist nicht zu spaßen! Womöglich muß angesichts dessen, was ich dem Degenberger zu sagen habe, sogar der Scharfrichter tätig werden!«
Kaum hatte der Händler geendet, öffnete der Reisige die Pforte. Veith trat ein; der Waffenknecht verschloß das Portal wieder und nahm eine Fackel, die in einem eisernen Wandhalter daneben steckte, zur Hand. Anschließend geleitete er den Händler ins oberste Stockwerk des Palas. In einem Vorraum zu den Gemächern Gewolfs und seiner Gemahlin befahl der Reisige: »Warte hier!« Veith gehorchte, der Waffenknecht verschwand in einem Durchgang und blieb eine ganze Weile weg.
Endlich kehrte er mit dem Ritter zurück. Gewolf, der einen pelzbesetzten Umhang über sein Nachtgewand geworfen hatte, wirkte äußerst ungnädig. Mit einer schroffen Handbewegung entließ er den Reisigen, schoß einen scharfen Blick auf den Händler und knurrte: »Gnade dir Gott, falls du mich wegen irgendwelcher Hirngespinste aus dem Schlaf gerissen hast!«
»So ist es ganz gewiß nicht!« beteuerte Veith. »Ich habe Euch vielmehr aufgesucht, um ein Verbrechen anzuzeigen. Der Glasmacher, der sich in Eurer Burg eingenistet hat, verübte es, und wenn Ihr ihn nicht unschädlich macht ...«
»Warum rückst du erst jetzt damit heraus?« fiel ihm der Ritter ins Wort. »Sofern du nach deiner Ankunft auf der Veste in Reinhart tatsächlich einen Schurken erkannt hast, wäre es deine Pflicht gewesen, mich sofort zu warnen!«
»Tagsüber oder selbst am Abend noch hätte der Lump Wind davon bekommen und fliehen können«, antwortete der Händler. »Deshalb hielt ich es für besser, die Mitternacht abzuwarten, um mich ungesehen zu Euch zu schleichen.«
»Vielleicht war das wirklich das Beste«, stellte der Ritter nach kurzem Nachdenken fest. »Und nun rede! Was weißt du über den Glasmacher?!«

***

Die Decke rutschte von Waldradas Schultern; im Tiefschlaf bemerkte die junge Frau es nicht, schmiegte sich aber instinktiv enger an den Mann, in dessen Armen sie lag. Ebenfalls unbewußt reagierte Reinhart, seine Hand glitt über Waldradas Rücken zu ihrer Hüfte; ein paar Herzschläge später schlummerte das Paar wieder bewegungslos.
Ungefähr eine Stunde verstrich, dann wurde Waldrada auf einmal unruhig. Ihr Atem ging schneller, die geschlossenen Lider flatterten, kleine Schweißperlen traten auf ihre Stirn; die Lippen der jungen Frau zuckten, als bemühten sie sich verzweifelt, Worte zu artikulieren. Offenbar erlebte Waldrada erneut einen Alptraum; jetzt bäumte ihr Körper sich auf, gleichzeitig drang aus ihrer Kehle ein Schrei – in derselben Sekunde schien die vordere Wand des Blockhauses zu bersten.
Mit schmetterndem Krachen flog die Tür auf, Fackelschein lohte herein; das rötliche Flackern beleuchtete die Gestalt eines Bewaffneten, dem weitere Männer folgten. Die Reisigen hasteten zum Bett, rissen Waldrada beiseite und packten den Glasmacher; ehe er richtig wach war, hatten zwei Waffenknechte ihn von der Lagerstatt gezerrt. Taumelnd, während seine Geliebte sich wimmernd im harten Griff eines dritten Reisigen wand, stand Reinhart da. Nun zückte einer der Männer das Kurzschwert gegen ihn; ein anderer warf ihm seine Kleider zu und forderte ihn auf, sich anzuziehen. Als der Glasmacher, der seinen Schock jetzt zu überwinden begann, protestierte, drückte ihm der Reisige, welcher das Schwert gezogen hatte, die Spitze der Waffe gegen die Kehle. Reinhart sah sich gezwungen, seinen Widerstand aufzugeben; er stieß lediglich hervor: »Warum?!«
»Das wird dir der Ritter schon klarmachen!« fuhr ihn der Mann an, der ihn mit dem Kurzschwert bedrohte. »Und nun spute dich, du Verbrecher, damit wir dich vor den Degenberger bringen können!«
Als Waldrada das hörte, steigerte ihr Wimmern sich zu einem Weinkrampf; der Reisige, welcher sie festhielt, lockerte seinen Griff und ließ sie aufs Bett gleiten. Wenig später war der Glas-

macher angekleidet und wurde von den Waffenknechten, es waren insgesamt vier, ins Freie gebracht. Vor dem Haus hatten sich inzwischen etliche durch den Lärm aufgestörte Mägde und Knechte versammelt; bei ihnen stand auch der Falkner. Die Reisigen führten Reinhart an der Gruppe der Burgleute vorbei; die meisten starrten erschrocken auf den Gefangenen und seine Bewacher, Ralfs Gesicht jedoch verzerrte sich beim Anblick des Glasmachers zu einem schadenfrohen Grinsen. Niemand freilich bemerkte es, denn im selben Moment stürzte Waldrada aus dem Blockhaus. Wild schluchzend rannte sie hinter den Waffenknechten her und hätte sie womöglich mit bloßen Fäusten angegriffen; ehe es allerdings soweit kommen konnte, schritten einige besonnene ältere Dienstleute ein und bemühten sich, Waldrada zu beruhigen.
Gleich darauf verschwanden die Reisigen und Reinhart unter dem Bogen des inneren Tores; rasch überquerten sie den Hof dahinter und erreichten den Zugang zum Palas. Während er mühsam die unregelmäßigen, im ungewissen Fackellicht doppelt gefährlichen Stufen hinaufstieg, jagten sich die Gedanken des Glasmachers.
Seine überraschende Festnahme, so fürchtete er, konnte nur einen Grund haben: Auf irgendeine Weise mußte Gewolf von den Geschehnissen am Tegernsee erfahren haben. Zwar vermochte Reinhart sich nicht zu erklären, wie dies möglich gewesen war, aber nur so reimte sich alles zusammen. Irgendwie waren ihm die Mönche auf die Spur gekommen und hatten den Degenberger über seine wahre Identität in Kenntnis gesetzt; der Ritter wiederum war gezwungen gewesen, sich der Macht der Kleriker zu beugen, und hatte ihn daher gefangennehmen lassen. Jetzt würde er den Zorn Gewolfs, der sich zutiefst hintergangen fühlen mußte, zu spüren bekommen. Der Ritter konnte ihn entweder gleich hier auf der Veste an Leib und Leben strafen, oder man würde ihn zurück ins Kloster Tegernsee bringen, wo ihm dasselbe grausame Schicksal drohte.
Diese Befürchtungen quälten Reinhart, als er die Treppe zum

Portal des Palas emporkletterte; sie peinigten ihn weiter, während er zwischen den Waffenknechten zum Treppenturm ging. Mit jedem Stockwerk, das er höher stieg, wuchs seine Angst – dann, im obersten Geschoß, blieben zwei der Reisigen vor einer Spitzbogenpforte am Ende eines gewölbten Ganges zurück; die beiden anderen brachten den Glasmacher in das Erkergemach, wo Wochen zuvor die erste Begegnung zwischen ihm und dem Burgherrn stattgefunden hatte.
Gewolf von Degenberg hatte den pelzbesetzten Umhang mittlerweile mit seinem Wappenrock vertauscht. Steif aufgerichtet saß er auf einem Scherenstuhl an der Stirnseite des Raumes; neben ihm stand der Händler, der tückisch feixte, als Reinhart eintrat. Das Antlitz des Ritters dagegen blieb unbewegt; mit steinerner Miene wartete er ab, bis die Bewaffneten den Glasmacher vor ihn geführt hatten. Aus der Nähe sah Reinhart eine bedrohliche senkrechte Falte zwischen den Augenbrauen des Burgherrn; noch schlimmer erschien ihm das niederträchtige Grinsen Veiths.
Der Händler muß in Wirklichkeit ein Spion der Tegernseer sein, schoß es dem Glasmacher durch den Kopf. Gleichzeitig nahm er wahr, daß Gewolf eine knappe Bewegung mit der Rechten machte, worauf die Reisigen sich entfernten und im Hintergrund des Gemachs bei der Tür Aufstellung nahmen.
Ganz wie in einem Gerichtssaal, dachte Reinhart; im selben Moment redete der Ritter ihn an: »Man hat schwere Anklage gegen dich erhoben! Ich habe dich zu mir bringen lassen, damit du dich rechtfertigst – sofern du kannst!«
Neuerlich überschlugen sich Reinharts Gedanken. In einer ersten Regung war er versucht, alles zu gestehen; in der nächsten Sekunde wurde ihm klar, daß er das Verhängnis damit nur beschleunigen würde – letztlich preßte er in panischer Ratlosigkeit die Lippen zusammen und schwieg.
Die Zornesfalte auf Gewolfs Stirn vertiefte sich. Der bohrende Blick, mit dem der Burgherr den Glasmacher musterte, bekam jäh etwas Verächtliches; plötzlich wandte sich der Ritter Veith zu und forderte ihn auf: »Bring deine Beschuldigung vor!«

»Wie Ihr befehlt, Herr!« Der Händler verneigte sich, dann machte er einen Schritt in Reinharts Richtung, deutete mit theatralischer Geste auf ihn und behauptete: »Dieser angebliche Glasmacher ist in Wahrheit ein abgefeimter und gefährlicher Betrüger! Ein verbrecherischer Scharlatan, der sich mit fremden Federn schmückt! Ein Hochstapler, welcher anderen weismacht, eine seltene Kunst zu beherrschen, obwohl er wahrscheinlich noch nie eine Glashütte von innen sah ...«
Gewolf wurde ungeduldig und unterbrach Veith: »Zur Sache! Nenne die Fakten, auf die deine Anklage sich stützt!«
»Jawohl, Herr!« dienerte der Händler, sodann berichtete er: »Ich bin diesem Kerl früher schon einmal begegnet. Damals, ungefähr vor Jahresfrist, bot ich meine Waren im Erzbistum Salzburg feil und besuchte unter anderem die Zinkenburg, welche sich hoch über dem Wolfgangsee erhebt. Dort beherbergte man seit einigen Wochen einen Fremden, der sich als Glasmacher ausgab; es war eindeutig derselbe, der hier vor uns steht, bloß nannte er sich in jenen Tagen Wolfhart ...«
»Du lügst!« rief Reinhart aus. »Nie in meinem Leben war ich auf der Zinkenburg!«
»Schweig!« herrschte ihn der Degenberger an. »Wenn du etwas zu dem Crimen zu sagen hast, dessen du dich im Salzkammergut schuldig machtest, kannst du es später tun!«
Reinhart biß sich auf die Lippen; er begriff gar nichts mehr. Er hatte erwartet, sich wegen der Geschehnisse am Tegernsee verantworten zu müssen; statt dessen sah er sich mit irrationalen Anwürfen konfrontiert – und gleich darauf kam es noch ärger.
»Du, egal ob du nun Wolfhart oder Reinhart heißt, hattest dir das Vertrauen des Zinkenburger Ritters erschlichen«, fuhr Veith fort. »Du hattest dem Burgherrn, wie alle auf der Veste wußten, versprochen, Glas für ihn herzustellen. Und der Ritter vertraute dir, weil er sich von dir blenden ließ und hoffte, mit dem Verkauf der Butzenscheiben hohe Gewinne zu erzielen. Der Zinkenburger vertraute dir auch, als du ihm vorlogst, du müßtest zunächst noch einige Vorbereitungen treffen, ehe du mit der Glasherstellung beginnen könntest; vor allem seien

gewisse Versuche mit alchimistischen Steinen und Metallen nötig. Infolgedessen gab der Ritter dir Gold, damit du diese teuren Dinge besorgen konntest – was jedoch wirklich mit den Dukaten geschah, welche du dem Burgherrn abschwatztest, weißt du zweifellos besser als ich …«
Reinhart war dermaßen geschockt, daß er den Händler lediglich entgeistert anzustarren vermochte; Veith wartete ab, bis die Stille lastend wurde, erst dann redete er weiter: »Du bekamst das Gold am letzten Tag, den ich selbst auf der Zinkenburg verbrachte. Ich sah dich zusammen mit zwei Reisigen, welche der Ritter zu deinem Schutz abgestellt hatte, davonreiten. Angeblich wolltest du nach Salzburg, um in der Bischofsstadt die bewußten Ingredienzen zu kaufen; dem Burgherrn hattest du hoch und heilig geschworen, spätestens nach zwei Wochen zurückzukommen. Diesen Eid aber hast du keineswegs gehalten – vielmehr begingst du einen Doppelmord!«
»Einen … was?!« stieß Reinhart entsetzt hervor.
»Eine schändliche Bluttat, der zwei Menschen zum Opfer fielen!« Die Stimme Veiths klang schneidend. »Und du bist der Schuldige! Der Meuchelmörder, welcher sich im Salzkammergut seiner gerechten Strafe entzog! Doch jetzt wird sie dich um so härter treffen! Hier auf dem Degenberg bist du in die Falle gegangen, und nun wird sich der Henker deiner annehmen!«
»Das entscheide ich, nicht du!« wies Gewolf den Händler zurecht.
»Verzeiht, Herr!« Veith buckelte vor dem Ritter, dann drehte er sich wieder Reinhart zu: »Ich verließ die Zinkenburg damals nur wenige Stunden nach dir und setzte meine Handelsreise weiter nach Osten fort. Beinahe einen Monat war ich am Attersee, am Traunsee und danach in der Gegend von Kremsmünster unterwegs; als meine Geschäfte mich schließlich erneut zum Wolfgangsee führten, erfuhr ich von deinem Verbrechen. Du warst nicht, wie mit dem dortigen Burgherrn vereinbart, nach längstens vierzehn Tagen auf die Veste zurückgekehrt. Nachdem diese Frist verstrichen war, forschte

man deshalb nach dir sowie den beiden Reisigen, und dabei machten die Waffenknechte, welche der Zinkenburger ausgesandt hatte, eine grausige Entdeckung.
Einen Tagesritt von der Festung entfernt fanden sie in einer Klamm unweit des Weges nach Salzburg einen großen, offensichtlich erst kürzlich aufgeschichteten Steinhaufen, der ihren Argwohn erweckte. Als sie einen Teil der Brocken beiseite geschafft hatten, stießen sie auf zwei Pferdekadaver, und bei den Tieren lagen die Leichen der beiden Reisigen, welche der Burgherr dir zur Bedeckung mitgegeben hatte. Sowohl die Menschen als auch die Tiere waren erstochen worden, und als Täter kommst allein du in Frage, denn du warst mit den Waffenknechten fortgeritten. Auch den Hergang der Bluttat kann man sich leicht vor Augen führen: Du brachtest deine Begleiter am Ende des ersten Reisetages dazu, in der abseits des Pfades gelegenen Kluft zu lagern. Während der Nacht hast du sie im Schlaf ermordet und sie samt ihren Rössern, derer du dich aus Sicherheitsgründen ebenfalls entledigen mußtest, verscharrt. Danach bist du mit dem Gold, das der Ritter dir anvertraut hatte, verschwunden, und auf der Zinkenburg hatte man nicht nur die beiden Toten, sondern zudem den Verlust einer enormen Geldsumme zu beklagen.«
Der Händler bekreuzigte sich, dann schloß er: »Doppelmord und Raub – dieser Schwerverbrechen hast du dich schuldig gemacht, Reinhart, Wolfhart oder wie immer du dich sonst nennst. Und nun, da du die Dukaten des Zinkenburgers offenbar verpraßt hast, bist du hierher auf den Degenberg gekommen, um in dieser Burg eine ähnliche Schurkerei vorzubereiten. Aber diesmal machte die göttliche Macht dir einen Strich durch die Rechnung, indem sie mich gerade noch rechtzeitig eintreffen ließ, so daß ich deine Untaten aufdecken konnte.«
Mit diesen Worten trat Veith wieder neben den Scherenstuhl, in dem Gewolf saß. Mit halb geschlossenen Lidern wartete der Burgherr ab, bis sich das erregte Raunen der im Hintergrund des Gemachs bei der Tür stehenden Waffenknechte legte. Im selben Moment, da die Reisigen verstummten, hob

Gewolf den Kopf, fixierte Reinhart durchdringend und fragte in scharfem Tonfall: »Gestehst du deine Verbrechen ein?!«
»Das kann ich nicht – weil ich sie nicht begangen habe!« lautete die Antwort.
»Du behauptest dies trotz der erdrückenden Beweise, die gegen dich vorliegen?!« insistierte der Ritter.
»Die Anschuldigungen, welche der Händler gegen mich erhoben hat, sind völlig aus der Luft gegriffen!« verteidigte sich Reinhart. »Ich sagte vorhin schon, daß ich nie in meinem Leben auf der Zinkenburg war! Wenn dort ein Mann auftauchte, der sich als Glasmacher ausgab und dasselbe Aussehen wie ich besaß, so kann es sich höchstens um einen Doppelgänger von mir gehandelt haben.«
»Ein Doppelgänger?« höhnte Veith. »Auf diese Ausrede mußtest du ja verfallen!«
»Ruhig!« mahnte Gewolf. »Ich führe das Verhör!« Der Ritter überlegte kurz, dann wollte er von Reinhart wissen: »Hast du einen Zwillingsbruder oder einen anderen Verwandten, welcher dir sehr ähnlich sieht?«
»Ich besitze überhaupt keine Angehörigen mehr«, erwiderte Reinhart. »Deshalb ging ich bereits vor Jahren nach Italien, um in Venedig die Glasmacherkunst zu erlernen.« Während der Satz noch im Raum hing, dachte er: Ich muß unbedingt bei meiner erfundenen Geschichte bleiben! Darf mir jetzt auf gar keinen Fall eine Blöße geben!
»Das erzähltest du mir auch bei unserem ersten Gespräch«, versetzte Gewolf. »Doch du machtest mir keine präzisen Angaben, wann du nach Bayern zurückkamst. Überquertest du die Alpen erst kürzlich – oder womöglich schon vor Jahresfrist?«
»Ich kehrte vor etwa zwei Monaten heim«, entgegnete Reinhart gepreßt; mit dem nächsten heftigen Atemzug brach es aus ihm heraus: »Warum traut Ihr mir nicht?! Warum glaubt Ihr diesem Händler und seinen Anwürfen mehr als mir?! Habe ich mir denn das geringste zuschulden kommen lassen, seit ich Eure Festung betrat?! Hörtet Ihr je auch nur ein Wort über irgendwelche alchimistische Ingredienzen aus meinem

Mund, oder versuchte ich jemals, Euch Gold dafür abzuschwatzen?!«
»Davon war in der Tat nie die Rede«, gab der Ritter zu.
»Richtig, denn ich leistete ehrliche Arbeit!« hieb Reinhart in die Kerbe. »Zusammen mit Waldrada erforschte ich den Urwald bis weit hinauf in den Norden, und ich kann Euch versichern, es war mühsam genug, den geeigneten Platz für eine Glashütte zu finden. Ginge es mir um Betrug, hätte ich das wohl kaum auf mich genommen; als Scharlatan wäre ich gewiß anders vorgegangen. Aber ich hatte stets nur eines im Sinn: Euch aufrichtig zu dienen und damit auch mir eine Existenz hier im Waldgebirge zu schaffen. Und nun soll das alles zunichte werden, bloß weil dieser Mann mich auf infame Weise verleumdet!«
»Was ich sagte, ist wahr!« fuhr Veith auf; Gewolf brachte ihn durch eine Geste zum Schweigen und murmelte: »Ich würde dir gerne glauben ... Reinhart. Doch die Anklage gegen dich ist äußerst schwerwiegend. Und du vermochtest sie nicht wirklich zu entkräften, denn letztlich steht Aussage gegen Aussage.«
Die Gedanken des Glasmachers rasten. Plötzlich erkannte er seine Chance; sein Körper straffte sich, und er schlug dem Ritter vor: »Ich bin bereit, meine Unschuld vor Gott und Euch zu beschwören!«
Gewolfs Augen leuchteten auf. »Falls du das tust, glaube ich dir und spreche dich von jedem Vorwurf frei!«
»Ihr würdet auf einen Meineid hereinfallen, Herr!« Der Händler hatte den Ruf ausgestoßen, jetzt fügte er hinzu: »Wenn einer guten Gewissens auf die Bibel schwören kann, bin ich es!«
Für einen Moment wirkte der Ritter völlig ratlos. Sein Blick irrte zwischen Veith und Reinhart hin und her; dann stand er abrupt auf, schritt einige Male im Gemach auf und ab, blieb zuletzt vor dem Fenster stehen und starrte in die Dunkelheit hinaus. Endlich schien er einen Entschluß zu fassen, ging zu seinem Stuhl zurück, setzte sich, musterte den Glasmacher mit zusammengekniffenen Brauen und teilte ihm mit: »Nach-

dem selbst ein Eid, gleichgültig ob deiner oder der des Händlers, keine Klarheit schaffen könnte, sehe ich nur noch einen Ausweg. Veith behauptet, du seist ein Scharlatan und nicht imstande, Glas zu schmelzen. Du hingegen hast stets angegeben, du wärst in Italien in dieser Fertigkeit ausgebildet worden. Um nun die Wahrheit – auch was die Geschehnisse auf der Zinkenburg angeht – herauszufinden, muß ich dich auf die Probe stellen. Du wirst den Beweis dafür antreten müssen, daß du tatsächlich Glas herzustellen vermagst!«
Reinhart atmete erleichtert auf. »Sobald die Hütte errichtet ist, könnt Ihr Euch mit eigenen Augen von meinen Fähigkeiten überzeugen!« versprach er.
»Nein, das würde viel zu lange dauern«, wehrte Gewolf ab. »Ich will so rasch wie möglich Gewißheit haben. Deshalb fordere ich von dir, daß du hier in der Burg Glas schmilzt und verarbeitest – und zwar binnen drei Tagen! Bist du wirklich in der Kunst des Glasmachens erfahren, wirst du es fertigbringen – falls es dir nicht gelingt, bist du als Lügner und Verbrecher entlarvt!«
»Aber ... das ist unmöglich!« stammelte Reinhart. »Ich müßte hexen können, wenn ich hier auf der Veste ... Noch dazu innerhalb dieser kurzen Zeit ...« Ratlos, zutiefst verwirrt schüttelte er den Kopf. »Um Glas zu schmelzen und zu formen, braucht man ...«
»Da habt Ihr es, Herr!« triumphierte der Händler. »Der Schurke versucht, sich herauszuwinden!«
Reinharts Verzweiflung verwandelte sich jäh in panische Wut. Er ballte die Fäuste; es sah aus, als wollte er sich auf Veith stürzen.
Doch in der nächsten Sekunde stand der Ritter, die Hand am Dolchgriff, vor ihm und herrschte ihn an: »Kusch! Oder ich vergesse mich!«
»Verzeiht ...« keuchte Reinhart. »Ich ... ich wollte Euch bloß erklären ...«
»Ich mag keine weiteren Ausflüchte hören!« fiel ihm Gewolf ins Wort. »Ich frage dich lediglich noch einmal: Bist du imstande, binnen drei Tagen Glas herzustellen?!«

Reinhart rang mit sich; Schweiß perlte ihm von der Stirn, seine Lippen bebten. Er wollte sich zwingen, dem Ritter die Antwort zu geben, die dieser erwartete; er wollte es tun, um sich wenigstens Aufschub zu verschaffen. Aber es gelang ihm nicht; er war nicht fähig, Gewolf zu belügen. Seine Berufsehre hinderte ihn daran – und so wiederholte er letztlich mit gepreßter Stimme: »Es ist mir unmöglich ...«
Im selben Augenblick malte sich abgrundtiefe Verachtung auf Gewolfs Antlitz. Einen Lidschlag später wandte sich der Degenberger, während Veith im Hintergrund diabolisch feixte, schroff ab und befahl den Waffenknechten, welche bei der Tür standen: »Kerkert den Kerl ein!«
Die Reisigen traten vor, packten Reinhart und zerrten ihn nach draußen, wo die beiden anderen Knechte warteten. Dann eskortierten die Bewaffneten den verstörten Glasmacher zum Treppenturm; als sie das Portal des Palas erreichten, erkannte Reinhart, daß bereits der Morgen graute.
Im ersten fahlen Tageslicht führten die Reisigen ihn über den Innenhof der Burg zum Bergfried; dort mußte der Glasmacher eine schmale Holzstiege emporklettern. Hoch über dem Boden öffnete sich der Zugang zu dem wuchtigen Turm; drinnen ging es durch verschiedene Gewölbe, die mit Leitern verbunden waren, wieder nach unten. Schließlich erreichten Reinhart und seine Bewacher das Verlies. Einer der Waffenknechte öffnete die niedrige, eisenbeschlagene Pforte, ein anderer stieß ihn in das Gefängnisloch; während der Glasmacher auf einem Haufen fauligen Strohs landete, hörte er, wie die Kerkertür verriegelt wurde.

Das Verlies

Im Verlauf der ersten Stunden, die er in dem Kerkerloch verbrachte, konnte Reinhart kaum einen klaren Gedanken fassen. Der Schlag, der gegen ihn geführt worden war, hatte ihn völlig unerwartet und mit äußerster Brutalität getroffen; jetzt war der Glasmacher wie betäubt und wurde von dem Gefühl gequält, dem Unbegreiflichen hilflos ausgeliefert zu sein. Zeitweise starrte Reinhart wie gelähmt in die Dunkelheit, die lediglich dort vage Konturen gewann, wo sich von irgendwo schräg oben ein fahler Streifen Zwielicht hereinstahl; dann wieder packte ihn Wut, und er war versucht, zu schreien und mit den Fäusten gegen die Tür zu hämmern. Zwischen dumpfer Betäubung und ohnmächtigem Aufbegehren hin- und hergerissen, verbrachte der Glasmacher den Morgen; erst als der ins Verlies fallende Lichtschimmer in der Vormittagsmitte etwas kräftiger wurde, kehrte Reinharts Fähigkeit zu rationalem Denken zurück.

Nun zermarterte er sich das Gehirn über die Beweggründe, die den Händler dazu veranlaßt haben mochten, ihn derart zu verleumden. Doch er fand keine Erklärung; nie zuvor waren er und Veith einander begegnet, der Händler konnte nicht das geringste persönliche Motiv für seine Intrige gehabt haben. War Veith aber nur Werkzeug gewesen, so mußte jemand anderer der Anstifter sein: ein hinterhältiger Feind, der ihn, Reinhart, haßte und ihn vernichten wollte.

Als ihm das durch den Kopf ging, keimte jäh ein Verdacht in ihm auf – er glaubte, Ralf vor sich zu sehen; den Falkner, mit dem er vor Wochen den Schwertkampf ausgetragen hatte, um Waldrada zu beschützen. »Der einzige, der einen Grund gehabt hätte, ist dieser Kerl!« stieß der Glasmacher hervor – im gleichen Moment schienen die Laute ein Echo am Deckengewölbe des Kerkers auszulösen.

Mehrmals hintereinander vernahm Reinhart seinen Namen; er sprang auf und erkannte die Stimme der jungen Frau, an die er soeben gedacht hatte. »Hörst du mich?!« rief Waldrada jetzt; Reinhart begriff, daß sie draußen bei dem Luftschacht sein mußte, durch den der fahle Lichtschein ins Verlies fiel.
»Ja!« keuchte er und versuchte, indem er sich an der groben Quadermauer emporreckte, so nahe wie möglich an die nur handbreite Öffnung heranzugelangen.
»Gott sei Dank!« drang es gleich darauf aus dem Spalt; dann teilte Waldrada ihm hastig mit, sie könne sich nicht lange beim Bergfried aufhalten, es sei tagsüber zu gefährlich. Aber sie werde ihm nun Lebensmittel hinunterwerfen und selbst nach Einbruch der Nacht wiederkommen.
Bevor Reinhart etwas zu erwidern vermochte, rieselte Steingrus aus dem Loch; zwei schwerere Gegenstände folgten. Der Glasmacher fing sie auf und lauschte, ob Waldrada ihm noch etwas sagen würde, doch sie war offenbar bereits wieder verschwunden. Sie hat sowieso schon sehr viel für mich riskiert, dachte Reinhart; das Wissen, daß seine Geliebte auf Biegen und Brechen zu ihm hielt, trieb ihm Tränen der Dankbarkeit in die Augen. Er schluckte und trat von der Mauer zurück, sodann untersuchte er die beiden Päckchen, die Waldrada durch den Schacht hatte gleiten lassen. Das eine enthielt Brot, das andere eine mit Milch gefüllte Tonflasche. Plötzlich spürte der Glasmacher, wie hungrig und vor allem durstig er war; er kauerte sich nieder, öffnete die Flasche und trank gierig.
Während der Tag unendlich langsam verstrich, wurde ihm zunehmend klar, welche Weitsicht Waldrada durch ihr Handeln bewiesen hatte. Die ganze Zeit nämlich ließ sich kein Wärter sehen; bald begriff Reinhart, daß der Ritter ihn nicht bloß durch die Einkerkerung, sondern zudem durch körperliche Entbehrungen quälen wollte. Der Händler hatte sein Ziel wahrlich erreicht; er und ebenso derjenige, der vermutlich Veiths Anstifter war: der Falkner. Jetzt konnten sie triumphieren und sich in ihrer Bösartigkeit auf das freuen, was Reinhart noch erleiden würde; nachdem man ihn im Verlies gebrochen hatte, wartete zweifellos der Henker auf ihn.

Solche Überlegungen peinigten den Glasmacher im Lauf der vielen Stunden, die er in dem modrigen Gefängnisloch verbrachte. Zwischendurch kam ihm immer wieder in den Sinn, was Gewolf in seiner Ignoranz von ihm verlangt hatte: auf der Burg binnen drei Tagen Glas herzustellen. Wäre ich nur dazu imstande, sagte sich Reinhart dann jedesmal, könnte ich mein Leben retten und die Freiheit wiedererlangen – aber es ist unmöglich; es wäre einfach nicht zu schaffen, nicht ohne entsprechende Vorbereitungen und Werkzeuge.
Der scheinbare Ausweg, den der Ritter ihm aufgezeigt hatte, war in Wirklichkeit keiner; würde Reinhart es trotzdem versuchen, mußte er versagen, und dies würde sein Los noch mehr verschlimmern. Unablässig drehten sich die Gedanken des Eingekerkerten auf diese Weise im Kreis; zuletzt verblaßte der Lichtschimmer, der durch den Luftschacht fiel, allmählich wieder, und dies zeigte Reinhart an, daß es draußen dämmerte.
Bald herrschte völlige Dunkelheit im Verlies. Der Glasmacher verzehrte, was vom Brot übrig war, und trank den letzten Schluck Milch; danach konzentrierte er seine ganze Aufmerksamkeit auf den Spalt in der Decke des Kerkergewölbes. Doch es dauerte lange, bis er dort oben ein Geräusch hörte; etwas schien von ferne gegen das Gestein zu scharren, einen Herzschlag später vernahm er Waldradas gedämpfte Stimme: »Ich wagte es nicht, früher zu kommen. Aber nun hält sich niemand mehr im Burghof auf, und wir können gefahrlos reden.«
»Sei dennoch vorsichtig!« bat Reinhart.
»Das werde ich«, versprach Waldrada. Dann berichtete sie ihm, daß einer der Reisigen ihr erzählt hatte, was in der Nacht zuvor im Palas geschehen war, und schloß mit der Frage: »Warum, um Himmels willen, hast du Gewolf erklärt, du seist nicht fähig, hier in der Veste Glas zu machen?!«
»Weil alle Voraussetzungen dazu fehlen«, erwiderte Reinhart. »Ich bräuchte bestimmte Materialien, die ich nicht zur Hand habe. Ferner gibt es auf der Burg keinen Schmelzofen und keines der Werkzeuge, die ich benötigen würde.«

»Mag sein«, kam es von Waldrada. »Aber ich beschwöre dich, es wenigstens zu versuchen!«
»Unmöglich!« beharrte Reinhart. »Ich müßte kläglich scheitern!«
»Was hättest du denn zu verlieren?!« insistierte Waldrada; in der nächsten Sekunde begann sie zu schluchzen.
Eben als Reinhart glaubte, ihr Weinen nicht länger ertragen zu können, verstummte die junge Frau; gleich darauf drängte sie: »Versuch es mir zuliebe! Wenn du es nicht tust, ist alles verloren! Doch so gibt es immerhin noch ein bißchen Hoffnung!«
Da Reinhart schwieg, setzte Waldrada hinzu: »Du müßtest bloß nach dem Wärter rufen und ihm mitteilen, du wärst bereit, die Probe abzulegen. Dann würde man dich sofort aus dem Verlies holen. Das äußerte der Ritter heute gegenüber dem Vogt.«
Reinhart preßte die Stirn gegen den Granit der Kerkermauer; auf einmal durchfuhr es ihn: Sofern ich freikäme, gäbe es vielleicht eine Chance zur Flucht ...
»Bitte!« hörte er erneut Waldradas Flehen.
»Also gut!« gestand er ihr zu. »Aber laß mich diese Nacht noch darüber nachdenken. Ich muß einen Plan ausarbeiten ...« Während er es sagte, war ihm plötzlich selbst nicht mehr ganz klar, was er damit meinte: Ob er tatsächlich einen Fluchtplan aushecken wollte, oder ob das andere unter Umständen doch nicht völlig aussichtslos wäre ...
»Ich liebe dich!« klang es durch den Schacht. »Und du bist nicht auf dich allein gestellt! Ich werde dir helfen!«
»Ja, das wirst du!« entgegnete Reinhart. »Ich weiß, du würdest alles für mich tun!«
»Du kannst es schaffen!« rief Waldrada. »Du besitzt so viel Erfahrung! Es wird dir gelingen, wenn du den unverbrüchlichen Willen hast! Wenn du dich nicht selbst aufgibst!«
»Ich werde kämpfen!« Jäh fühlte Reinhart ein wildes, heißes Aufbegehren in seinem Innersten – zugleich löste diese Regung etwas in seinem Gehirn aus: eine Art kurz aufzuckender Ahnung, wie das Unmögliche trotz der scheinbar

unüberwindlichen Hindernisse möglich werden könnte. Und während Waldrada weiter auf ihn einredete und ihm Mut zu machen versuchte, bemühte sich der Glasmacher, die Splitter seiner kaum greifbaren Vision festzuhalten.
Nach einer Weile bat Reinhart: »Geh jetzt wieder! Es ist vorerst alles besprochen, und du sollst dich nicht unnötig dem Risiko aussetzen, entdeckt zu werden. Komm in der Morgendämmerung zurück, dann reden wir weiter.«
Waldrada stimmte zu; ehe sie verschwand, steckte sie abermals zwei Päckchen mit Lebensmitteln in den Schacht.
Reinhart kauerte sich ins Stroh und konzentrierte sich. Stunde um Stunde saß er fast regungslos da; nur manchmal bewegte er sich, um einen Bissen zu essen oder einen Schluck zu trinken. Erst gegen Mitternacht übermannte ihn die Müdigkeit; er fiel in unruhigen Schlaf, träumte wirr und erwachte, als sich der fahle Lichtstreifen ins Verlies stahl.
Zuerst bereitete es dem Glasmacher Mühe, sich zu orientieren; eben noch, so schien es ihm, hatte er in der Tegernseer Hütte am Schmelzofen gearbeitet. Aber dann begriff Reinhart, wo er war – und mit demselben Lidschlag stand ihm das, was er tun mußte, in allen Einzelheiten vor Augen.
Der Glasmacher sprang auf und lauschte in die Spaltöffnung. Nach wenigen Minuten vernahm er einen gedämpften Ruf Waldradas; hastig erklärte er ihr das Nötige, anschließend lief er zur Tür des Verlieses und hämmerte solange gegen die Pforte, bis draußen der Riegel zurückgestoßen wurde.

***

Mit lauernden Blicken starrten Veith und der Falkner aus dem Sichtschutz, den ihnen das Gewölbe des inneren Burgtores bot, zum Palas hinüber. Dort führte der Kerkerwächter soeben den Glasmacher, dessen Hände gefesselt waren, die Steintreppe hinauf; im selben Moment, da die beiden Männer oben anlangten, trat Gewolf aus dem Portal.
Als Ralf sah, wie Reinhart sich vor dem Ritter verneigte, raunte er dem Händler zu: »Der Irrsinnige will das Wagnis

offenbar wirklich eingehen, doch um so schneller wird er sein Leben verspielt haben!«
Während der Falkner den zynischen Satz flüsterte, redete der Burgherr Reinhart an: »Du hast es dir also überlegt? Bist nun bereit, meine Forderung zu erfüllen?«
»Ich werde mich bemühen, hier auf der Veste binnen drei Tagen Glas herzustellen!« bestätigte der Gefangene.
»Und warum mußte ich dich erst ins Verlies werfen lassen, ehe du dich dazu durchringen konntest?« wollte Gewolf wissen.
»Weil das, was Ihr von mir verlangt, im Grunde unmöglich ist«, erwiderte Reinhart. »Kein Glasmacher, der bei Verstand ist, ließe sich auf so etwas ein. Denn zur Glasschmelze braucht es eine Hütte; ohne sie kann das Werk nicht gelingen ...«
»Trotzdem glaubst du jetzt, es schaffen zu können?« unterbrach ihn der Ritter.
»Nur unter bestimmten Bedingungen«, versetzte Reinhart. »Es besteht lediglich dann eine gewisse Aussicht, wenn Ihr mir die nötigen Leute und Hilfsmittel zur Verfügung stellt; zudem müßt Ihr mir bei meinen Vorbereitungen völlige Freiheit lassen!«
»Ich muß?!« fuhr Gewolf auf, besann sich aber und befahl: »Erkläre dich genauer!«
»Zunächst ist es wichtig, daß der Burgschmied nach meinen Anweisungen mit mir zusammenarbeitet«, antwortete Reinhart. »Ferner brauche ich eine geschickte Helferin, die mir bei verschiedenen Tätigkeiten, die Feingefühl verlangen, zur Hand geht.« Mit einer Kopfbewegung wies er zum Ziehbrunnen, wo, als sei es zwischen ihnen abgesprochen, gerade seine Geliebte auftauchte. »Waldrada wäre bestens dafür geeignet.«
Der Ritter nickte. »Du kannst die Leute ganz nach deinem Ermessen einsetzen. Und falls du weitere Wünsche hast, offen heraus damit.«
Reinhart erläuterte ihm, was sonst noch zu erledigen sein würde, bevor er den Versuch einer Glasschmelze in Angriff

nehmen konnte; zuletzt hob er Gewolf die zusammengeschnürten Arme entgegen und sagte: »Gebunden bin ich zu gar nichts nütze, und dasselbe gilt, wenn ich mich innerhalb und außerhalb der Veste nicht frei bewegen kann.«
Gewolf schaute unschlüssig auf die Lederriemen, die sich um Reinharts Handgelenke schlangen; plötzlich zog er seinen Dolch und zerschnitt die Fesseln. Unmittelbar darauf freilich warnte er den Glasmacher: »Falls du mein Vertrauen mißbrauchst und einen Fluchtversuch machst, wirst du das bitter bereuen! Und damit du erst gar nicht auf dumme Gedanken kommst, verbiete ich dir, die Burg ohne Aufsicht zu verlassen. Wann immer du draußen zu tun hast, wird dich der Kerkerwächter mit der Armbrust begleiten. – So, und nun geh! Vergeude keine Zeit mehr, denn zu dieser Stunde in drei Tagen läuft die Frist ab, welche dir gesetzt ist!«
Ein eisiger Schauer rieselte Reinharts Rückgrat entlang, doch er ließ sich nichts anmerken. Wortlos senkte er den Kopf und zeigte dem Ritter damit, daß er mit dessen Anordnung einverstanden war. Dann stieg er die Treppe hinab und schritt zum Brunnen, wo Waldrada ihn erwartete.
Der Falkner und Veith wiederum zogen sich, als der Glasmacher sich näherte, durch den Torschlund in den äußeren Festungshof zurück. Als sie Zeugen geworden waren, wie der Burgherr Reinharts Fesseln durchtrennt hatte, war den beiden Männern das Spotten vergangen; insbesondere der Händler wirkte jetzt auf einmal sehr nachdenklich.

***

Während der Nacht im Verlies hatte der Glasmacher nur wenig geschlafen, dasselbe galt für Waldrada; trotzdem gönnten sich beide bis zur Abenddämmerung keine Ruhepause mehr.
Zuerst begaben sie sich zur Burgschmiede; dort teilte Reinhart dem Handwerker im rußigen Schurzfell mit, was Gewolf entschieden hatte. Etwas knurrig entgegnete der Schmied, da der Ritter es wünsche, sei er bereit, den Glasmacher zu unter-

stützen; daraufhin bat Reinhart ihn, die Esse näher in Augenschein nehmen zu dürfen. Er stellte fest, daß die Feuerstelle sorgfältig aufgemauert und ziemlich groß war; ein kräftiger Blasebalg sorgte für die Luftzufuhr, und über dem Schmiedeofen öffnete sich ein trichterförmiger Rauchabzug. Als Reinhart den Handwerker fragte, ob er das Eisen hier so stark erhitzen könne, daß es flüssig werde, antwortete dieser: »Derartige Temperaturen sind auf meiner Esse nicht zu erreichen. Aber das ist auch unnötig, denn für meine Arbeit genügt es, wenn das Metall rotglühend und damit weich genug zum Schmieden wird.«
»Das heißt, wir werden den Ofen umbauen müssen, damit er zur Glasschmelze taugt«, murmelte Reinhart. »Doch selbst dann haben wir ohne Flußmittel im Gesätz wahrscheinlich keine Chance, also brauchen wir außerdem Pottasche.«
Als der Schmied und Waldrada ihn ziemlich verständnislos anblickten, beschrieb er ihnen präziser, was er hinsichtlich der Esse meinte: »Um die Ofenhitze zu erhöhen, schichten wir, etwa einen halben Meter hoch, Ziegel um die Feuerstelle. Inmitten der Glut, auf einem kleinen Sockel, wird der Schmelztiegel stehen, den wir aus gebranntem Ton herstellen. Vor allem aber ist es unabdingbar, daß wir einen möglichst starken Luftzug erzeugen, welcher die Kohlen stärker als jetzt zum Glühen bringt. Wir müßten dazu die Wirkung des Blasebalgs steigern, allerdings kann ich mir nicht recht vorstellen, wie.«
»Ich auch nicht«, versetzte der Handwerker. »Doch vielleicht hilft es, wenn wir einen zweiten Balg einsetzen.«
»Hast du denn einen?« erkundigte sich Reinhart.
»Ja«, nickte der Schmied, »aber der Luftsack ist zerrissen.«
»Dann werden wir ihn eben flicken«, mischte sich Waldrada ein. »Dürfte ich das kaputte Stück einmal sehen?«
Der Handwerker führte die junge Frau und Reinhart in einen Nebenraum, wo der beschädigte Blasebalg in einer Ecke lag. Waldrada begutachtete den Luftsack, stellte fest, daß mehrere der Lederbahnen, aus denen er zusammengenäht war, lange Risse aufwiesen, und erklärte: »Es wird mich einige Mühe

kosten, doch ich denke, es ist zu schaffen, sofern ich ein paar neue Lederstreifen auftreibe.«
»Die werden sich finden lassen«, sagte Reinhart. »Und falls du es fertigbringst, den Balg auszuflicken, sind wir einen wichtigen Schritt weitergekommen. Bloß wird das nicht die einzige Aufgabe sein, die du erfüllen mußt. Ich benötige dich darüber hinaus unbedingt zum Kochen der Pottasche, und damit wirst du mindestens bis morgen abend beschäftigt sein.«
»Kann ich die Asche hier bei dir sieden?« wandte sich Waldrada an den Schmied.
»Gerne«, entgegnete dieser. »Brennmaterial habe ich genug, und ein Kessel ist ebenfalls zur Hand.«
»Dann ans Werk!« forderte Reinhart. »Wir dürfen keine Zeit vergeuden; laßt uns daher sofort mit dem Umbau des Ofens, der Reparatur des Blasebalgs und den Vorbereitungen für das Aschekochen beginnen.«
Im Verlauf der nächsten Stunde besorgten die junge Frau und die beiden Männer die Materialien, die sie für die verschiedenen Arbeiten benötigten. Waldrada holte sich bei einem Roßknecht, der bei Bedarf auch als Sattler tätig war, etliche Lederstücke sowie derben Zwirn und eine Nadel. Der Schmied trug, nachdem er das Feuer in seiner Werkstätte gelöscht hatte, einen kleinen Vorrat von da und dort auf dem Festungsgelände herumliegenden Backsteinen zusammen. Außerdem suchte er eine ältere Frau in einer der Gesindehütten auf, welche zuzeiten einfaches irdenes Geschirr herstellte und deshalb einen Vorrat an Töpferton besaß. Reinhart wiederum begab sich ins Küchengewölbe des Palas und bat die verwunderten Mägde um Holzasche. Nachdem er eine Bütte damit gefüllt und sie ebenso wie einige gleichartige leere Behälter zur Schmiede gebracht hatte, ließ er sich vom Kerkerwärter in den Wald am Burgberg begleiten und sammelte dort so viele Fichtenzweige, wie er und der Bewaffnete zu tragen vermochten.
In der Vormittagsmitte trafen der Glasmacher, Waldrada und der Schmied wieder zusammen. Während letzterer sich dar-

anmachte, die Ziegel um die erkaltete Feuerstelle zu schichten und Ton in die Spalten zwischen den Backsteinen zu schmieren, fing Waldrada an, die Lederbahnen zuzuschneiden, mit denen sie die beschädigten Teile des Blasebalges ersetzen wollte. Reinhart bereitete unterdessen die Flußlauge vor, aus der die Pottasche gewonnen werden sollte. Zu diesem Zweck schüttete er die Holzasche aus der Herrschaftsküche in eine saubere Bütte, gab Wasser hinzu und vermengte die graue Masse, bis sie eine halbflüssige Konsistenz besaß. Danach legte er Fichtenreiser über ein zweites Gefäß und goß den Inhalt des ersten langsam darüber aus. Der zähe Aschebrei sickerte durch die Zweige, wobei die Fichtennadeln Verunreinigungen ausfilterten. Nach fünf Minuten war der Bottich, in dem der Glasmacher das Gemenge angesetzt hatte, leer; nun wiederholte Reinhart die Prozedur, indem er eine frische Reiserschicht über eine dritte Bütte breitete und die Masse abermals durchseihte. Damit nicht genug, reinigte der Glasmacher den Aschebrei noch mehrere Male auf immer dieselbe Art; erst dann war er zufrieden und stellte den letzten Bottich, dessen Inhalt jetzt einen hellgrauen Farbton besaß, vorerst beiseite.
Der Schmied hatte mittlerweile die Steinumfassung des Feuerplatzes hochgezogen; nun arbeiteten er und Reinhart gemeinsam weiter. Aus Backsteinen errichteten sie in der Mitte der Brennplatte des Schmiedeofens einen quadratischen Sockel von einer Elle Durchmesser. Dies war schnell getan; bedeutend schwieriger gestaltete sich die Herstellung des Schmelztiegels, der später zum Verflüssigen des Gesätzes dienen sollte. Aus weichem Ton formte Reinhart zuerst den Boden des schüsselförmigen Glashafens, sodann drückte er Klumpen von Töpferton zu Würsten und bildete daraus die Wände des Gefäßes. Während er die nachgiebigen Stränge aneinanderfügte und ihre Unebenheiten verstrich, häufte der Schmied frische Holzkohlen auf die Ofenplatte und entzündete sie; als Reinhart den fertigen Schmelztiegel innen noch einmal sorgfältig geglättet hatte, strahlte die Glut bereits starke Hitze ab.

Jetzt stellte Reinhart den Glashafen auf den Sockel inmitten der glühenden Kohlenschicht, anschließend fachte der Burgschmied das Feuer mit Hilfe des intakten Blasebalgs noch mehr an. Die Holzkohlen begannen zu knistern und Funken zu sprühen; die Hitze würde bewirken, daß sowohl der Ton, der die kleine Ziegelumfassung zusammenhielt, als auch der Schmelztiegel gebrannt wurden. Die nächste halbe Stunde überwachte der Schmied das Feuer; Reinhart war derweil Waldrada behilflich, letzte Hand an den zweiten Lederbalg zu legen. Bald darauf war auch dieser einsatzbereit, und die Männer befestigten ihn neben dem anderen unter dem Rauchabzug der Esse. Als sie probeweise beide betätigten, stieg die Ofenhitze fast augenblicklich spürbar an; gleich darauf jedoch dämpften sie die Luftzufuhr wieder, um den Tonbrand nicht durch eine zu hohe Temperatur zu gefährden.
Inzwischen war es Mittag geworden; die Frau des Schmieds brachte einen großen Napf Hafergrütze und betrachtete erstaunt die umgebaute Feuerstelle. Während er seinen Löffel abwechselnd mit Reinhart und Waldrada in die Schüssel tauchte, erklärte der Burgschmied seinem Weib die eine oder andere Einzelheit; nachdem die Frau wieder gegangen war, wies der Handwerker auf die Feuerstelle und sagte: »Ich glaube, der Brand des Schmelztiegels macht gute Fortschritte.«
»Wenn du dich weiter um die Glut kümmerst und sie zum richtigen Zeitpunkt allmählich abkühlen läßt, können Waldrada und ich mit dem Aschekochen beginnen«, antwortete Reinhart.
Der Schmied war einverstanden und tappte zur Esse; der Glasmacher und seine Geliebte begaben sich zu einem eisernen Dreifuß, der in der Ecke der Werkstätte stand. Sie entzündeten die Kohlen in dem Becken darunter und füllten einen Teil der Flußlauge, die Reinhart vorbereitet hatte, in einen Kessel, den sie über dem Glutbehälter aufhängten. Bald fing die Flüssigkeit zu sieden an, und der Glasmacher erläuterte Waldrada: »Die Lauge aus der großen Bütte muß völlig verkochen, um die Pottasche zu gewinnen. Das wird heute

und morgen deine Aufgabe sein; du mußt darauf achten, daß das Feuer nicht erlischt, und natürlich ist es genauso wichtig, immer wieder Flußlauge aus dem Bottich nachzufüllen.«
»Das hört sich nicht sonderlich anstrengend, aber dafür reichlich langweilig an«, entgegnete Waldrada. »Hast du denn nicht sonst noch irgend etwas für mich zu tun?«
»Doch«, nickte Reinhart. »Du kannst mir und dem Schmied bei der Anfertigung der Glaspfeife behilflich sein. Bevor wir freilich dieses schwierige Stück Arbeit anpacken, muß ich geeignetes Holz besorgen.«
Ehe Waldrada die Fragen zu stellen vermochte, die ihr auf der Zunge lagen, verschwand Reinhart nach draußen. Es dauerte eine ganze Weile, bis er zurückkehrte; in der Hand hielt er einen kräftigen Besenstiel, außerdem hatte er eine Säge und ein scharfes Messer mit dünner Klinge bei sich.
Als er Waldradas verwunderten Blick bemerkte, zwinkerte er ihr zu; dann gesellte er sich zum Burgschmied und sprach mit ihm. Schließlich ging der Handwerker mit dem Glasmacher zu einem Tischschraubstock aus Eichenholz, der in einem Winkel hinter der Esse stand, und schleppte ihn mit Reinharts Hilfe dorthin, wo Waldrada den Kessel mit der Flußlauge beaufsichtigte. Danach kehrte der Schmied an die Feuerstelle zurück; der Glasmacher sägte ein ungefähr meterlanges Stück von dem Besenstiel ab. Dieses Teilstück klemmte er sodann waagrecht zwischen die Backen des Schraubstocks, nahm das Messer und zog eine feine Linie entlang des Holzes.
»Willst du den Stiel spalten?« fragte Waldrada, die allmählich begriff, was Reinhart vorhatte.
»Es wäre mir lieber, du würdest es tun«, antwortete der Glasmacher. »Es braucht viel Feingefühl dafür, und du bist vermutlich geschickter als ich.«
»Wenn du meinst«, erwiderte Waldrada lächelnd, ließ sich die Klinge geben und machte sich an die Arbeit. Behutsam vertiefte sie den Riß, den Reinhart eingegraben hatte, und arbeitete sich allmählich von einem Ende des Rundholzes zum anderen vor. Der Glasmacher nickte zufrieden und ließ die junge Frau allein, um sich neuerlich an die Esse zu begeben.

Dort empfing ihn der Schmied mit den Worten: »Der Schmelztiegel dürfte fertig gebrannt sein. Ich habe die Glut ringsum schon gedämpft, damit der Tonhafen langsam abkühlt.«
Reinhart betrachtete den Tiegel und pflichtete dem Handwerker bei: »Ja, das Brennen ist gut gelungen, und der Glashafen wird hoffentlich seinen Zweck erfüllen. Aber mit dem Schmelztiegel allein ist es leider nicht getan. Sobald wir ihn vom Feuerplatz nehmen können, wirst du deine Fähigkeiten beim Schmieden einer dünnen Röhre unter Beweis stellen müssen.«
»Einer ... was?!« schnappte der Handwerker.
»Um die weiche Glasmasse aus dem Tiegel zu heben und sie zu formen, benötige ich eine Glaspfeife«, erläuterte Reinhart. »Sie besteht aus einem hölzernen Mund- und Griffstück hinten, mit dessen Herstellung Waldrada bereits begonnen hat, sowie einer Metallröhre vorne. Und die Teil sollst du ...«
»Ausgeschlossen!« fiel ihm der Schmied ins Wort. »Ich habe nie etwas anderes als Pflugscharen, Hufeisen, Äxte, Schwerter, Schildbeschläge, Nägel sowie Spitzen für Pfeile, Speere und Lanzen angefertigt. Ein Eisenrohr hingegen würde ich meiner Lebtag nicht fertigbringen!«
»Du hast es bereits geschafft«, widersprach der Glasmacher.
»Wieso?« stieß der Handwerker verblüfft hervor.
»Weil du jede deiner Pfeil-, Speer- oder Lanzenspitzen mit einer Tülle zur Befestigung auf dem Holzschaft versahst«, antwortete Reinhart. »Und das ist im Grunde ...«
»Aber derartige Schafttüllen sind nur kurz«, unterbrach ihn der Schmied erneut. »Selbst bei einem Jagdspeer mit langem, schmalem Blatt messen sie höchstens eine Handspanne.«
»Sechs oder sieben Spannen jedoch würden einen ganzen Meter ergeben, nicht wahr?« entgegnete der Glasmacher.
Der Handwerker brauchte einen Moment, bis er begriff. »Du willst sagen, ich soll eine Reihe von Tüllen ohne Spitzen schmieden und sie zu einer Röhre zusammenschweißen?«
»Sofern es dir gelänge, hätten wir das Vorderteil für meine Glaspfeife«, bestätigte Reinhart.

»Das wird nicht leicht werden!« seufzte der Schmied.
»Es muß dir glücken, sonst habe ich keine Chance, die Probe zu bestehen, die Gewolf von mir verlangt!« erklärte der Glasmacher mit ernstem Gesicht.
»Ich will mein Bestes tun!« versprach der Handwerker; anschließend griff er nach einem Eisenblech, das neben der Esse an der Mauer lehnte, und beäugte es mit gerunzelter Stirn.
Reinhart spürte, daß der Schmied allein sein wollte; daher ging er nun wieder zu Waldrada, welche in der Zwischenzeit mit ihrer Arbeit deutlich vorangekommen war. Längs des Besenstiels verlief jetzt bereits eine tiefe, schnurgerade Furche; als ihr Geliebter neben sie trat, blickte die junge Frau auf und erkundigte sich: »Mache ich es so richtig?«
»Ausgezeichnet!« lobte Reinhart sie. »Wichtig ist, daß du das Holz exakt in der Mitte teilst, und das kriegst du ja bestens hin, wie ich sehe.«
Damit wandte er sich zum Dreifuß um, schürte das Feuer darunter und füllte aus dem danebenstehenden Bottich einige Schöpfkellen frischer Flußlauge in den Kochkessel. Als die Flüssigkeit daraufhin vorübergehend zu brodeln aufhörte, glaubte der Glasmacher, auf dem Kesselboden den Anflug eines Niederschlages zu erkennen, und dachte: Der Fluß beginnt sich abzusetzen, aber es wird noch lange dauern, bis ausreichend Flußstein vorhanden ist.
Er wartete, bis die Flüssigkeit von neuem aufwallte, dann richtete er sein Augenmerk abermals auf Waldrada. Sie hatte den Besenstiel mittlerweile weit genug eingekerbt, um ihn endgültig zu spalten. Zu diesem Zweck drückte sie das Messer am einen Ende des Rundholzes schräg in die tief eingeschnittene Kerbe; anschließend nahm sie einen leichten Hammer zur Hand und trieb die Klinge Schlag um Schlag weiter. Problemlos teilte sich der Holzstiel; als sie bis nahe an die Stelle gekommen war, wo er im Schraubstock steckte, hielt Waldrada inne und spaltete das Rundholz auf dieselbe Art von der anderen Seite her. Zuletzt nahm sie den Besenstiel aus der Schraubzwinge, um das verbleibende Mittelstück zu tei-

len; nachdem ihr auch dies bestens gelungen war, lachte sie Reinhart an und erntete von ihm das Lob: »Das hast du wirklich ausgezeichnet gemacht.«
»Weibliches Fingerspitzengefühl!« schmunzelte Waldrada, dann wollte sie wissen: »Und nun soll ich die beiden Hälften vermutlich schön sauber aushöhlen, nicht wahr?«
»Genau!« bestätigte der Glasmacher. »Am besten läßt du dir dazu vom Schmied ein geeignetes Werkzeug geben.«
Waldrada folgte Reinhart zu dem Handwerker, der nach wie vor bei der Esse stand und soeben sinnend die verbogene Spitze eines Jagdspeers betrachtete, die er aus einem Korb mit Alteisen genommen hatte. Jetzt hielt er sie dem Glasmacher entgegen und sagte: »Wenn ich die eigentliche Speerspitze abtrenne, kann ich die Tülle verwenden. Zudem, denke ich, habe ich irgendwo noch ein zweites derartiges Stück, so daß ich bloß vier oder fünf neue Teile anfertigen muß.«
»Damit sind wir schon einen Schritt weiter«, freute sich Reinhart. »Ich helfe dir bei der Suche nach dem anderen Speereisen, vorher aber bräuchte Waldrada eine kleine Feile.«
Der Schmied kramte in seiner Werkzeugkiste, brachte eine Dreikantfeile zum Vorschein und reichte sie der jungen Frau. Waldrada begab sich wieder in die entgegengesetzte Ecke des Raumes; die beiden Männer machten sich daran, verschiedene Schrottbehälter nach der zweiten Speerspitze zu durchstöbern. Nach etwa einer Viertelstunde hatten sie Erfolg und kehrten an die Feuerstelle zurück, wo der Schmelztiegel unterdessen soweit abgekühlt war, daß sie ihn unter Zuhilfenahme feuchter Lappen herabheben und seitlich niederstellen konnten.
Danach warf der Schmied frische Holzkohlen auf den Ofen und fachte die Glut neuerlich an; nachdem die Hitze stark genug geworden war, schob er eines der Speereisen zwischen die Kohlen. Reinhart stand am Blasebalg und betätigte ihn entsprechend den Anweisungen des Handwerkers; geraume Zeit verstrich, auf einmal zeigte das spitze Eisenblatt einen rötlichen Schimmer. Die Männer erhitzten die Speerspitze weiter, bis sie rotglühend war; sodann hob sie der Schmied

mit einer Zange von der Ofenplatte, legte sie auf den Amboß und setzte am oberen Ende der Tülle einen Meißel an. Durch einige Hammerschläge auf das Schneideisen trennte er die verbogene Spitze ab und löschte beide Stücke in einem Wassereimer; als er sie wieder herausnahm, rief Reinhart anerkennend: »Das Rohrteil macht einen sehr brauchbaren Eindruck!«

Auch der Schmied war zufrieden; wiederum eine halbe Stunde später konnte er das zweite spannenlange Rohrstück neben das erste legen. In der Folge freilich wurde seine Arbeit schwieriger, denn nun galt es, ein drittes gleichartiges Werkstück aus Eisenblech anzufertigen. Während der Schmied die kleine Platte, die er dafür verwenden wollte, in die Glut schob, kam Waldrada herbei und zeigte den Männern, was sie mittlerweile geleistet hatte.

Die beiden Holzteile, welche das Mund- und Griffstück der Glaspfeife bilden sollten, waren jeweils fingerdick ausgehöhlt; als Reinhart sie probeweise zusammensetzte und hindurchblies, spürte er, daß die Röhre genau den richtigen Zug hatte.

»Ganz so, wie es sein muß«, bedankte er sich bei Waldrada, während er ihr die Hölzer zurückgab. »Du hast wirklich eine sehr geschickte Hand bewiesen.«

Sie drückte ihm einen Kuß auf die Wange und entgegnete: »Jetzt werde ich die Teile fest mit Zwirn zusammenzurren und mich dann wieder um die Flußlauge kümmern.«

»Und wir wollen uns bemühen, bis zum Abend wenigstens noch ein neues Werkstück herzustellen«, fiel der Schmied ein. »Kommst du wieder zum Blasebalg, Reinhart?«

»Natürlich«, antwortete der Glasmacher; wenig später fauchte die Luft neuerlich zwischen die Kohlen auf der Feuerstelle.

Nachdem das längliche Eisenblech rotglühend geworden war, legte der Handwerker es so auf den Amboß, daß die Breitseite der schmalen Platte über dessen Kante hinausragte. Sodann hielt Reinhart das Blech fest, indem er eine fingerdicke Metallstange waagrecht daraufpreßte; der Schmied hämmerte den überstehenden Teil des Werkstücks nach unten, bis es in einem Winkel von neunzig Grad abgeknickt war. Danach wurde das Eisenblech erneut erhitzt; anschließend fixierte es der Schmied mit der Zange derart auf dem Amboß, daß die Blechhälften schräg nach oben wiesen. Reinhart schob die Stange dazwischen und drückte sie auf die Knickstelle; mit gekonnten Hammerschlägen trieb der Schmied das Blech von beiden Seiten um sie, bis eine Metallkante die andere überlappte. Schließlich wurde das Werkstück samt der Haltestange nochmals in die Essenglut gestoßen, damit der Handwerker die Nahtstelle, wo die Kanten sich berührten, flachhämmern und damit verschweißen konnte. Zuletzt lösten die Männer das jetzt regelmäßig gerundete Eisenblech von der Stange und schreckten es im Wasser ab; als der Schmied es wieder herausnahm, stellte er fest: »Es ist gelungen, und mit den übrigen Rohrstücken wird es morgen hoffentlich auch klappen.«

»Wir werden es schaffen!« erwiderte der Glasmacher. Dann half er dem Handwerker, das Ofenfeuer zu löschen, denn nun dämmerte es bereits, und der Schmied wollte Feierabend machen. Er verließ die Werkstatt und ging zu seiner Behausung nahe des äußeren Tores, wo ihn sein Weib erwartete.

Waldrada und Reinhart hingegen richteten sich darauf ein, die Nacht in der Schmiede zu verbringen. Während der Glasmacher den Platz beim Dreifuß mit dem Laugenkessel einnahm, das mittlerweile fertiggestellte Mund- und Griffteil für die Glaspfeife betrachtete und danach kontrollierte, wieviel Fluß sich inzwischen auf dem Kesselboden abgesetzt hatte, lief Waldrada zu ihrer Unterkunft. Mit Lebensmitteln und Decken kehrte sie zurück; das Paar vesperte, anschließend breitete die junge Frau die Wolldecken auf dem Boden aus. Weil das Eindampfen der Flußlauge weiterhin überwacht werden mußte, vereinbarten sie, sich abwechselnd um das Kohlenbecken und das Nachgießen der Flüssigkeit zu kümmern, so daß jeder von ihnen wenigstens ein paar Stunden Schlaf bekommen würde.

Zunächst freilich redeten sie noch eine Weile miteinander; bald jedoch begann Reinhart immer heftiger zu gähnen.

Waldrada brachte ihn dazu, sich als erster Ruhe zu gönnen. Sie selbst blieb bis Mitternacht wach, dann weckte sie ihren Geliebten und kuschelte sich selbst unter die Decken.
Kurz nach Sonnenaufgang, als das Leben in der Burg wieder erwachte, polterte der Schmied herein und rief dem Paar, das gerade frühstückte, zu: »Guten Morgen – und laßt es euch schmecken. Ich fache unterdessen die Ofenglut neu an, damit wir die restlichen Rohrstücke formen können.«
Im Lauf des Vormittags stellten die Männer vier weitere spannenlange Röhren her, womit sie jetzt insgesamt sieben besaßen. Von Mal zu Mal war ihnen die Arbeit leichter von der Hand gegangen; nun allerdings galt es, die Einzelteile zusammenzuschweißen. Zu diesem Zweck erhitzte der Schmied zunächst jedes Stück nochmals bis zur Rotglut und erweiterte das eine Ende mit Hilfe eines Rundeisens. Nachdem er das letzte Teil präpariert hatte, schob er das nicht erweiterte Endstück eines anderen in die Öffnung, hielt beide abermals ins Kohlenfeuer und hämmerte, wobei Reinhart ihm mit der Zange assistierte, die Verbindungskante glatt. Mit dieser Methode fügten die beiden Männer während der folgenden Stunde alle sieben Rohrteile aneinander; gegen Mittag war die vordere, knapp meterlange Hälfte der Glaspfeife komplett.
Reinhart paßte das Mund- und Griffstück in die Metallröhre ein; als er die jetzt fast zwei Meter messende Pfeife in den Händen wog, verspürte er tiefe Genugtuung. Zwar war die Glaspfeife längst nicht so perfekt geformt wie diejenige, die er in der Tegernseer Hütte benutzt hatte, doch es war trotzdem ein sehr befriedigendes Gefühl, endlich wieder mit diesem wichtigsten Werkzeug eines Glasmachers umgehen zu dürfen.
Er teilte Waldrada und dem Schmied mit, was er empfand; wenig später brachte die Frau des Handwerkers ganz wie gestern einen Imbiß, und Reinhart langte ebenso wie die anderen kräftig zu. Nachdem sie gesättigt waren, bat der Glasmacher seine Geliebte, weiterhin auf die Flußlauge zu achten; er selbst verließ die Schmiede, suchte den Kerker-

wächter auf und teilte ihm mit: »Du mußt mich zuerst zur Weißach und anschließend zur Kalkgrube am Weißenberg geleiten.«
»Das wird ein weiter Weg«, gab der Wärter zu bedenken. »Am klügsten ist es wohl, ich frage den Burgherr, ob er uns erlaubt, zu reiten.«
»Tu das«, stimmte der Glasmacher zu. »Ich besorge inzwischen ein paar Säcke.«
Der Kerkerwächter verschwand in Richtung des Palas; Reinhart ging zum Getreidekasten der Veste und holte sich zwei Rupfensäcke. Nach einer Viertelstunde kehrte der Wärter, der nun seine Armbrust bei sich hatte, zurück und beschied den Glasmacher: »Der Ritter gestattet, daß wir die Pferde nehmen. Er hat aber einen Waffenknecht abgestellt, der mitkommen soll, und außerdem läßt er dir ausrichten, du hättest bloß noch bis übermorgen früh Zeit, um ihm fertiges Glas vorzuzeigen!«
Reinhart nickte wortlos, dann schritt er dem Kerkerwächter zu den Stallungen voran. Dort sattelten sie den Wallach sowie einen starkknochigen Rappen; gleich darauf traf der Reisige ein und zäumte für sich einen kräftigen Fuchshengst auf.
Als der Glasmacher mit seinen Bewachern zum Brückentor trabte, sah Reinhart den Falkner und den Händler, die in der Nähe der Bastion standen. Die beiden musterten ihn mißgünstig; für einen Moment war der Glasmacher versucht, sein Roß anzutreiben und zwischen sie zu preschen. Doch er beherrschte sich und wandte den Blick ab; einige Sekunden später passierten er und seine Begleiter den Torschlund.
Nach ungefähr halbstündigem Ritt erreichten sie nordöstlich der Burg eine Windung der Weißach, wo im flachen Wasser reichlich Quarzgestein lag. Reinhart sammelte einen Vorrat davon in einen seiner Säcke; danach folgten die drei Männer dem Bachlauf etwa drei Meilen nach Süden, bis sie zur herrschaftlichen Kalkgrube am Fuß des Weißenberges in der Nähe des Dorfes Schwarzach kamen. Dort füllte der Glasmacher den zweiten Sack mit den hellgrauen Brocken. Weil die Sonne unterdessen schon tief stand, machten sich die Männer

sofort auf den Rückweg; kurz ehe die Nacht hereinbrach, langten sie wieder auf der Veste an.
Reinhart brachte das Rohmaterial, das er für das Gesätz benötigte, in die Schmiede, wo Waldrada ihm mitteilte, daß die Flußlauge mittlerweile größtenteils verkocht war. »Sehr gut«, erwiderte der Glasmacher und zog die junge Frau in seine Arme. Anschließend vesperten sie wie am Abend zuvor neben dem Dreifuß; später legten sie sich auf ihr Lager, gelegentlich stand Reinhart auf, um das Kohlenfeuer zu schüren oder Flüssigkeit in den Kessel zu füllen. Gegen Mitternacht war die Lauge restlos verdampft; die Schicht aus hartem Flußstein, die sich auf dem Kesselboden abgesetzt hatte, war jetzt ungefähr zwei Finger dick.
»Morgen werden wir den Flußstein, den Quarz und den Kalk weiterverarbeiten«, erklärte Reinhart seiner Geliebten, als er das Feuer löschte; kurz darauf schliefen beide fest.
Bald nach Sonnenaufgang waren sie wieder auf den Beinen, und nun traf Reinhart mit Hilfe des Schmiedes die nötigen Vorbereitungen, um zunächst das Quarzgestein zu brechen. Sie schleppten eine Granitplatte sowie an die zwanzig Quader aus demselben Gestein, die für Ausbesserungsarbeiten an den Festungsmauern im Burghof bereitlagen, in die Werkstätte. Dann schichteten sie die Steinquader rings um die Platte auf und schütteten die Quarzbrocken in die Vertiefung dazwischen. Anschließend nahmen beide Männer schwere Vorschlaghämmer zur Hand und begannen damit, die Quarzstücke zu zertrümmern. Es war harte Arbeit; mehr als eine Stunde verstrich, bis die Brocken nur noch nußgroß waren. Von da an freilich ging es leichter, und zuletzt war die Grube inmitten der Quader mit feinem, hell glänzenden Quarzsand gefüllt.
Mit einer Mehlkelle, die Waldrada in der Burgküche besorgt hatte, schaufelte Reinhart den Quarz in eine Bütte; die junge Frau reinigte währenddessen sorgfältig die Granitplatte. Danach stemmte der Glasmacher den über Nacht steinhart gewordenen Flußstein aus dem Kessel und zerstampfte zusammen mit dem Schmied auch diese Bruchstücke, welche

einen unangenehm ätzenden Geruch verströmten. Immer wieder mußten die Männer niesen und einmal sogar eine Pause einlegen, um draußen vor der Werkstätte frische Luft zu schöpfen, aber endlich waren die Flußsteinbrocken zu einer pudrigen Masse zerrieben. »Damit haben wir die fertige Pottasche«, erläuterte Reinhart und gab den für die Glasschmelze so wertvollen Staub in einen weiteren Bottich.
Nachdem die Granitplatte von neuem gesäubert worden war, pulverisierten die Männer auf ihr den trockenen Kalk. Dieser Arbeitsgang kostete weniger Kraft als die beiden anderen, brauchte jedoch ebenfalls Zeit. Als Reinhart den Kalkstaub in eine dritte Bütte schaufelte, war es bereits Mittag, und jäh wurde dem Glasmacher bewußt, daß die Frist, welche der Ritter ihm gesetzt hatte, am folgenden Morgen ablaufen würde.
Im selben Augenblick, da ihm dies durch den Kopf ging, hatte er das Gefühl, als würde ihm etwas die Kehle zuschnüren; gleich darauf freilich überwand er die Beklemmung, indem er sich klarmachte, wie gut er und seine Helfer bislang vorangekommen waren. Er stellte den Bottich mit dem Kalk zu den Gefäßen, welche die Pottasche und den Quarzsand enthielten; im nächsten Moment tauchte das Weib des Schmieds auf und brachte ebenso wie an den Vortagen einen Imbiß.
Reinhart aß hastig; kaum hatte er das letzte Stück Brot hinuntergeschluckt, stand er auf und begab sich in eine Ecke des Raumes, wo eine bislang noch ungebrauchte, sauber ausgeschrubbte Bütte stand. Er trug sie zu den drei anderen Bottichen, nahm die Kelle zur Hand und fing an, das Gesätz zu mischen. Waldrada, die sich zu ihm gesellt hatte, sah, wie er achtzehn exakt abgemessene Schäufelchen Quarzsand in das leere Gefäß rieseln ließ und zwölfmal dasselbe Maß Kalkpulver hinzugab. Sodann vermengte er den Inhalt der Bütte gründlich und streute drei Kellen Pottasche darüber. Wieder vermischte er alles sorgsam, dann erklärte er der jungen Frau: »Ich habe nur die Hälfte der Rohstoffe verwendet, damit wir einen weiteren Versuch machen können, falls der erste fehlschlägt.«

»Das heißt, wir werden jetzt mit der Schmelze beginnen?« fragte Waldrada erregt.
»Ja!« bestätigte Reinhart und hob die Bütte mit dem Gesätz hoch, um sie zur Esse zu bringen.
Dort füllte er das Gesätz in den Schmelztiegel und stellte das volle Tongefäß auf den Sockel in der Mitte der Feuerstelle.
Auch der Schmied, dessen Frau inzwischen wieder gegangen war, kam herbei und erkundigte sich gespannt: »Ist es soweit? Soll ich anschüren?«
Als der Glasmacher nickte, schüttete der Handwerker Holzkohle auf die Ofenplatte und häufte sie um den Tiegel herum auf. Danach entzündete er die Kohlen und beschied die anderen: »Ein Dutzend Vaterunser wird es dauern, bis die Glut sich verteilt hat.«
Reinhart und Waldrada nutzten die Zeit, um die Granitplatte, auf welcher die Zutaten zum Gesätz zerstoßen worden waren, zu reinigen und sie nahe der Esse auf zwei Reihen Steinquader zu hieven. Auf diese Weise entstand ein provisorischer Ascheofen, der von unten her mit dicken Holzscheiten beheizt werden konnte und auf welchem das aus dem Schmelztiegel kommende Glas später langsam abkühlen sollte.
Bald nachdem Reinhart die Scheiter unter der Granitplatte entzündet hatte, glühten die Holzkohlen um den Tiegel gleichmäßig, und nun bemühten sich die Männer, die Temperatur so stark wie möglich zu steigern. Sie betätigten beide Blasebälge; von zwei Seiten fauchte die Luft in das Glutbett, ließ die Kohlen knistern und helle Lohe aus ihnen sprühen. Im Verlauf der folgenden Stunde zogen der Schmied und Reinhart die Bälge in regelmäßigen Abständen und pausierten dann wieder; Waldrada legte bei Bedarf frische Holzkohle nach, und die Hitze in der Werkstätte stieg ständig an. Die Männer und die junge Frau hatten zunehmend das Gefühl, sich in einem Backofen zu befinden; nie während der Schmiedearbeiten der letzten Tage waren derartige Glutwellen durch den Raum geflutet.
Aber trotzdem schmolz das Gesätz im Glashafen nicht. Mit

immer besorgterer Miene musterte Reinhart das Gemisch, dessen vom Feuerschein rötlich überflackerte Oberfläche sich lediglich zu einer Kruste zusammenzubacken schien; schließlich murmelte der Glasmacher resigniert: »Es ist aussichtslos!«
Das Gesicht des Schmieds versteinerte; Waldrada stieß erschrocken hervor: »Du meinst, wir schaffen es nicht?«
»Wir müssen es schaffen!« erwiderte Reinhart gepreßt.
Die junge Frau umklammerte seinen Arm. »Und was willst du tun?!«
»Es bleibt uns nichts anderes übrig, als von vorne anzufangen«, entgegnete Reinhart. »Das Gesätz enthält zu wenig Pottasche. Deshalb liegt sein Schmelzpunkt höher als die Temperatur, die wir erzeugen können. Ich werde also den Pottascheanteil am Gemenge vergrößern, das ist unsere einzige Chance.«
»Dann laß uns keine Zeit verlieren!« knurrte der Schmied. »Ich nehme an, zunächst muß der Tiegel vom Ofen?«
»Erst wenn die Glut gelöscht und der Glashafen ausreichend abgekühlt ist«, antwortete Reinhart. »Er darf auf gar keinen Fall zerspringen, sonst haben wir endgültig verspielt!«
Wortlos machte sich der Handwerker daran, das Feuer zu dämpfen. Reinhart und Waldrada begaben sich dorthin, wo die Behälter mit dem Quarzsand, dem Kalkpulver und dem Flußmittel standen. Der Glasmacher mischte Quarz und Kalk neuerlich im bisherigen Verhältnis, gab jedoch diesmal vier statt drei Kellen Pottasche hinzu. Auf Waldradas Frage, ob er sicherheitshalber nicht noch mehr nehmen wolle, schüttelte Reinhart den Kopf und antwortete: »Gäbe ich allzuviel ins Gesätz, würde es von vornherein unbrauchbar werden.«
Betreten nickte die junge Frau, dann half sie Reinhart, die Bütte mit dem Gemenge zum Schmiedeofen zu tragen. Bis zur Nachmittagsmitte harrten sie an der Esse aus; endlich sagte der Glasmacher: »Ich glaube, jetzt können wir es wagen, den Schmelztiegel herabzunehmen.«
So vorsichtig wie möglich hoben sie den Glashafen von der Feuerstelle und setzten ihn daneben ab. Reinhart untersuchte

den Inhalt und bemerkte, daß die Masse teilweise, besonders an den Rändern, klumpig war. In der Tegernseer Hütte, dachte er, wäre so etwas niemals vorgekommen, doch dort hatten wir auch gut gebaute Glasöfen statt einer einfachen Schmiedeesse. Wie schon einmal an diesem Tag beschlich ihn beklemmende Furcht; er benötigte ein paar Sekunden, um die Anwandlung zu überwinden, dann kippte er den Schmelztiegel behutsam, um ihn zu entleeren. Nachdem das unbrauchbare Gesätz herausgerieselt war, kratzte er die Rückstände von der Innenwand des Glashafens; erst danach füllte er das Gemenge mit dem höheren Pottascheanteil ein.
Schließlich stellten Reinhart und der Schmied den Schmelztiegel zurück auf den Ofensockel; neuerlich wurden Holzkohlen aufgeschüttet und entfacht. Wieder dauerte es, bis die Glut sich ausgebreitet hatte und es Sinn machte, die Blasebälge zu betätigen; abermals arbeiteten die Männer im Schweiße ihres Angesichts ungefähr eine Stunde. Doch ebenso wie beim ersten Versuch veränderte sich die Oberfläche des Gesätzes im Glashafen kaum; die rötlich überflackerte Kruste schien lediglich etwas intensiver zu verbacken.
Reinhart zermarterte sich den Kopf, wie sie die Hitze weiter steigern konnten; auf einmal hatte er eine Idee. »Wir brauchen mehr Ziegel!« rief er Waldrada zu, während er unablässig am Balg zog. »Bring welche her und beeil dich!«
Die junge Frau eilte hinaus; bald kehrte sie mit einem Korb zurück, in dem sich ein Dutzend Steine befanden.
»Und nun schichte die Ziegel mit den Schmalseiten auf das Mäuerchen um die Feuerstelle«, wies Reinhart sie an.
Angesichts der Glutwellen, die über dem Ofen waberten, war dies keine leichte Aufgabe, aber Waldrada schaffte es, indem sie ihre Hände mit feuchten Lappen schützte. Nach kaum einer Minute war die kleine Mauer um eine hochkant gestellte Ziegellage gewachsen, und der Schmied, der mittlerweile begriffen hatte, was Reinhart bezweckte, äußerte: »Nicht schlecht! Auf diese Art wird die Hitze stärker als bisher auf den Schmelztiegel zurückgestrahlt.«

»Das ist meine Hoffnung!« erwiderte der Glasmacher; gleich darauf betätigte er den Blasebalg noch rascher als zuvor. Der Schmied tat es ihm nach; als die Glut ringsum aufloderte, warf Waldrada auf Anweisung Reinharts außerdem frische Kohlen auf die Feuerplatte. Im Verlauf der nächsten halben Stunde wuchs die Spannung fast ins Unerträgliche – dann, ganz unvermittelt, verwandelte sich die Konsistenz des Gesätzes. Seine eben noch krustige Oberfläche schien weichere Konturen zu gewinnen; gleichzeitig bildete sich in der Mitte eine Mulde.

»Die Glasmasse fängt zu schmelzen an!« jubelte Waldrada. »Ich wußte, daß es gelingen würde! Jetzt wird es gewiß nicht mehr lange dauern, bis das Gesätz ganz flüssig ist, oder?«

»Es hat gerade erst die Schmelztemperatur erreicht«, dämpfte Reinhart ihren Überschwang. »Falls die Hitze nur eine Spur absinkt, verfestigt sich die Masse wieder. Wir dürfen daher in unseren Anstrengungen keinesfalls nachlassen!«

Während der folgenden Viertelstunde fauchten die Blasebälge weiter; kaum sichtbar vertiefte sich die Mulde auf der Oberfläche des Gesätzes – plötzlich entstand dort eine zähe Blase und zerplatzte. Wiederum einen Augenblick später stieg eine zweite auf, andere folgten – und dann verflüssigte sich langsam der gesamte Spiegel der Schmelzmasse.

»Nun ist es soweit, nicht wahr?!« rief Waldrada.

»Ja!« erwiderte Reinhart. »In Kürze kann ich die erste Probe entnehmen. Sieh du noch mal nach dem Feuer unter der Granitplatte, dann lauf zum Ritter und bitte ihn, zu kommen!«

Die junge Frau schürte die Glut unter dem provisorischen Ascheofen, anschließend eilte sie nach draußen. Nach kaum zehn Minuten kehrte Waldrada mit Gewolf zurück; hinter dem Ritter und ihr drängte sich ein Dutzend weiterer Burgleute, darunter der Vogt, durch die Tür der Werkstätte.

Die Männer und Frauen versammelten sich um die Esse; Gewolf stellte sich direkt neben den Glasmacher. Gespannt verfolgten er und die anderen, wie Reinhart, während der Schmied weiterhin den einen Blasebalg betätigte, nach der Glaspfeife griff und das metallene Ende über der Kohlenglut

erwärmte. Als Reinhart die Röhre anhob und ihre Spitze an den Schmelztiegel führte, trat der Ritter einen Schritt vor. In der nächsten Sekunde sah er, wie Reinhart das Pfeifenende in die zähe Schmelzmasse drückte, mit drehender Bewegung einen Batzen des halbflüssigen Gesätzes herausholte, die Glaspfeife seitlich schwenkte und ihr Mundstück an die Lippen setzte.
Wiederum einen Augenblick später blähte sich der faustgroße Klumpen an der Röhrenspitze auf und wurde, während Reinhart angestrengt blies, zu einer etwas in die Länge gezogenen rötlich-orangefarbenen Kugel. Nachdem diese auf den Umfang von zwei Fäusten angewachsen war, hielt der Glasmacher mit Blasen inne und erhitzte sie neuerlich über der Essenglut. Danach legte er sie auf die durch das Holzfeuer stark erwärmte Granitplatte neben dem Schmiedeofen, zog ein Messer aus dem Gürtel und schnitt den nachgiebigen Kugelkörper auf. Langsam klappten seine Hälften nach links und rechts auseinander; abermals brachte Reinhart ihn über die Glut, sodann drückte er die Glasmasse mit Hilfe der Messerklinge platt. Zuletzt lag ein ovaler Fladen von Kinderkopfgröße auf dem Stein, und jetzt schreckte Reinhart den Steg, welcher das Gebilde mit der Pfeife verband, durch einen Wasserguß ab, so daß er die Pfeifenspitze vom Glaskörper wegbrechen konnte.
Der Burgherr, welcher jeden einzelnen Arbeitsgang gespannt verfolgt hatte, starrte einen Moment stumm auf die rohe Butzenscheibe, dann schlug er Reinhart auf die Schulter und rief unter dem Jubel der übrigen Anwesenden aus: »Du hast es tatsächlich geschafft! Du hast Glas hergestellt, so wie du es versprachst! Und du hast noch nicht einmal die volle Frist dafür gebraucht, die ich dir zugestand! – Los, mach weiter! Ich will sehen, wie mehr dieser Scheiben entstehen, die mir bald sehr viel Geld einbringen werden!«
Der Glasmacher gehorchte. Während die erste Butzenscheibe allmählich erkaltete und dabei einen weißen, etwas grünstichigen Farbton annahm, blies er neue Kugeln und formte daraus die fladenförmigen Glasplatten. Gewolf gab sich erst

zufrieden, als das Gesätz völlig verbraucht war und über ein Dutzend Scheiben auf dem Ascheofen lagen. Dann, inzwischen war die Nacht hereingebrochen, verfiel der Ritter in seiner Begeisterung darauf, den Erfolg Reinharts an Ort und Stelle zu feiern.
Gewolf befahl, ein Faß Wein in die Schmiede zu bringen; hier, wo die erste Degenberger Glasschmelze gelungen war, wollte er es eigenhändig anstechen. Bald war das Trinkgelage in vollem Gange; immer wieder prosteten der Burgherr, der Vogt und die anderen dem Glasmacher zu. All die Anspannung, unter der Reinhart die vergangenen Tage gelitten hatte, fiel von ihm ab; ähnlich erging es Waldrada, die glücklich an der Seite des Mannes saß, den sie liebte.
Stunden verstrichen; irgendwann ging es Waldrada durch den Kopf: Es muß beinahe schon Mitternacht sein. Sie beugte sich zu Reinhart, um ihm zuzuflüstern, daß sie es kaum erwarten könne, allein mit ihm im Blockhaus zu sein – aber ehe sie den Satz über die Lippen brachte, schrak sie zusammen.
Krachend flog die Tür der Werkstätte auf. Die Fackel, welche in einem Wandhalter daneben steckte, beleuchtete einen Bewaffneten: einen der Burgknechte, dessen Gesicht blutüberströmt war. Taumelnd stand der Reisige da; schlagartig wurde es totenstill im Raum, im nächsten Augenblick stieß der Waffenknecht hervor: »Ich hatte die Wache am Brückentor – und bin dort überfallen worden!«

Der Hüttenbau

Gewolf sprang auf, seine Hand zuckte zum Dolch; gleichzeitig fuhr er den blutenden Reisigen an: »Wer verwundete dich?! Ist etwa gar die Veste in Gefahr?!«
»Nein«, erwiderte der Waffenknecht. »Der Angriff kam nicht von draußen, dort ist alles ruhig. Der verfluchte Lump, der mich niederschlug, muß sich vom Burghof her angeschlichen ...«
»Wer war es?!« unterbrach ihn der Ritter. »Erkanntest du den Kerl?!«
Der Reisige schüttelte den Kopf. »Ich hörte bloß ein Geräusch in meinem Rücken, dann traf mich auch schon ein Hieb auf den Helm. Ich lag wohl geraume Zeit bewußtlos da; als ich wieder zu mir kam, stellte ich fest, daß die Schlupfpforte am Tor offen war. Der Schurke floh offenbar durch die Pforte, doch um wen es sich handelte, weiß ich nicht.«
»Vermutlich war es der Händler, der mich bei Euch anschwärzte«, wandte sich Reinhart an den Burgherrn. »Nachdem mir die Glasschmelze gelungen war, erfuhr er gewiß davon. Veith mußte damit rechnen, von Euch wegen seiner Lügen zur Verantwortung gezogen zu werden. Daher, nehme ich an, entschloß er sich, das Weite zu suchen.«
»Das könnte die Lösung des Rätsels sein!« knurrte Gewolf.
»Laßt uns überprüfen, ob sich der Händler noch in der Veste aufhält!« versetzte der Vogt.
Wenig später stellte sich Reinharts Verdacht als zutreffend heraus. Veiths Quartier war leer, seine persönliche Habe sowie die Handelswaren fehlten. Der Händler mußte die Sachen, nachdem er den Torwärter überwältigt hatte, im Schutz der Dunkelheit heimlich und unbemerkt von dem Wachtposten auf dem Bergfried aus der Burg gebracht haben. Die Flucht war ihm um so leichter gefallen, als sich seine Stute

und das Muli auf einer Koppel am Hang des Festungsberges befunden hatten. Jetzt entdeckten die Waffenknechte, welche den leeren Weideplatz in Gegenwart des Ritters, Reinharts und des Vogtes mit Feuerbränden absuchten, nur noch einige frische Hufspuren, die sich ein Stück weiter auf dem Burgweg verloren.
»Befehlt Ihr, den Halunken zu verfolgen?« wollte der Vogt von Gewolf wissen.
Der Ritter überlegte, dann entgegnete er: »Ich fürchte, das hätte wenig Sinn. Der Händler ist bereits vor einer ganzen Weile verschwunden, und wir wissen nicht, welche Richtung er einschlug. Daher müßten wir notgedrungen bis zum Morgengrauen warten, ehe wir überhaupt etwas unternehmen könnten. Und selbst falls wir mit viel Glück auf seine Fährte stoßen würden, hätte er längst einen Vorsprung, der kaum noch aufzuholen wäre.«
»So schätze ich die Sache auch ein«, ließ sich einer der Reisigen vernehmen. »Am Ende käme nichts weiter heraus, als daß sinnlos ein paar Rösser zuschanden geritten würden.«
»Und das ist mir der Galgenvogel nicht wert«, nickte Gewolf. »Außerdem wurden seine Absichten zunichte, und es entstand kein größerer Schaden. Soll er sich also von mir aus zum Teufel scheren!«
»Aber dann werden wir nie erfahren, warum er den tückischen Anschlag gegen mich ins Werk setzte!« entfuhr es Reinhart.
Der Ritter zuckte die Achseln. »Wer weiß, welche Beweggründe er hatte. Vielleicht verwechselte er dich tatsächlich mit einem Hochstapler, der dir ähnlich sieht. Oder die Intrige wurde in Regensburg während des Turniers ausgeheckt. Ich erwähnte dort im Gespräch mit verschiedenen anderen Edelleuten meine Absicht, eine Glashütte errichten zu lassen. Womöglich wurde einer von ihnen, zum Beispiel der Schierlinger Burgherr, mit dem ich vor drei Jahren eine Fehde austrug, neidisch und stiftete den Händler deshalb zu der Verleumdung an.«
Reinhart, der einen ganz anderen Verdacht hegte, öffnete den

Mund, um zu widersprechen. Gewolf indessen gebot ihm durch eine Geste Schweigen und wechselte das Thema: »Doch wie auch immer, wir haben Wichtigeres zu tun, als uns die Köpfe über das Motiv dieses Veith zu zerbrechen. Laß uns lieber vorwärts blicken und an den Bau der Degenberger Hütte denken. Am liebsten wäre es mir, du würdest noch diese Woche mit deinen Helfern in den Urwald nördlich des Hirschenstein ziehen, um mit den Arbeiten zu beginnen. – So, und nun wollen wir zur Veste zurückkehren, hier auf der Koppel haben wir nichts mehr verloren.«
Während sie Seite an Seite den Burgweg hinaufschritten, tauschte sich der Ritter mit Reinhart über die Glashütte aus. Im äußeren Festungshof wies Gewolf auf die Schmiede, aus der inzwischen kein Laut mehr drang, und sagte: »Schade, daß unsere Feier so jäh unterbrochen wurde. Aber sobald die Hütte erst den Profit abwirft, den ich mir wünsche, werde ich ein wirklich großes Fest ausrichten.«
Danach verschwand der Burgherr in Richtung des Palas. Auch der Vogt und die Waffenknechte begaben sich mit Ausnahme eines Reisigen, der anstelle des verletzten Wärters für die Torwache abgestellt wurde, zur Ruhe. Der Glasmacher wiederum ging mit Waldrada, die auf ihn gewartet hatte, zu seinem Blockhaus. Dort informierte er die junge Frau über die Geschehnisse draußen beim Weideplatz und schloß: »Gewolf hätte den Händler verfolgen lassen sollen, völlig aussichtslos wäre es nicht gewesen. Doch da der Ritter anders entschieden hat, wird der Schuft leider ungeschoren bleiben. Denjenigen hingegen, der meiner Meinung nach mit ihm unter einer Decke steckte, könnte man zur Rechenschaft ziehen!«
»Den Falkner?« fragte Waldrada.
»Er ist mein Feind, seit ich dir damals, als er dich bedrängte, beisprang«, bestätigte der Glasmacher. »Jedesmal, wenn er mich ansah, las ich Haß in seinen Augen. Er wünschte mir Böses, und in dem zwielichtigen Händler, dem er höchstwahrscheinlich beim Turnier in Regensburg begegnete, fand er das Werkzeug, das er brauchte. Es kann nur so gewesen

sein; Ralf heckte das Komplott aus – und vorhin auf der Koppel war ich drauf und dran, dem Burgherrn reinen Wein über ihn einzuschenken.«
»Ich glaube, du hast recht mit deinem Verdacht«, murmelte Waldrada. »Trotzdem rate ich dir, dem Ritter gegenüber zu schweigen.«
»Warum?« kam es gepreßt von Reinhart.
»Weil Gewolf große Stücke auf den Falkner hält«, antwortete die junge Frau. »Ralf mag ein Schurke sein, aber keiner im Donauwald versteht es so wie er, Beizvögel abzurichten. Der Ritter verkauft die Falken an andere Burgherren, und der Handel trägt ihm pures Gold ein. Deshalb könnte Gewolf es dir sehr übelnehmen, wenn du Ralf beschuldigen würdest – noch dazu du keinen hieb- und stichfesten Beweis in der Hand hast.«
»Das ist richtig«, mußte der Glasmacher zugeben.
»Und wie unberechenbar der Ritter sein kann, erlebtest du während der vergangenen Tage am eigenen Leib«, stieß Waldrada nach. »Daher halte ich es für klüger, hinsichtlich des Falkners nichts weiter zu unternehmen. Viel wichtiger ist doch, daß du die Glashütte errichten kannst, und wenn wir die Festung erst verlassen haben, werden wir sowieso keinen Kontakt mehr mit Ralf haben.«
Reinhart stutzte und griff nach ihrer Hand. »Heißt das, du willst mit mir in den Urwald gehen?«
»Genau das habe ich vor«, entgegnete Waldrada. »Freilich wirst du zuvor dem Vogt klarmachen müssen, wie nötig eine Köchin für dich und deine Helfer in der Wildnis ist.«
»Ich denke, das ist zu schaffen«, schmunzelte der Glasmacher; mit dem nächsten Lidschlag indessen wurde sein Gesicht wieder ernst, und er kam nochmals auf den Falkner zurück. »Ich werde mit Gewolf nicht über meinen Verdacht sprechen«, erklärte er. »Aber bevor wir in die Wälder aufbrechen, stelle ich Ralf ohne Zeugen zur Rede und warne ihn sehr nachdrücklich vor weiteren Anfeindungen!«
Drei Tage später, als Reinhart in der Abenddämmerung zu den Stallungen ging, um seinen Wallach zu versorgen, ergab

sich eine Gelegenheit. Der äußere Burghof lag verlassen da; nur der Falkner stand nahe des Roßstalles im Schatten einer Wagenremise. Scheinbar keine Notiz von Ralf nehmend, schlenderte der Glasmacher bis auf drei Schritte an ihn heran; unversehens stürzte er sich auf den Falkner, riß ihm den Arm auf den Rücken und drängte ihn in den Schuppen.
Drinnen schleuderte Reinhart den anderen gegen einen Heuwagen; ehe sich Ralf zu einer Gegenwehr aufzuraffen vermochte, saß ihm das Messer des Glasmachers an der Kehle, und dann vernahm der Falkner, was Reinhart ihm zu sagen hatte: »Ich kann dir nicht beweisen, daß Veith mich in deinem Auftrag verunglimpfte. Deshalb kommst du, was diese Gemeinheit angeht, straflos davon. Doch falls du mich oder Waldrada noch einmal in Schwierigkeiten zu bringen versuchst, wirst du dafür bezahlen, das schwöre ich dir!«
Die Messerspitze ritzte die Haut neben Ralfs Kehlkopf. »Hast du mich verstanden, du Lump?!«
»Ja!« krächzte der Falkner.
Unvermittelt gab der Glasmacher ihn wieder frei und verließ die Remise; mit zittriger Bewegung nach seinem Hals tastend, starrte Ralf ihm nach.
Die Lektion sollte ihm eine Weile im Gedächtnis bleiben, dachte Reinhart, während er zum Stallgebäude schritt. Dort kümmerte er sich um sein Pferd und kehrte anschließend ins Blockhaus zurück.
Waldrada war damit beschäftigt, die Kleider und Lebensmittelvorräte zusammenzupacken, die sie in der Wildnis benötigen würden. Reinhart erzählte der jungen Frau, was sich im Wagenschuppen zugetragen hatte; sie entgegnete: »Ich hoffe, nun werden wir Ruhe vor dem Falkner haben.«
»Bestimmt!« versicherte der Glasmacher. »Morgen können wir unbesorgt losziehen, von Ralf droht uns keine Gefahr mehr.«
Waldrada schmiegte sich an ihn und flüsterte: »Ich freue mich auf das Leben mit dir in den Wäldern!«

***

Eine Stunde nach Sonnenaufgang des folgenden Tages führten Reinhart und Waldrada den Wallach zum äußeren Tor. Dort warteten bereits zwei berittene Waffenknechte; unmittelbar darauf nahten zu Fuß zwei weitere Männer, von denen jeder ein mit Proviant, Werkzeugen und Baumaterial beladenes Packpferd führte, sowie ein halbwüchsiger Bursche. Die Reisigen waren vom Burgherrn abgestellt worden, um den Schutz der Gruppe zu gewährleisten, zu jagen und Reinhart beim Bau der Glashütte zur Hand zu gehen, solange er sie benötigen würde. Die übrigen drei hatte der Vogt zusammen mit Reinhart ausgesucht. Norbert, der ältere der beiden Männer, zählte etwa dreißig Jahre; er war blond und sehnig und sollte, sobald die Hütte in Betrieb war, das Quarzstampfen und Pottaschekochen übernehmen. Der Jüngere, ein dunkelhaariger untersetzter Mittzwanziger, hieß Alfred; seine spätere Aufgabe würde das Holzschlagen und Köhlern sein. Der Halbwüchsige schließlich wurde Jörg gerufen; der aufgeweckte Siebzehnjährige mit dem ungebärdigen rotblonden Haarschopf, der aus dem Weiler Velling südlich der Veste stammte, war dazu bestimmt worden, als Reinharts Gehilfe am Schmelzofen zu arbeiten.
Jetzt bestieg der Glasmacher den Wallach, Waldrada schwang sich hinter ihm auf den Pferderücken; im selben Moment erschien unter dem inneren Tor der Ritter. Rasch kam Gewolf heran, musterte den Trupp aufmerksam und wandte sich dann an Reinhart. »Sieh zu, daß es mit dem Hüttenbau zügig vorangeht!« sagte er. »Du weißt, ich will so schnell wie möglich Geld mit den Degenberger Glaswaren verdienen!«
»Sofern es keine unvorhergesehenen Schwierigkeiten gibt, werden wir bis zum Frühherbst soweit sein«, antwortete Reinhart.
»Gut!« erwiderte der Burgherr. »Nun brecht auf! Vergeudet keine Zeit mehr!«
Der Glasmacher, der sich einen freundlicheren Abschied erwartet hatte, nickte wortlos, zog sein Roß herum und lenkte es in den Torschlund. Die Waffenknechte, Norbert und Alfred mit ihren Packtieren sowie Jörg folgten ihm hinaus auf

die Zugbrücke. Der Ritter wiederum kehrte in den Innenhof zurück, stieg zur Wehrplattform des Bergfrieds hinauf und spähte der kleinen Karawane mit zusammengekniffenen Brauen nach, bis sie nordöstlich der Veste im Weißachtal verschwand.
Da die schwer bepackten Lastpferde im Urwald stellenweise nur mühsam vorankamen, erreichte der Trupp die einsame Bachaue im Norden des Degenberger Herrschaftsgebiets, wo die Glashütte entstehen sollte, erst kurz vor der Abenddämmerung. Schnell sattelte man die Tiere ab und richtete einen provisorischen Lagerplatz her; kaum hatten die Männer Holz gesammelt und ein Kochfeuer entzündet, leuchteten am Firmament die ersten Sterne auf. Von den mitgebrachten Vorräten bereitete Waldrada eine Graupensuppe zu; nachdem der Hunger gestillt war, saß man noch eine Weile um das Feuer, und Alfred, der eine Maultrommel besaß, unterhielt seine Gefährten mit einfachen Melodien. Bald jedoch forderte die Natur ihr Recht; einer nach dem anderen kroch unter seine Decke, und dann herrschte Stille am Ufer des Wildbaches.
Am nächsten Morgen begannen die Reisigen, Norbert und Alfred unter Reinharts Anleitung mit dem Fällen der Bäume für die Glashütte. Waldrada und Jörg blieben im Lager zurück, um Schlafstätten aus Ästen und Tannenflechten sowie eine einfache Koppel für die Pferde zu bauen. Als es neuerlich Abend wurde, wirkte der Platz am Gestade des Baches schon deutlich anheimelnder, und die Männer hatten mit Hilfe der Lasttiere etliche bereits entastete Baumstämme herangeschafft.
Während der folgenden Tage wurde der Holzstapel zusehends höher; am Ende der ersten Woche erklärte Reinhart seinen Helfern, ein Drittel des Bauholzes sei inzwischen geschlagen. Abermals vierzehn Tage später schleiften die Rösser den letzten Baumstamm heran, und da einer der Waffenknechte zudem Glück auf der Jagd gehabt und mit seiner Armbrust einen Rehbock erlegt hatte, konnte das Ende der anstrengenden Fällarbeit entsprechend gefeiert werden.
In der Sommerhitze, die jetzt gelegentlich drückend war,

begannen die Männer damit, einen Teil der mittlerweile von Waldrada und Jörg entrindeten Stämme zu spalten, um Bohlen zu gewinnen. Diese Tätigkeit nahm eine weitere Woche in Anspruch; danach wurden zwei Dutzend besonders gerade gewachsener Baumstämme auf bestimmte Längenmaße zurechtgesägt und unten angekohlt. Auf dem von Reinhart ausgewählten Bauplatz für die Glashütte, der zwischenzeitlich eingeebnet worden war, gruben die Männer Löcher für die Tragepfosten des Gebäudes und senkten die Stämme hinein. Sodann packten sie Felsbrocken um die von der Brandkruste bedeckten und damit vor Fäulnis geschützten Pfostenenden in den Gruben und stampften Erde darüber fest. Zuletzt umgrenzten die Holzstämme ein Viereck; mittig entlang der Längsachse ragten vier Pfosten mannshoch über die anderen empor.
Diese Firststämme wurden durch Schrägpfeiler abgestützt und waren oben gegabelt, so daß der acht Meter messende Dachbalken, welchen die Männer unter größten Mühen in die Höhe hievten, auf den vier Mittelpfosten befestigt werden konnte. Nachdem der Firstbaum in seinen Halterungen verankert war, verbanden Reinharts Leute die Köpfe der Außenpfosten des Vierecks durch waagrechte Balken. Anschließend brachten sie die dünneren Bohlen des Dachgerüsts an, indem sie deren mit Kerben versehenen Enden mit dem Firstbaum und den Auflagen der Wandpfosten verstrebten.
Nachdem das Gerüst des Dachstuhls komplett war, zog man die doppelten Wände des Bauwerks hoch. Zu diesem Zweck verlegten die Männer innen und außen entlang der vertikalen Pfostenreihen vierkantig gespaltene Hölzer und überkreuzten sie an den Ecken des Gebäudes. Bohlenschicht um Bohlenschicht wuchsen die Holzwände höher; in die Zwischenräume schütteten Waldrada und Jörg, um dem Gefüge zusätzliche Festigkeit zu geben, Steingrus und Sand. An der Stirnseite der Glashütte wurde eine Türöffnung ausgespart; die Längsseiten erhielten jeweils drei Fenster, welche mit an Lederriemen befestigten Klappläden verschlossen werden konnten.

Am Tag, da die letzten Wandbalken eingefügt wurden, verfinsterte sich plötzlich das Firmament, und ein scharfes Sommergewitter brach los. Donnerschläge krachten, Blitze zuckten; ein heftiger Sturm peitschte die Baumwipfel rings um die Bachaue. Nur einen Pfeilschuß vom Bauplatz entfernt brach eine riesige alte Fichte nieder; Reinhart und seine Leute fürchteten um das noch unfertige Giebelgerüst der Hütte, das in seinen Verstrebungen ächzte. Letztlich jedoch hielt es dem wütenden Unwetter stand, und am darauffolgenden Morgen machten sich die Männer daran, das Dach zu decken.

Zunächst flochten sie Tausende von Weidenruten, die sie teils von weither holen mußten, zwischen die von oben nach unten verlaufenden Strebebohlen des Giebelgerüsts. Bis diese Arbeit getan war, verstrich eine volle Woche; endlich aber war der gesamte Dachstuhl – eine bestimmte Stelle ausgenommen – mit dem sich regelmäßig auf und ab biegenden Weidengeflecht versehen. Dieses gab anschließend den sorgfältig zusammengeschnürten Schilfbündeln Halt, welche dicht an dicht über den Ruten festgezurrt wurden. Erneut dauerte es Tage, ehe die Reethaube des Bauwerks fertig war; völlig allerdings bedeckte sie den Dachstuhl nicht. Denn in seiner Mitte, genau dort, wo unten später der Schmelzofen stehen sollte, war eine quadratische Aussparung von gut einem Meter Durchmesser offen geblieben. Über dieser Luke errichtete Reinhart eigenhändig einen an allen vier Seiten offenen, mit einer breiten Schilfmütze versehenen Dachreiter – und dank dieser besonderen Vorrichtung würde der Ofenrauch problemlos abziehen, ohne daß es andererseits in die Glashütte regnen oder schneien konnte.

Mit dem Aufsetzen des Türmchens war das Äußere der Hütte vollendet; freilich würde es noch viel Schweiß und Zeit kosten, ihr Inneres auszustatten sowie am Bachufer einen Pochhammer und eine Baracke für das Kochen der Flußlauge zu bauen. Reinhart entschloß sich, diese Arbeiten unter seinen Helfern aufzuteilen. Norbert und die beiden Reisigen sollten sich um das Aufstellen des Pochers und das Zimmern der Siedehütte kümmern; Reinhart selbst nahm zusammen

mit Waldrada, Alfred und Jörg den Innenausbau der Glashütte in Angriff.
Zunächst mußte dort der Schmelzofen aufgemauert werden, und dies hielt Reinhart und die drei anderen während der folgenden Woche in Atem. Sie suchten und fanden Tonerde, schlugen Ziegel aus ihr, brannten sie und errichteten in einer Grube unter dem Dachreiter die runde Feuerkammer des Ofens mit den Rauchabzügen sowie dem bogenförmigen Schürloch an einer Seite. Darüber brachten sie einen auf Backsteinpfeilern ruhenden Zwischenboden an; dessen Ziegelfugen wurden mit Lehm verstrichen und erhärteten, als Reinhart zu diesem Zweck erstmals die Lohe in der Brennkammer entfachte.
Anschließend töpferte Waldrada den Glashafen, welcher bedeutend größer als derjenige wurde, den Reinhart damals in der Burgschmiede benutzt hatte. Nachdem das Gefäß, das später auf dem Backsteinrost über der Feuerkammer stehen würde, vollendet war, mauerten der Glasmacher und seine Helfer die kuppelförmige Abdeckung des Schmelzofens. Sie wurde etwa mannshoch; im oberen Drittel blieb eine ausreichend große Öffnung, damit der Glashafen zum Beschicken herausgeholt, beziehungsweise das flüssige Gesätz aus ihm entnommen werden konnte.
Reinhart brannte den fertiggestellten Schmelzofen zum zweiten Mal aus, um der Kuppelmauer die nötige Festigkeit zu geben; sofort danach entstand einige Schritte von dem großen Ofen entfernt der kleinere, halboffene Streckofen. Er würde benutzt werden, um gläserne Werkstücke, die bereits teilweise geformt waren, noch einmal kurz zu erhitzen, so daß sie weiterverarbeitet werden konnten. Der Ascheofen schließlich, welcher wiederum neben dem Streckofen erbaut wurde, sollte dazu dienen, die fertigen Stücke allmählich abzukühlen, damit durch allzu schnelles Erkalten keine Risse im Glas entstanden.
Nachdem alle drei Öfen errichtet waren, fehlten nur noch ein Verschlag für das Feuerholz, der an der Wand beim Schmelzofen gezimmert wurde, sowie eine Wasserzufuhr. Reinhart

erinnerte sich an das System hölzerner Röhren, welches die Tegernseer Hütte mit Kühlwasser für die Glaspfeifen versorgt und die Bottiche zum Spülen der Werkstücke gespeist hatte; weil das Bohren solcher Rohre aber unmöglich war, entschied er sich für eine einfachere Lösung. Der Bachlauf, der unweit der Glashütte vorbeifloß, wurde angestochen und ein Rinnsal bis zur Tür geleitet. Hier sammelte sich das Wasser in einem Steinbecken, das einen Überlauf besaß; von dort konnte es mittels Bütten leicht in das Gebäude gebracht werden.

Damit war nun alles vorhanden, was zum Betrieb der Hütte nötig sein würde; es brauchte lediglich noch eine Kochstelle, einige Kammern mit Schlafpritschen sowie Bänke, einen Tisch und anderes einfaches Mobiliar, um den ungefähr fünfzig Quadratmeter großen Raum für diejenigen, welche ständig hier leben sollten, wohnlich zu machen.

Während Reinhart und seine Helfer letzte Hand an die Einrichtung der Glashütte legten, gingen auch die Arbeiten, welche den beiden Reisigen und Norbert zugeteilt worden waren, ihrem Ende entgegen.

Auf einer Plattform aus Bruchsteinen am Bachufer erhob sich mittlerweile eine ungewöhnliche Konstruktion, die eine gewisse Ähnlichkeit mit einer Hammerschmiede besaß. Freilich fehlten noch Teile der halbhohen Wände und des Daches; gerade aus diesem Grund aber ließ sich die Funktionsweise der mechanischen Vorrichtungen desto deutlicher erkennen. Die verlängerte Achse eines unterschlächtigen Mühlrades war mit dem einen Ende eines schweren, beweglichen Rundbalkens verbunden, welcher waagrecht auf zwei wuchtigen Stützgabeln ruhte. Auf dem Balken waren in regelmäßigen Abständen starke Holzzapfen angebracht; sehr nahe bei ihnen und jeweils einem der Zapfen genau gegenüber ragten sechs mächtige, vierkant zugeschnittene Eichenstämme von etwa zwei Metern Länge empor. Sie wurden von vertikalen Führungsbohlen gehalten und waren an ihren Unterseiten mit Eisenblech beschlagen; sobald sich das Wasserrad und mit ihm der Rundbalken in Bewegung setzte, würden die Holzzapfen in aufgesetzte Kloben an den kantigen Eichen-

hölzern greifen und sie ein Stück anheben, um sie sodann wieder herabfallen zu lassen.
Dies war der Pocher, mit dessen Hilfe das Quarzgestein zerkleinert werden sollte; als Reinhart eine Ladung Brocken in die mit Granit verkleidete schmale Wanne unter den Stampfhölzern schüttete und die Pochermühle probeweise anlaufen ließ, stellte sich heraus, daß die Anlage bestens funktionierte. In schnellem Rhythmus donnerten die Eichenstämme auf die Quarztrümmer hernieder und zerbrachen sie zu immer kleineren Stücken; nachdem das Mühlrad ungefähr eine Stunde gelaufen war, befand sich nur noch Sand in der Granitwanne: Quarzsand, wie ihn Reinhart, wenn die Glashütte erst in Betrieb war, für das Gesätz benötigen würde.
Die Reisigen und Norbert, welcher den Pocher künftig beschicken und überwachen sollte, ernteten Lob von Reinhart; nicht weniger zufrieden war der Glasmacher mit dem zweiten Bauwerk, das die drei Männer inzwischen ebenfalls direkt am Bachufer fertiggestellt hatten: der Baracke zum Sieden der Flußlauge. Äußerlich wirkte die aus Spaltbohlen errichtete Hütte bescheiden, doch drinnen gab es einen sorgfältig mit gebranntem Lehm verstrichenen Ziegelofen und eine Reihe sauber getöpferter Gefäße zum Filtern der mit Wasser angesetzten Holzasche. Für das Kochen der Lauge hatte man einen Eisenkessel von der Burg mitgebracht, der jetzt in die Ofenplatte eingepaßt war; zum Zerkleinern und Mahlen des Flußsteins dienten ein flacher, gemuldeter Granitquader und mehrere, ebenfalls steinerne Stößel von verschiedener Größe.
Die Siedehütte war betriebsbereit; am Pocher mußten bloß noch die niedrigen Wände und das Dach vervollständigt werden. Zwei Tage nachdem das Stampfwerk seine Bewährungsprobe bestanden hatte, wurde das letzte Schilfbündel auf dem Giebel des Pochergebäudes festgezurrt – unmittelbar darauf rief Reinhart den anderen lachend zu: »Wir haben es geschafft, und nun wollen wir feiern!«
Das Fest fand in der Glashütte statt. Am Bratspieß über der Kochstelle brutzelte Wildbret; Waldrada schenkte den Män-

nern Wein ein, der aus dem Degenberger Keller stammte und von ihr für diese besondere Gelegenheit aufbewahrt worden war. Bis tief in die Nacht hinein ging es hoch her; in dem nach frischem Holz und Harz duftenden Raum war es um so heimeliger, als draußen schon der Herbstwind in den Baumkronen wühlte. Knapp drei Monate hatten Reinhart und seine Leute in der Wildnis gearbeitet; im Juli waren sie angelangt, jetzt schrieb man bereits Mitte Oktober.
Auch am nächsten Morgen blies der böige Wind und fegte das Laub von den Bäumen. Die Luft war prickelnd kalt; ungeachtet dessen sattelte einer der Reisigen sein Roß und zäumte die Packpferde auf, um nach Süden zu reiten. Reinhart hatte ihm aufgetragen, soviel Kalk, wie die Lasttiere tragen konnten, von der Grube am Weißenberg zu holen.
Während die Rösser im Forst verschwanden, schulterten der Glasmacher, Alfred und der zweite Waffenknecht ihre Äxte und gingen in Richtung des Hochwaldes östlich der Glashütte. Dort wollten sie, bis der Reisige mit der Kalkladung zurückkehrte, Brennholz für den Schmelzofen schlagen und außerdem einen Meiler errichten, der danach von Alfred überwacht werden und Holzkohle sowie Asche liefern sollte. Norbert, Jörg und Waldrada wiederum setzten die Pochermühle in Gang, wo schon ein Vorrat an Quarzgestein bereitlag. Stunde um Stunde donnerten die Eichenbalken auf die Brocken hernieder; bis zum Abend waren mehrere Säcke mit Quarzsand gefüllt.
Am folgenden Tag, an dem Alfred und der Waffenknecht abermals im Forst arbeiteten, filterten der Glasmacher und Norbert in der Siedehütte einen Bottich mit gewässerter Herdasche von Waldradas Kochstelle; anschließend begann Norbert mit dem Einkochen des Flusses. Nachdem der Kessel brodelte, begab sich Reinhart zur Glashütte, vor der seit dem vergangenen Abend ein Stapel Kiefernholz aufgeschichtet war. Mit Hilfe des Wallachs und des Pferdes, welches dem noch anwesenden Reisigen gehörte, waren die Baumstämme gestern bei Sonnenuntergang aus dem Hochwald herangeschleift worden; nun fingen Reinhart und Jörg an, sie zu arm-

langen Scheitern zu zerteilen. Als es neuerlich Nacht wurde und der Waffenknecht eine zweite Holzladung aus dem Forst brachte, war der Verschlag für das Feuerholz beim Schmelzofen bis obenhin gefüllt; die Stämme, welche der Reisige bei sich hatte, wurden im Freien unter dem vorspringenden Hüttendach gelagert.
Wie der Waffenknecht berichtete, hatte Alfred draußen im Hochwald inzwischen den Meiler entfacht; früh am nächsten Morgen entzündete Reinhart die harzigen Späne unter den Kloben in der Brennkammer des Schmelzofens. Langsam erwärmte sich die Backsteinkuppel; den ganzen Tag über hielten der Glasmacher und Jörg das Feuer am Brennen. Manchmal steigerten sie die Hitze, um sie anschließend wieder abzusenken; so lernten Reinhart und sein Gehilfe die Eigenschaften des Ofens kennen, an dem sie von jetzt an tätig sein würden.
Am Spätnachmittag drang Pferdegewieher durch die Tür der Glashütte. Der Reisige, welcher zum Weißenberg geritten war, kehrte zurück und lud vier zentnerschwere, mit Kalkbrocken gefüllte Ledersäcke von den Tragsätteln seiner Laströsser. Während Jörg auf Reinharts Geheiß hin einige Pfund Kalk in einer Bütte zerkleinerte, erzählte der Waffenknecht, daß er auch einen Abstecher zur Festung auf dem Degenberg unternommen und dort mit dem Ritter gesprochen hatte. Gewolf sei erfreut gewesen, von der Fertigstellung der Hütte und der übrigen Bauten zu hören, und lasse ausrichten, er erwarte nun so bald wie möglich die erste Glaslieferung. Reinhart solle keine Zeit vergeuden und umgehend mit der Produktion von Butzenscheiben beginnen. Der Ritter wolle damit zunächst die Fenster seines Palas ausstatten und sodann einen umfangreichen Handel mit den Burgherren des Nordgaus sowie den reichen Städten entlang der Donau in Gang bringen.
»Der Degenberger scheint einzig und allein an dem Profit interessiert zu sein, den er aus meiner Tätigkeit ziehen kann«, murmelte der Glasmacher verstimmt, nachdem der Reisige geendet hatte. »Butzenscheiben und nochmals Butzenschei-

ben – als ob meine Fähigkeiten sich darin erschöpfen würden!«
»Du bist doch hier in der Hütte dein eigener Herr und kannst auch andere Glasgegenstände formen«, versuchte Waldrada ihn zu trösten. Verschmitzt fügte sie hinzu: »Beispielsweise ein hübsches Schmuckstück für mich, so wie du es mir damals versprochen hast, als wir die Bachaue fanden.«
Reinhart mußte lächeln. »Du sollst es bekommen«, versicherte er. »Außerdem will ich Becher und Schalen für uns blasen sowie Versuche mit farbigem Glas durchführen.«
»Und irgendwann begreift Gewolf, welch ein begnadeter Künstler du bist«, versetzte Waldrada halb im Scherz, halb im Ernst.
»Ich wünsche mir nur, in Freiheit und nach eigenem Ermessen arbeiten zu dürfen«, erwiderte Reinhart leise. »Aber jetzt genug davon. Vorerst gilt es wohl oder übel, der Anweisung des Degenbergers nachzukommen und rasch Fensterscheiben anzufertigen. Ich hoffe, Norbert ist bald mit dem Aschekochen fertig, damit ich das Gesätz noch heute mischen und es gleich morgen früh schmelzen kann.«
In der Tat stand die Pottasche bei Sonnenuntergang zur Verfügung; der Glasmacher gab sie in das Gemenge aus Quarzsand und Kalkpulver, das er unterdessen vorbereitet hatte. Danach erklärte er Jörg: »Von nun an darf das Feuer im Schmelzofen nie mehr erlöschen. Denn wenn der Ofen erkaltet, besteht bei erneutem Anschüren die Gefahr, daß die Kuppel zerspringt. Es muß also regelmäßig, auch bei Nacht, Holz oder Holzkohle nachgelegt werden, und das ist vor allem deine Aufgabe. Anfangs, bis du deine Schlafgewohnheiten darauf eingestellt hast, werde ich dir zur Seite stehen; ebenso soll dir Norbert helfen. Doch mit der Zeit wirst du das Nachtschüren selbständig übernehmen müssen; das Tagschüren kann dann Norbert, der ja nicht ununterbrochen am Pocher oder in der Siedehütte zu tun hat, abwechselnd mit dir erledigen.«
»Ich werde es schon schaffen«, kam es etwas kleinlaut von Jörg; eine Stunde später, während die anderen sich niederleg-

ten, übernahm er die erste Wache am Glasofen. Eine Weile vor Mitternacht löste Reinhart ihn ab; gegen vier Uhr morgens weckte er den Burschen wieder und begab sich zurück in die Kammer, die er mit Waldrada teilte. Bis der Tag anbrach, blieben dem Glasmacher kaum noch drei Stunden Schlaf; trotzdem leuchteten seine Augen freudig, als er kurz nach Sonnenaufgang an den Schmelzofen trat.
Mit Hilfe einer gut meterlangen hölzernen Zange, die er zuvor in einen Wasserbottich getaucht hatte, schob Reinhart den gefüllten Glashafen durch die Ofenöffnung auf die Ziegelplatte. Dann wies er Norbert, der jetzt an Jörgs Stelle schüren sollte, an: »Mehr Scheiter ins Brandloch!«
Bald brausten die Flammen; anders als vor Monaten in der Burgschmiede dauerte es nicht sehr lange, bis das Gesätz weich zu werden begann. Wiederum eine Viertelstunde später drückte Reinhart die Spitze der Glaspfeife, die er von der Veste mitgebracht hatte, in die flüssige Masse, blies eine Kugel, schnitt sie auf und formte sie zu einer Butzenscheibe. Bis Mittag lagen mehrere Dutzend der ovalen, im Zentrum leicht gewölbten Glasplatten auf oder neben dem Ascheofen, und der Schmelztiegel war nun so gut wie leer.
Reinhart, Norbert und Jörg – die beiden Reisigen befanden sich bei Alfred im Forst, um Holz zu schlagen – ließen sich den Eintopf aus Graupen und Wildfleisch schmecken, den Waldrada auftischte. Nach dem Essen füllte der Glasmacher den Schmelztiegel abermals und arbeitete bis zum Abend weiter; als die Waffenknechte aus dem Hochwald heimkehrten, staunten sie über die Menge der Scheiben, welche Reinhart angefertigt hatte.
Auch während der folgenden Tage stand der Glasmacher von früh bis spät am Ofen; schließlich hatte er so viele Butzenscheiben geformt, daß sich ein Transport zum Degenberg lohnte. Die Scheiben wurden gebündelt und in Körbe verpackt, zwischen die Glaslagen kamen Schichten getrockneten Laubs. Dann wurden die beiden Packpferde mit den bauchigen Behältern beladen, und die Reisigen bestiegen ihre Rösser.

Ehe sie losritten, verabschiedete sich der Ältere von Reinhart und den anderen mit den Worten: »Es war eine harte, aber schöne Zeit mit euch hier in der Wildnis, und ich bin stolz darauf, bei der Errichtung der Glashütte geholfen zu haben. Mein Leben lang werde ich nicht vergessen, wie wir sie zusammen erbauten und welche Freude ich empfand, als ich nach all den Mühen das erste Glas sah. Jetzt wünsche ich euch Glück für die Zukunft, und Gottes Segen soll auf der Hütte liegen!«

Der jüngere Waffenknecht nickte dazu, sodann trieben die Männer ihre Pferde an und verschwanden mit den Lasttieren im Forst. Reinhart, Waldrada, Norbert, Alfred und Jörg schauten ihnen still nach, bis sie nicht mehr zu sehen waren; alle fünf fühlten sich ein wenig bedrückt. Denn die Reisigen waren gute Kameraden und tüchtige Jäger gewesen; von nun an würden die Zurückbleibenden völlig auf sich allein gestellt sein. Doch immerhin sollten künftig einmal pro Monat Treiber mit Packpferden kommen, um Proviant zu bringen und die fertigen Glaswaren mitzunehmen; Reinhart und seine Gefährten würden also nicht ganz von der Welt abgeschnitten sein. Dieses Wissen gab ihnen letztlich wieder Mut, und als der lichtbraune Wallach, der jetzt die Koppel für sich hatte, unvermittelt in Richtung des Waldes wieherte und gleich darauf zu kapriolen begann, löste sich ihre Beklommenheit in befreitem Lachen.

***

Ende Oktober wurden die Nächte frostig, und die Zweige der Bäume waren morgens bereits mit Rauhreif bedeckt. Im November fegten mehrmals Regenstürme über das Waldgebirge hinweg, richteten aber an der Glashütte und den übrigen Gebäuden keine ernsthaften Schäden an.

In der zweiten Novemberhälfte kamen etliche Degenberger Hintersassen mit Lasttieren; angeführt wurden sie vom Burgvogt. Dieser teilte Reinhart mit, der Ritter sei mit den Butzenscheiben, welche die Reisigen zum Degenberg gebracht

hatten, zufrieden gewesen. Der Schmied habe die Palasfenster inzwischen eingeglast, und ein Straubinger Patrizier, welcher zwei Wochen nach Allerseelen auf der Veste zu Gast gewesen sei und die in Blei gefaßten Scheiben gesehen hätte, sei von ihnen dermaßen begeistert gewesen, daß er für sein Stadthaus ebenfalls eine große Menge Glas bestellt hätte. »Bestimmt wird dies noch bedeutend mehr Nachfrage in der Donaustadt und anderswo erzeugen«, schloß der Vogt, »daher läßt Gewolf dir ausrichten, du sollst den Winter hindurch so viele Butzenscheiben wie nur irgend möglich fertigen.«
Reinhart freute sich zwar zunächst über die guten Nachrichten und erklärte, er werde sein Bestes tun. Am nächsten Vormittag jedoch, als der Burgvogt und die Knechte wieder abgezogen waren, wirkte er in sich gekehrt und vertraute sich schließlich Waldrada an: »Zweifellos wird es dem Ritter gelingen, einen umfangreichen Handel mit Fensterscheiben aufzuziehen. Aber weiter, fürchte ich, wird sein Interesse nie reichen. Gewolf sieht im Glas lediglich eine seltene, teuer verkäufliche Ware – doch der Sinn für das andere, das Künstlerische, fehlt ihm.«
»Ich weiß, wie sehr dich das belastet«, entgegnete Waldrada leise. »Wir sprachen ja schon einmal darüber, und damals«, sie griff nach seiner Hand, »riet ich dir, dich nicht einengen zu lassen. Der Ritter ist fern, er kann dich nicht überwachen; das gibt dir die Freiheit, die du brauchst. Liefere ihm die Butzenscheiben, aber verwende nicht deine ganze Kraft auf ihre Herstellung, sondern arbeite zudem als Glaskünstler.«
»Du hast recht! Ich muß es tun, sonst zerbreche ich innerlich!« stieß Reinhart hervor. Er tastete nach dem Amulett in Spiralform, das die junge Frau seit einigen Wochen an einem Lederband um den Hals trug. »Als ich dieses Schmuckstück für dich formte, war ich glücklich. Und es befriedigte mich auch, die Trinkbecher und Eßschalen zu machen, die dort drüben auf dem Wandbord stehen, und mit denen du sonntags den Tisch deckst. Das jedoch ist bereits alles, was ich seit Oktober an besonderen Dingen schuf; ansonsten waren es immer nur Scheiben, Aberhunderte von Scheiben. Dabei

hatte ich mir vorgenommen, dir noch mehr Schmuck zu schenken und darüber hinaus wieder mit farbigem Glas zu experimentieren; gerade auf diesem Gebiet gelang mir einst in der Tegernseer Hütte etwas wirklich Schönes. Seit aber der Schmelzofen hier in Betrieb ist, führte ich keinen einzigen derartigen Versuch mehr durch und begnügte mich damit, das zu tun, was Gewolf von mir verlangte.«
»Aus Dankbarkeit dem Ritter gegenüber hast du dich zu übergroßer Pflichterfüllung gezwungen«, versetzte Waldrada.
»Ja, so war es wohl«, nickte Reinhart. »Doch ebenso bin ich meinem Talent verpflichtet, und von nun an werde ich es nicht mehr unterdrücken!« Er zog die junge Frau in seine Arme und küßte sie; gleich darauf rief er Jörg, der am Ofen stand, zu: »Ist das frische Gesätz schon weich?«
»Es wird bald soweit sein«, antwortete der Bursche.
»Gut«, erwiderte Reinhart. »Wenn die Masse zu schmelzen beginnt, rufst du mich. Dann werde ich Waldrada und dir etwas zeigen, was ihr noch nie gesehen habt. Denn heute machen wir keine Butzenscheiben mehr; vielmehr will ich, bloß zum Spaß, Paternosterperlen anfertigen.«
Bis zum Mittag hatte Reinhart so viele der kleinen, jeweils mit einer Öse versehenen Glasperlen geformt, daß sie für eine Halskette ausreichten. Die junge Frau fädelte sie auf und ließ sie im Licht der Feuerstelle funkeln, um sie danach anstelle des spiralförmigen Amuletts um den Nacken zu legen. Im Lauf des Nachmittags entstanden drei weitere Perlenketten; am Abend übergab Reinhart sie Alfred, Norbert und Jörg, damit die beiden Männer und der Halbwüchsige Geschenke mitbringen konnten, wenn sie über Weihnachten für ein paar Tage zu ihren Angehörigen heimkehren würden.
Ehe das Christfest freilich kam, verstrichen noch fünf Wochen. Der Glasmacher nutzte diese Zeit, um neuerlich stapelweise Butzenscheiben herzustellen; zwischendurch allerdings beschäftigte er sich mit anspruchsvollerer Arbeit. Reinhart vermutete nämlich, daß der stets zu beobachtende leichte Grünstich des von ihm geschmolzenen Glases auf den im

Quarzgestein enthaltenen Eisenanteil zurückzuführen war. Logischerweise, so überlegte er, müßte dieser Farbhauch sich durch eine zusätzliche Eisenbeimischung im Gesätz verstärken lassen – und eine Reihe von Experimenten, bei denen Reinhart geläutertes und mühsam zerspäntes Rasenerz in verschiedenen Mengen verwendete, bestätigte dies schließlich. Kurz vor Heiligabend gelang es dem Glasmacher, sechs Noppenbecher mit kräftiger Grünfärbung anzufertigen; leider jedoch waren ihre Wände von häßlichen Blasen und Schlieren durchzogen. Aber ein erster Schritt war getan, und Reinhart nahm sich vor, nicht aufzugeben, bis am Ende brauchbare Stücke aus dem Ascheofen kommen würden.
Vorerst jedoch mußte er sich wieder seiner profaneren Tätigkeit zuwenden, denn jeden Tag konnten jetzt die Burgleute mit ihren Lasttieren auftauchen. Die mißglückten Becher fanden ihren Platz auf einer Stellage nahe des Schmelzofens, dann widmete sich Reinhart erneut dem Formen der Fensterscheiben. Vierundzwanzig Stunden später langten die Degenberger Treiber und Packpferde an; am darauffolgenden Morgen des 22. Dezember machten sie sich bei leichtem Schneefall auf den Heimweg zur Veste. Mit ihnen zogen Norbert, Alfred und Jörg; letzterer führte Reinharts Wallach am Zügel, welcher im Stall auf der Burg überwintern sollte.
Waldrada und Reinhart blieben in der Glashütte zurück; sie genossen ihre Zweisamkeit und hielten den Schmelzofen in Gang, der auch während der weihnachtlichen Ruhetage nicht erkalten durfte. An Heiligabend begann es heftig zu schneien; am ersten Feiertag füllte sich das Innere des Gebäudes mit Qualm, und Reinhart mußte auf das Hüttendach klettern, um den Rauchabzug von einer mächtigen Wächte zu befreien. An Stephani klarte der Himmel auf, und es wurde empfindlich kalt; ungeachtet dessen unternahm das Paar einen ausgiebigen Spaziergang und freute sich an der Schönheit des Winterwaldes, dessen vom Schnee bedeckte Bäume im strahlenden Sonnenschein leuchteten.
Am Spätnachmittag des 27. Dezember fanden sich Norbert, Alfred und Jörg wieder ein. Sie richteten Grüße von ihren

Angehörigen aus, die sich sehr über die Ketten mit den Paternosterperlen gefreut hatten; außerdem überreichte Norbert dem Glasmacher einen Lederbeutel und erklärte: »Den hat mir der Ritter für dich mitgegeben.«
»Aha, mein Lohn für die vergangenen Monate«, schmunzelte Reinhart und öffnete den Beutel. Der jedoch enthielt nicht nur Silbermünzen, wie der Glasmacher erwartet hatte, sondern auch einen Brief.
Verwundert erbrach Reinhart das Siegel; zuerst überflog er die Zeilen stumm, wobei seine Miene sich zunehmend verdüsterte. Dann, nach einem heftigen Atemzug, las er den anderen vor, was der Burgherr geschrieben hatte:
»Im neuen Jahr 1302 Gottes Segen für dich und deine Arbeit! Da du mir einmal sagtest, du hättest in deiner Jugend die Kunst des Lesens erlernt, brauche ich das, was ich dir mitzuteilen habe, keinem der Knechte anzuvertrauen. Ohnehin gehen diese Zeilen nur mich und dich etwas an – dich als den, der den Glashüttenbetrieb leitet, und mich als deinen Herrn, dem du zu gehorchen hast. Als dein Herr aber verlange ich, daß du dein Bestes gibst und in deinen Bemühungen nicht nachläßt, so wie du dies während der vergangenen Wochen tatest. Die Lieferung an Fensterscheiben nämlich, welche der Vogt im November auf die Burg brachte, war umfangreicher als jene, welche dieser Tage ankam. Das gibt mir sehr zu denken, und ich ersuche dich dringend, jeden Müßiggang zu unterbinden. Ferner erklärtest du mir einst, du seist imstande, bunte Scheiben anzufertigen, doch bislang hast du bloß weiße Stücke hergestellt. Auch in dieser Hinsicht erwarte ich größeren Eifer von dir; das um so mehr, als ich mir vom Verkauf farbiger Gläser besonders hohe Gewinne verspreche. Ich hoffe, du berücksichtigst meine Ermahnungen! – Gewolf von Degenberg.«
Nachdem Reinhart geendet hatte, herrschte eine Weile betroffenes Schweigen; endlich stieß Waldrada hervor: »Ich verstehe nicht, was in den Ritter gefahren ist! Wir alle haben uns seit dem Sommer kaum einen freien Tag gegönnt, und nun spielt Gewolf sich dermaßen auf!«

»Er muß eben den Adelsherrn herauskehren!« knurrte Alfred.
»Wer weiß, welche Laus ihm über die Leber lief, bevor er den Brief schrieb«, kam es von Norbert.
»Mein Vater erzählte, der Burgherr hätte wieder Ärger mit den Schierlingern«, warf Jörg ein. »Und manche Bauern im Vellinger Weiler meinten sogar, unter Umständen könnte die alte Fehde mit diesem Geschlecht neuerlich aufflackern.«
»Davon hörte ich ebenfalls«, murmelte Norbert.
Waldradas Augen weiteten sich erschrocken, im nächsten Moment hörte sie Reinhart mit gepreßter Stimme sagen: »Selbst wenn es so wäre, hätte Gewolf kein Recht, mich und damit auch euch auf solch ungerechte Weise anzugehen. Aber ich bezweifle, daß ihn der Streit mit den Schierlingern dazu bewogen hat. Vielmehr scheint ihn seine Geldgier zu treiben. Er kann es einfach nicht erwarten, möglichst schnelle und hohe Gewinne aus der Glashütte zu ziehen; deshalb sandte er mir dieses Schreiben, das eine Beleidigung für uns alle darstellt.«
»Und was willst du jetzt tun?« fragte Waldrada leise.
Reinhart starrte einen Moment ins Herdfeuer, dann erwiderte er: »Ich werde so weitermachen wie bisher. Der Ritter soll jeden Monat ein Dutzend Körbe mit Butzenscheiben bekommen; meinethalben auch bunte, wenn er mir das Material zur Verfügung stellt, welches für das besondere Gesätz nötig ist. In der Zeit jedoch, die mir darüber hinaus bleibt und die allein mir gehört, werde ich nach wie vor experimentieren und mich an künstlerischen Glasarbeiten versuchen. Denn Gott hat mir das Talent, das mich dazu befähigt, geschenkt; ich muß es ausleben, das bin ich meinem Schöpfer und mir selbst schuldig!«
Die anderen pflichteten ihm bei; Reinhart knüllte den Brief zusammen und warf ihn ins Feuer. Anschließend holte er zwei Münzen aus dem Beutel und wandte sich an Jörg: »Du wirst gleich morgen nochmals zum Degenberg gehen müssen; nimm den einen Regensburger Pfennig als Weglohn dafür. Auf der Veste richtest du Gewolf von mir aus, daß ich jeweils

einige Pfund Eisen- und Kupferfeilspäne benötige, um farbiges Glas zu schmelzen, und daß der Ritter mir künftig jeden Monat dieselbe Menge senden soll. Mit dem zweiten Pfennig kaufst du beim Burgschmied weitere Metallspäne auf meine persönliche Rechnung; der Ritter darf davon aber nichts mitbekommen.«
»Das dachte ich mir fast«, grinste der Halbwüchsige und machte Anstalten, die Münzen einzustecken. Doch plötzlich besann er sich, gab Reinhart einen der Silberpfennige zurück und erklärte: »Ich bin nicht so scharf aufs Geld wie der Degenberger und will keinen Lohn ...« Er zögerte, dann fuhr er fort: »Aber wenn du später einmal Zeit fändest, wieder Paternosterkügelchen für mich zu formen, wäre ich dir dankbar. Denn ich habe der ältesten Tochter unseres Nachbarn daheim in Velling gesagt, ich würde ihr vielleicht eine Kette aus Glasperlen schenken.«
»Der hübschen blonden Margret?« schmunzelte Alfred. »Du hast dich doch nicht etwa in sie verliebt?«
»Nun verstehe ich auch, warum du den weiten Weg zur Burg, von wo aus es nur ein Katzensprung nach Velling ist, um Gotteslohn auf dich nehmen willst«, stieß Norbert ins selbe Horn.
»Nein, es ist ganz anders als ihr glaubt!« beteuerte Jörg mit hochrotem Kopf – und erntete allgemeines Gelächter dafür. Nach ein paar Sekunden stimmte er verlegen mit ein; so löste sich die Spannung endgültig, und auch später kam keiner mehr auf den Brief zu sprechen, der im Herdfeuer verbrannt war.
Am nächsten Tag brach Jörg erneut auf, um den Auftrag Reinharts auszuführen. Am Silvesterabend kehrte er zurück, händigte dem Glasmacher die Ledersäckchen mit den Kupfer- und Eisenspänen aus und berichtete: »Gewolf war ziemlich erstaunt, als er erfuhr, daß wir das Metall für die bunten Scheiben brauchen, doch dann ging er selbst mit mir zum Schmied, um ihm die nötigen Anweisungen zu geben.«
»Trug der Ritter dir etwas auf?« wollte Reinhart wissen.
Jörg nickte. »Ich soll dir sagen, er erwarte mit der Lieferung

Ende Januar mindestens drei Schock gefärbte Butzenscheiben.«
»Er soll sie haben, sofern ich mit meinen Versuchen entsprechend weiterkomme«, versetzte der Glasmacher. »Immerhin kann ich auf diese Weise experimentieren, und diesmal«, er lachte bitter auf, »geschieht es sogar im Auftrag Gewolfs.«

***

Nach Ablauf der ersten Woche des neuen Jahres 1302 glückte es Reinhart, grünes Fensterglas herzustellen, das im Gegensatz zu den Noppenbechern, die er vor Weihnachten geschaffen hatte, kaum von Blasen oder Schlieren verunstaltet war. Der Erfolg beflügelte ihn; bis tief in die Nacht hinein arbeitete er weiter, und das Ergebnis war ein sehr schöner, fast makellos reiner Grünglaspokal. Alfred, welcher den Ofen geschürt hatte, war begeistert; ähnlich erging es den anderen, als sie den Trinkbecher am nächsten Tag sahen. Reinhart schenkte ihn Waldrada; sie freute sich über die Maßen und schlug den Pokal, nachdem sie ihn wieder und wieder poliert hatte, sorgsam in ein Tuch ein, um ihn bei ihren persönlichen Habseligkeiten zu verwahren. Reinhart nahm sich vor, bei Gelegenheit ein Gegenstück aus Rotglas für sie anzufertigen; vorerst freilich mußte er die farbigen Butzenscheiben formen, welche der Ritter verlangt hatte.
Reinhart stellte neunzig grüne Scheiben aus eisenhaltigem Gesätz und danach die gleiche Anzahl rötlicher Gläser aus einer Schmelzmasse her, die er, eingedenk seiner früheren Erfahrungen in der Tegernseer Hütte, mit Kupfer versetzt hatte. Nachdem diese Arbeit erledigt war, widmete er sich neuerlich der Fertigung weißer Butzenscheiben; gegen Monatsende, als die Degenberger Treiber und Lastpferde ankamen, war trotz der zeitaufwendigen Versuche in der ersten Januarwoche ausreichend Fensterglas vorhanden, um alle Tiere zu beladen.
Um dies möglich zu machen, hatten Reinhart und seine Helfer teilweise bis zur Erschöpfung gearbeitet. Jetzt aller-

dings erlaubte sich der Glasmacher vorübergehend, ehe er die Scheiben für die Februarlieferung herstellen mußte, einen Ausgleich. Waldrada bekam den Rotglaspokal; zudem schuf Reinhart einen prächtigen Armreif für sie, der auf seinem grünen Untergrund rote, himbeerartige Noppen trug. Aber auch Jörg durfte zufrieden sein, denn er erhielt eine Handvoll farbiger Paternosterperlen, die er zu einer Halskette für die blonde Margret auffädeln konnte. »Zu Ostern schenke ich sie ihr«, frohlockte der Bursche, »und ich werde jeden Tag bis dahin zählen!«

»Oje, da mußt du noch lange schmachten«, neckte ihn Waldrada; gleich darauf trat ein nachdenklicher Ausdruck in ihre Augen, und sie fügte hinzu: »Meine Eltern kommen an Ostern immer auf die Burg, um jenen Teil des Zehnten, der im Frühjahr fällig ist, abzuliefern. Und vielleicht«, sie blickte Reinhart an, »könnten wir beide dann ebenfalls zum Degenberg gehen?«

»Ich würde dir den Gefallen gerne tun«, entgegnete der Glasmacher. »Doch in diesem Fall müßten entweder Norbert oder Alfred zum Heizen des Schmelzofens hier zurückbleiben – und da beide sich genau wie du nach ihren Familien sehnen, werde besser ich die Stellung halten. Aber du kannst dich den anderen selbstverständlich anschließen; ich gönne dir das Wiedersehen mit deinen Eltern von Herzen, auch wenn ich schreckliche Sehnsucht nach dir haben werde.«

Verliebt lächelte Waldrada ihn an, dann umarmte sie Reinhart und flüsterte: »Es sind ja noch mehr als zwei Monate, und in der Zwischenzeit sollst du dich nicht beklagen dürfen …«

Die brennende Burg

Die Magd sang irgendwo im äußeren Hof der Degenberger Veste; ihre Stimme klang nicht unbedingt melodisch, aber um so lauter. Die Töne drangen bis zu Waldrada, die an diesem Aprilmorgen außerhalb der Torbastion bei der Zugbrücke stand, wo sie vor wenigen Minuten von ihren Eltern Abschied genommen hatte. »Wenn im Lenz die Blumen aus dem Grase sprießen«, hörte die junge Frau. »Schau, wie sie im Frühlingsglanz erwachen. Und im Spiel der Sonnenstrahlen lachen. Und die Vöglein fröhlich zwitschern in …«

Jäh brach das Lied ab; statt dessen war nun das rauhe Schelten eines Mannes zu vernehmen, der die Magd offenbar an ihre Pflichten erinnerte. Der Vogt, dachte Waldrada; rasch überquerte sie die Balkenbrücke und drückte sich jenseits des Festungsgrabens in den Sichtschutz eines Holunderstrauches. Von dort blickte sie ihren Angehörigen nach, bis der Einödbauer und sein Weib hinter einer Biegung des Pfades außer Sicht kamen. Dann kehrte Waldrada langsam in die Veste zurück; als sie den Torbau passierte, wurde ihr schmerzlich bewußt, wie schnell der gestrige Ostermontag, den sie mit den Eltern verbracht hatte, verstrichen war. Gleich darauf jedoch tröstete sie sich mit dem Gedanken, daß sie heute abend ihren Geliebten wiedersehen würde. Sobald Jörg vom Hof seiner Familie in Velling eingetroffen war, wollte sie mit ihm, Norbert und Alfred zur Glashütte aufbrechen.

Die junge Frau trat aus dem Dunkel des Torschlundes in den Burghof hinaus und schlenderte zu ihrer Unterkunft, um ihr Bündel zu schnüren. Das hölzerne Gebäude lag im Halbschatten unter dem Wehrgang der Festungsmauer; eben als Waldrada die Hand ausstreckte, um die Tür zu öffnen, huschte eine Gestalt in einem graugrünen Lodenwams um die Ecke des Blockhauses und versperrte ihr den Weg.

Es war der Falkner. Seit Waldrada vor drei Tagen in Begleitung Alfreds und Norberts, aber ohne Reinhart auf die Burg gekommen war, hatte Ralf ihr neuerlich nachgestellt. Seine Annäherungsversuche waren der jungen Frau äußerst unangenehm gewesen; sie hatte dem Falkner die kalte Schulter gezeigt, und auch jetzt verspürte sie nur einen Wunsch: den aufdringlichen Kerl abzuwimmeln.
»Laß mich!« fauchte sie und wollte sich an ihm vorbeidrängen.
Doch Ralf war schneller, hielt sie fest und erwiderte grinsend: »Ein bißchen Zeit wirst du schon haben. Nur einen Moment, damit ich dir Lebewohl sagen kann, ehe du wieder zu deinem verrückten Glasmacher in die Wildnis gehst.«
Sein höhnischer Tonfall veranlaßte Waldrada, ihm wütend herauszugeben: »Bei Reinhart fühle ich mich tausendmal wohler als in deiner Gegenwart! Und nun verschwinde, sonst schreie ich!«
Tatsächlich löste der Falkner seinen Griff, verwehrte der jungen Frau aber nach wie vor den Zutritt zum Blockhaus, indem er sich gegen die Tür lehnte. Waldrada überlegte, ob sie wirklich um Hilfe rufen sollte; bevor sie jedoch einen Entschluß gefaßt hatte, äußerte Ralf: »Ich weiß ja, daß du in den Glasmacher verschossen bist. Bloß kann ich beim besten Willen nicht verstehen, was du an ihm und dem harten Leben im Urwald findest. Wärst du hingegen hiergeblieben, dann hätten wir beide ...«
»Ich gehöre zu Reinhart, wann begreifst du das endlich?!« unterbrach ihn Waldrada außer sich. »Er liebt mich und beweist es mir jeden Tag neu – und wenn du dich davon überzeugen willst, wieviel ich ihm bedeute, dann sieh her!«
Mit diesen Worten streifte sie den Ärmel hoch und zeigte dem Falkner den Armreif, den Reinhart ihr Anfang des Jahres geschenkt hatte; den Glasschmuck, dessen himbeerartige Noppen sich rubinrot vom grünen Untergrund abhoben.
Ralf starrte stumm auf den prachtvollen Reif, endlich stieß er hervor: »So etwas kann ich dir natürlich nicht bieten ...«
»Eben!« schnappte Waldrada.

Der Falkner nahm es, scheinbar zumindest, hin; er drehte sich um und trat ein paar Schritte von der Tür weg.
Gott sei Dank! dachte die junge Frau; sie bemerkte nicht, wie Ralfs Augen boshaft aufglühten. Plötzlich wandte er sich ihr erneut zu und fragte: »Du hast wohl noch weitere Schmuckstücke von ihm bekommen, oder?«
»Und ob!« nickte Waldrada arglos. »Eine Kette aus Glasperlen sowie ein Amulett, das wie ein Schneckenhaus geformt ist.«
»Ein Armreif, eine Perlenkette und ein Amulett«, murmelte der Falkner, sodann wiederholte er: »Derlei wertvolle Kleinodien vermag einer wie ich dir in der Tat nicht zu schenken ...«
Bevor die junge Frau antworten konnte, erscholl ein Ruf von der gegenüberliegenden Seite des Hofes: »Beeil dich, Waldrada! Jörg kommt, wir wollen los!« Es war Norbert, welcher soeben Reinharts Wallach, der im Dezember auf die Veste gebracht worden war, aus einer der Stallungen führte.
»Ich bin sofort bei euch!« erwiderte die junge Frau; dann, während Ralf das Weite suchte, schlüpfte sie ins Blockhaus, packte rasch ihre Sachen zusammen und eilte wenig später zum Tor, wo ihre Gefährten sie erwarteten. Norbert half ihr in den Sattel des Pferdes; gleich darauf zogen sie den gewundenen Pfad hinab und schlugen am Fuß des Hügels die Richtung nach Norden ein.
Bis zum Mittag hatte der kleine Trupp die Ausläufer des Hirschenstein erreicht; dort rasteten Waldrada und ihre Begleiter und ließen sich einen Imbiß schmecken. Nach einer Stunde wanderten sie weiter; langsam verstrich der Nachmittag, kurz vor Sonnenuntergang schließlich tauchte die Glashütte mit ihrem vom Rauch umwaberten Dachreiter vor ihnen auf.
Wie nie zuvor spürte die junge Frau, daß das große hölzerne Gebäude am Wildbach ihr zur Heimat geworden war; sie trieb das Roß an und legte das letzte Stück im Trab zurück. Auf einmal öffnete sich die Hüttentür; Reinhart lief ihr entgegen, ergriff die Zügel des Wallachs und hob Waldrada vom Rücken des Tieres. Sie genoß seine Umarmung und seinen

langen, zärtlichen Kuß; erst als das Pferd unruhig wurde, lösten sie sich wieder voneinander. Gemeinsam führten sie den Wallach zur Koppel; auf dem Weg dorthin erkundigte sich der Glasmacher: »Wie ist es dir denn auf dem Degenberg ergangen?«
»Es war schön, die Eltern wiederzusehen«, beschied ihn Waldrada. »Vater und Mutter lassen dich grüßen, ebenso der Schmied und einige andere Burgleute.« Sie nannte ihm deren Namen; danach war sie einen Moment versucht, Reinhart von den Nachstellungen Ralfs zu berichten, entschied sich aber in der nächsten Sekunde dagegen. Es würde Reinhart bloß wütend machen und uns beiden die Stimmung verderben, dachte sie. Besser ist es, wenn ich schweige; hier in den Wäldern kann mich der Falkner sowieso nicht mehr belästigen.

***

Am selben Abend saß Ralf allein in seinem Quartier auf der Veste. Die Kammer unter dem Ziegeldach des inneren Torbaues wurde mehr schlecht als recht von zwei in Wandhaltern steckenden Fackeln erleuchtet. Neben dem einzigen schmalen Fenster gab es eine Art Voliere; ab und zu bewegte sich einer der drei Greifvögel, welche in dem aus Holzknüppeln zusammengefügten Verschlag auf ihren Schlafstangen hockten. Auch jetzt wieder geschah es; der Falkner blickte kurz hinüber, dann tastete er fahrig nach der irdenen Branntweinflasche und füllte den Becher, den er gerade geleert hatte, von neuem. Seit mehr als einer Stunde war er am Trinken; von Mal zu Mal exzessiver hatte er sich dabei ausgemalt, wie er Waldrada die am Morgen dieses Tages erlittene Demütigung heimzahlen würde.
»Der Schmuck, den dir der verfluchte Glasmacher geschenkt hat, bricht euch beiden das Kreuz!« zischelte er nun. »Es war ein Fehler, du Metze, mir den Armreif zu zeigen und von den anderen Kleinodien zu reden! Ich hätte auf der Stelle zum Ritter gehen und es ihm stecken können! Doch ehe ich das tue, will ich das Wissen, euch endlich in der Hand zu haben,

auskosten!« Ralfs Gesicht verzerrte sich, ein heiseres Lachen drang aus seiner Kehle. »Jawohl, bis zur Neige will ich's auskosten; erst dann soll Gewolf erfahren, daß in seiner Glashütte statt der Fensterscheiben Dirnentand hergestellt wird! Und sobald ich dem Ritter Bescheid gestoßen habe, wird der hergelaufene Hurenbock samt seiner Kebse dort landen, wo er schon einmal schmachtete: im Kerker!«
Mit bösartigem Feixen hob der Falkner den Trinkbecher an den Mund und nahm einen kräftigen Schluck. Anschließend kauerte er eine Weile stumm auf seinem Schemel, bald aber setzte sein manisches Geflüster neuerlich ein. Und so ging es bis tief in die Nacht weiter. Ralf betrank sich hemmungslos; von Zeit zu Zeit führte er haßerfüllte Selbstgespräche. Zuletzt, als die Flasche leer war, wankte er zum Bett und fiel halb besinnungslos auf den Strohsack.
Am folgenden Morgen litt er unter den Nachwirkungen seines Rausches und vermied es daher, dem Burgherrn gegenüberzutreten. Am nächsten Tag freilich drängte es den Falkner um so heftiger, seinen Racheplan auszuführen. Er wartete vor dem Palas, dessen neue Glasfenster das Sonnenlicht widerspiegelten; als Gewolf auftauchte, ging Ralf auf den Ritter zu und äußerte: »Ich habe Euch etwas Wichtiges mitzuteilen, Herr!«
Gewolf runzelte unwillig die Stirn. »Ich bin in Eile; muß mit dem Schmied besprechen, wie wir das Brückentor durch zusätzliche Eisenplatten verstärken können.«
»Droht etwa tatsächlich eine Fehde mit den Schierlingern?« entfuhr es dem Falkner.
»Könnte sein!« knurrte der Ritter. »Und wenn dann das Tor nicht standhält, haben wir die Hundsfötter im Handumdrehen in der Vorburg. Dagegen müssen wir uns rechtzeitig wappnen!«
Kaum hatte Gewolf das letzte Wort ausgesprochen, erkannte Ralf seine Chance. »Der Teufel hole die Schierlinger!« versetzte er und fügte verschwörerisch hinzu: »Doch Ihr müßt Euch noch gegen eine weitere Gefahr wappnen, Herr!«
»Inwiefern?!« schnappte der Ritter.

»Weil es nicht nur der Schierlinger Burgherr darauf anlegt, Euch Schaden zuzufügen, sondern auch der Glasmacher!« lautete die Antwort.
»Reinhart?« fragte Gewolf verblüfft.
»Kein anderer!« nickte der Falkner. »Er arbeitet nicht so, wie er müßte! Vielmehr stellt er nutzlosen Tand her ...«
»Was weißt du genau?!« unterbrach ihn der Ritter – daraufhin berichtete Ralf ihm, was er in Erfahrung gebracht hatte.

***

Seit dem Osterfest war eine knappe Woche verstrichen. Reinhart hatte an diesem Samstag vom Morgengrauen bis zum frühen Nachmittag ununterbrochen am Schmelzofen gestanden und vierzig Weißglasscheiben angefertigt. Damit war die Stückzahl, die er sich für diese Arbeitswoche vorgenommen hatte, erreicht gewesen; aufatmend hatte der Glasmacher zu Waldrada und Jörg gesagt: »Es ist, gottlob, wieder einmal geschafft! Und bis zum Abend bleibt noch Zeit, etwas auszuprobieren, was mich schon lange reizt.«
Jetzt, am Spätnachmittag, war das Gesätz, welches Reinhart für seinen speziellen Zweck gemischt hatte, so weit erhitzt, daß es jede Minute weich werden konnte. Das Gemenge enthielt neben den üblichen Zutaten je ein Quantum von Eisen- und Kupferfeilspänen in gleich großen Anteilen; Reinhart hoffte, auf diese Weise Glas in einer ganz neuen Farbe erzeugen zu können. »Das Grün, welches vom Eisen hervorgebracht wird, müßte sich eigentlich auf irgendeine Art mit dem Rot, welches aus einer reinen Kupferzugabe entsteht, verbinden«, erläuterte er seinem Gehilfen und der jungen Frau. »Und wenn dies gelänge, wären wir imstande, Glaswaren herzustellen, wie es sie nirgendwo sonst gibt!«
»Blauglas könnte ich mir wunderschön vorstellen«, kam es begeistert von Waldrada.
»Sofern das glückt, sollst du ein Schmuckstück bekommen, das perfekt zu deinen bezaubernden blauen Augen paßt«, scherzte Reinhart.

Wenig später ergriff er die Glaspfeife und entnahm dem Schmelztiegel einen Batzen des nunmehr zähflüssigen Gesätzes. Geschickt drehte er die Masse zu einer Kugel; gespannt verfolgten Jörg und die junge Frau sein Tun, vermochten aber auf der Oberfläche des glühenden Gebildes keine bestimmte Farbbildung zu erkennen. Auch als Reinhart die Glaskugel erneut erhitzte und sie anschließend zu einer einfachen Schale formte, blieb ihre Farbe indifferent; allerdings glaubte Waldrada jetzt, einen Stich ins Rotbraune auszumachen.
Sie tauschte einen Blick mit Reinhart und spürte seine Enttäuschung; gleich darauf legte er die Glasschale, die mit ihrem Innenboden nach wie vor an der Pfeife festhing, auf dem Ascheofen ab. Jörg und die junge Frau traten neben Reinhart; zusammen beobachteten sie, wie das Gefäß allmählich auskühlte und eine immer stumpfere Braunfärbung annahm. Zudem bildeten sich nun zahlreiche Schlieren, und plötzlich sprang an einer Stelle knirschend eine Blase auf; fast gleichzeitig verwandelte sich die schmutzig braune, mittlerweile völlig blind gewordene Kruste der Schalenoberfläche in ein noch unansehnlicheres rußiges Schwarzbraun.
»Schade!« stieß der Glasmacher hervor. »Offenbar habe ich das Gesätz total falsch gemischt.«
»Es war nur ein Versuch«, tröstete ihn Waldrada. »Beim nächsten Mal wird es besser gelingen, du darfst bloß nicht aufgeben!«
»Einen Blauton jedenfalls erreichen wir durch die Beimengung von Kupfer und Eisen nie«, murmelte Reinhart. Anschließend schickte er sich an, die Glaspfeife vom Schalenboden zu lösen – und dabei passierte ein weiteres Mißgeschick. Im selben Moment nämlich, da er die Pfeifenspitze von dem verunglückten Gefäß abbrach, zersplitterte dieses in mehrere Teile.
»Verflucht!« entfuhr es Reinhart. »Ich habe mich stümperhafter angestellt als ein unerfahrener Lehrbub!«
Verdrossen wollte er sich abwenden – plötzlich jedoch erstarrte er. Denn ein Schatten fiel über seine Schulter; mit dem gleichen Lidschlag erklang in seinem Rücken eine bar-

sche Stimme: »Und ein pflichtvergessener Lump bist du obendrein!«
Der Satz kam aus dem Mund Gewolfs; unbemerkt von Reinhart, Waldrada und Jörg hatten der Ritter sowie Ralf und ein Waffenknecht die Hütte betreten und sich ihnen genähert. Jetzt riß der Burgherr Reinhart die Glaspfeife aus der Hand, hieb damit gegen die Scherben auf dem Ofen, spuckte aus und brüllte: »Glaubst du etwa, ich habe dich in meinen Dienst genommen, damit du derartigen Schund produzierst?!«
Reinhart war versucht, dem Ritter scharf herauszugeben; mühsam bezwang er sich und entgegnete gepreßt: »Ihr tut mir unrecht, Herr! Ich beherrsche mein Handwerk sehr wohl, und die Bruchstücke, die Ihr hier seht, sind ...«
»Stümperhafter Pfusch sind sie!« schnitt ihm Gewolf das Wort ab. »Du hast es eben vorhin selbst gesagt! Was du dir hier leistest, ist unverschämter Betrug an mir! Ich bezahle dir gutes Geld dafür, daß du Fensterscheiben anfertigst! Du aber hintergehst mich schamlos, indem du deine Zeit damit vergeudest, wertlosen Dreck herzustellen!«
Ehe der Glasmacher etwas erwidern konnte, fegte der Ritter die Scherben beiseite; dabei gewahrte er die Stellage nahe des Schmelzofens, auf der Reinhart kurz vor Weihnachten die Ergebnisse seiner ersten Experimente mit Grünglas deponiert hatte: jene sechs Becher, deren Wände von häßlichen Blasen und Schlieren durchzogen waren. Andere, ähnlich unvollkommene Versuchsobjekte waren mittlerweile hinzugekommen; da sie Vorstufen zu besseren Stücken darstellten, hatte Reinhart es nicht übers Herz gebracht, sie wegzuwerfen. Nun jedoch mußte er mit ansehen, wie Gewolf zu dem Lattengestell hastete, einen der Becher herausnahm, ihn voller Abscheu musterte – und das Gefäß gegen die Wand schleuderte.
In erschrockenem Protest schrie Waldrada auf; außer sich vor Zorn herrschte der Ritter sie an: »Schweig, sonst lasse ich dich auspeitschen!« Zitternd floh die junge Frau in eine Ecke; Reinhart, der sich nur noch mit größter Mühe zu beherrschen vermochte, stand mit geballten Fäusten da. Glücklicherweise

bemerkte Gewolf es nicht, fuhr jetzt vielmehr zu seinen Begleitern herum und befahl dem Falkner und dem Reisigen: »Zerschlagt all das verdammte Zeug, das ihr in dem Gestell findet!«

Mit hämischem Grinsen, seinen Triumph über Waldrada und Reinhart auskostend, zog Ralf das Waidmesser und fing an, auf die Glasgegenstände einzudreschen. Der Waffenknecht tat es ihm nach; die Grünglasbecher und übrigen Stücke zersprangen in tausend Splitter, im Nu waren die Bodendielen rings um die Stellage mit Scherben übersät.

Als die beiden Männer ihr Zerstörungswerk beendet hatten, rief der Ritter nach Waldrada. Während sie sich ihm ängstlich näherte, erschien Norbert unter der Tür, welcher von der Siedehütte herübergelaufen war. Fassungslos wurden er, Reinhart und Jörg Zeugen, wie Gewolf die junge Frau anschrie: »Nun zu dir! Zeig mir vor, was du an Schmuck trägst!«

Waldrada, die an diesem Tag lediglich ihre schlichte Weißperlenkette angelegt hatte, nahm das Kleinod mit bebenden Händen ab und hielt es dem Ritter hin.

»Dirnentand!« wütete Gewolf, riß die Kette an sich, warf sie zu Boden und zermalmte die Glasperlen mit dem Stiefel.

Die junge Frau brach in Tränen aus; Ralf raunte dem Ritter zu: »Sie muß noch mehr solchen Hurenschmuck haben!«

Aber seine intriganten Worte gingen in einem weinkrampfähnlichen Aufschluchzen Waldradas unter; unmittelbar darauf brüllte Gewolf wiederum los: »Fort mit dir, du Metze! Ich kann dein Geheule nicht länger ertragen!«

Die junge Frau hastete davon; Reinhart wollte ihr instinktiv folgen, doch der Ritter verstellte ihm den Weg und herrschte jetzt erneut den Glasmacher an: »Ich hoffe, du hast begriffen, was passiert, wenn du gegen den Stachel löckst! In meiner Glashütte werden einzig und allein Fensterscheiben produziert! Vergeudest du deine Zeit weiter damit, unverkäuflichen Schund anzufertigen, springe ich noch ganz anders als heute mit dir um! Fensterglas stellst du her, nichts anderes als Fensterglas; widersetzt du dich mir noch einmal darin, landest du im Kerker! Und um dir die Flausen auszutreiben, befehle ich

dir, künftig jeden Monat zwei Schock mehr Glasscheiben zu liefern als bisher! Man wird nachzählen, wenn die Lasttiere auf der Veste eintreffen; über jedes einzelne Stück muß der Vogt von nun an Buch führen, das schwöre ich dir!«
Reinhart starrte entgeistert auf den Burgherrn. Seine Lippen bewegten sich lautlos; offenkundig wollte er aufbegehren, aber er brachte keinen Ton heraus.
Der Ritter weidete sich an der Erniedrigung des Glasmachers; auf dem Gesicht Ralfs, der einen Schritt hinter Gewolf stand, malte sich bösartige Schadenfreude. Dann, ganz unvermittelt, packte der Burgherr Reinhart am Arm, rüttelte ihn und schrie: »Hast du kapiert, was deine Pflicht ist?!«
Die Gedanken des Glasmachers rasten. Alles in ihm drängte nach Rechtfertigung; er war versucht, Gewolf entgegenzuschleudern, daß dieser auch mit Pokalen, Schalen und Schmuck Profit machen könne: mit hervorragend gelungenen Stücken, wie Waldrada sie in ihrer Truhe aufbewahrte. Reinhart mußte sich aufs äußerste beherrschen, um den Ritter nicht zu der Lade zu zerren und ihm die Gegenstände zu zeigen, die er für seine Geliebte geschaffen hatte. Glücklicherweise jedoch fand er die Kraft, sich zurückzuhalten. Er brachte sie auf, weil er fürchtete, der Burgherr könnte, wenn er die wertvollen Geschenke sah, von neuem auf Waldrada losgehen, und weil er dem von seinen Vorurteilen besessenen Ritter ohnehin kein klares Urteil mehr zutraute.
»Ich werde tun, was Ihr von mir verlangt ... Herr!« versetzte Reinhart tonlos.
»Falls nicht, weißt du, was dir blüht!« knurrte Gewolf. Noch immer umklammerte er den Oberarm des Glasmachers; jetzt stieß er Reinhart in Richtung des Schmelzofens, warf ihm die Glaspfeife, die er nach wie vor in der freien Hand gehalten hatte, hinterher und schnauzte: »Scher dich zurück an deine Arbeit! Mach Fensterscheiben!«
Während Reinhart die Pfeife aufhob, befahl der Burgherr seinen Begleitern: »Tränkt die Gäule! Danach reiten wir ab!«
»Aber ... wollten wir denn nicht hier übernachten?« wandte der Reisige ein. »Es wird bald Abend werden!«

»In dieser Hütte stinkt's mir zu sehr!« raunzte Gewolf. »Lieber schlafe ich unter freiem Himmel. Wenn wir die Rösser hetzen, schaffen wir es vor Einbruch der Nacht bis zu den Nordhängen des Hirschenstein. Dort kenne ich einen Platz, wo wir lagern können. Gleich morgen früh dann will ich jagen; ich muß Blut sehen und kann es kaum erwarten, ein paar Wildsäue abzustechen!«
Wenig später preschten der Ritter, Ralf und der Waffenknecht quer über die Bachaue davon. Durch eines der Hüttenfenster schauten Reinhart, Waldrada, Norbert und Jörg den drei Männern nach – und erlebten einen weiteren Schreck. Denn im selben Moment, da die Reiter den Waldrand erreichten, tauchten unter den Bäumen Alfred und der Wallach auf. Das Pferd war mit Holz beladen und schleppte zudem einen schweren Baumstamm hinter sich her; deshalb vermochte Alfred den Wallach nicht schnell genug beiseitezulenken, um Gewolf und seinem Gefolge den Weg freizumachen. Ungeachtet dessen zügelte der Ritter sein Roß nicht, sondern sprengte auf den entsetzten Holzknecht zu. Alfred versuchte zu fliehen, schaffte freilich nur zwei, drei hastige Schritte, ehe ihn ein brutaler Fausthieb Gewolfs im Nacken traf und ihn ins Gebüsch schleuderte. Hart an dem Gestürzten und dem in Panik auskeilenden Wallach vorbei galoppierte der Ritter in den Forst; Ralf und der Reisige folgten ihm – Alfred blieb reglos im Unterholz liegen.
Er kam erst wieder zu sich, nachdem der Glasmacher und die anderen, welche rasch herbeigeeilt waren, sich eine ganze Weile um ihn bemüht hatten. Stöhnend schlug er die Augen auf, tastete nach der Platzwunde in seinem Genick und stammelte: »Was, zum Teufel ... ist bloß in den Burgherrn gefahren?!«
Reinhart erklärte es ihm mit kurzen Worten; danach brachten er und Norbert den Verletzten zur Glashütte, Waldrada und Jörg beruhigten das Pferd. In der Hütte sank Alfred taumelig und neuerlich wie betäubt auf seine Pritsche; glücklicherweise erholte er sich bald wieder und bat Waldrada, ihm einen kalten Umschlag zu machen. Die junge Frau tat ihm den Gefal-

len; eine halbe Stunde später fühlte sich Alfred deutlich besser und setzte sich auf seinen Platz bei der Herdstelle.
Dort drehte sich das Gespräch noch lange um die Gemeinheiten, die Gewolf sich geleistet hatte; alle waren sich einig darin, daß ihnen bitteres Unrecht zugefügt worden war. Einige Male redeten sie davon, der Willkür des Ritters gemeinsam zu trotzen; letztlich aber mußten sie ihre Ohnmacht gegenüber dem mächtigen Burgherrn einsehen, und spät in der Nacht murmelte Reinhart resigniert: »Es bleibt uns nichts übrig, als Gewolfs Forderung zu erfüllen und ihm von nun an noch mehr Fensterscheiben als bisher zu liefern.«

***

Die folgenden Monate arbeiteten der Glasmacher und seine Helfer sechseinhalb Tage in der Woche bis zur Erschöpfung; lediglich an den Sonntagen gönnten sie sich ein paar Stunden Ruhe. Einzig auf diese Weise war es zu schaffen, die zusätzlichen zwei Schock Butzenscheiben herzustellen; allerdings fragte sich Reinhart in dieser Zeit oft, wie es möglich sein sollte, die ständige Anspannung auf Dauer durchzuhalten. Darüber hinaus litt er zunehmend unter dem Gefühl, eine sinnlose, minderwertige Tätigkeit zu verrichten. Gezwungenermaßen lagen seine künstlerischen Talente jetzt völlig brach; immer öfter, wenn ihm sein Eingezwängtsein ins Profane jäh bewußt wurde und sein Innerstes sich ohnmächtig dagegen aufbäumte, empfand der Glasmacher schier körperliche Pein.
So verstrichen Mai und Juni dieses Jahres 1302; in der zweiten Julihälfte dann passierte etwas, das zusätzlich an den Nerven Reinharts und seiner Gefährten zerrte. Eines Vormittags nämlich kam Alfred völlig aufgelöst aus dem Wald gerannt und berichtete, draußen im Forst, wo er am Morgen mit dem Bau eines neuen Kohlenmeilers begonnen hatte, sei urplötzlich ein riesiger Braunbär aufgetaucht. Wie tollwütig sei das Untier auf ihn losgegangen; nur mit knapper Not habe er sich mit seiner Axt verteidigen und fliehen können.

»Hast du den Bären verletzt?!« fragte Reinhart erschrocken.
»Es ging nicht anders«, erwiderte Alfred und zeigte die mit Blut besudelte Axtschneide vor. »Doch ich glaube nicht, daß es mir gelungen ist, dem Vieh den Garaus zu machen.«
»Wenn es sich so verhält, sind wir alle in Gefahr!« kam es bestürzt von Norbert.
»Richtig!« bestätigte Reinhart. »Der Bär ist angeschweißt und damit völlig unberechenbar geworden! Er kann jederzeit erneut einen von uns angreifen!«
»Wir müssen ihn unbedingt zur Strecke bringen!« nahm wiederum Norbert das Wort.
»Und zwar so schnell wie möglich!« entschied Reinhart.
Bereits zehn Minuten später brachen der Glasmacher, Albert und Norbert in den Forst auf; Waldrada und Jörg hatten den Wallach von der Koppel geholt und sich zusammen mit dem Pferd in der Hütte verschanzt. Die drei Männer trugen Äxte, Reinhart hatte zusätzlich sein Schwert umgeschnallt; mit diesen eher unzulänglichen Waffen ausgerüstet, drangen sie in den Urwald nordöstlich der Glashütte ein.
Nach etwa einer Drittelmeile gelangten sie zu der Lichtung, wo sich der noch unfertige Meiler erhob. Sie stellten fest, daß der Braunbär am Holzstoß gewütet hatte; eine Anzahl Scheiter waren herausgerissen, und an einigen davon fanden sich Blutspuren. Eine ebenfalls mit Wundschweiß besprenkelte Fährte führte zum südwestlichen Rand der Waldschneise und von dort aus zu einem tiefer im Forst wuchernden Ginstergestrüpp. Vorsichtig pirschten die Jäger heran, aber das Raubtier lauerte nicht in der Buschinsel, sondern hatte sich, wie eine aufgescharrte Mulde bewies, nur eine Weile unter den dornigen Sträuchern verkrochen – und jenseits des Ginsters wies die nun deutlich dünnere Blutspur in Richtung des Pfades, den die Männer gekommen waren.
»Um Gottes willen!« stieß Norbert hervor.
»Der Bär muß irgendwo zwischen uns und der Hütte stecken!« rief Alfred entsetzt aus.
»Rasch weiter!« drängte Reinhart; ganz wie seine Gefährten hatte er schlagartig das volle Ausmaß der Gefahr begriffen.

Ungefähr fünfzig Meter von der Buschinsel entfernt bestätigten sich ihre schlimmen Befürchtungen, denn die Fährte des Raubtiers berührte den Trampelpfad zur Glashütte. Augenscheinlich hatte der Bär dort die menschliche Witterung aufgenommen und war danach, stets in einigem Abstand zu dem schmalen Weg, nach Südwesten vorgedrungen.
Die drei Männer folgten der Spur, so schnell sie konnten. Näher und näher kamen sie der Bachaue – im selben Moment, da die Jäger bei einer Gruppe schütterer Fichten ins Freie huschten, drang panisches Pferdewiehern aus der Hütte herüber. Gleichzeitig sahen die Männer, wie der Braunbär um eine Ecke des Gebäudes bog, sich vor einem der geschlossenen Fenster auf die Hinterbeine stellte und die Krallen der Vordertatzen ins Holz hieb.
Reinhart und seine Gefährten rannten los. Zunächst bemerkte das Raubtier, unter dessen Prankenschlägen jetzt der Fensterladen zersplitterte, sie nicht – plötzlich jedoch fuhr der Bär herum, verharrte eine Sekunde geduckt, fauchte und schnellte sich den heranhetzenden Männern entgegen.
Im Laufen schwang Alfred seine Holzfälleraxt; als der Braunbär in Wurfweite gekommen war, schleuderte er die Waffe. Sausend wirbelte sie durch die Luft und hätte das Raubtier getroffen, wenn dieses nicht behende ausgewichen wäre. So aber grub sich die Schneide in den Boden, und Alfred wäre wehrlos gewesen, wenn ihm Reinhart, der neben ihm rannte, nicht seine Axt hingestreckt hätte. Alfred griff zu, der Glasmacher zog das Schwert; kaum hatte er die Klinge gezückt, war der Bär heran, richtete sich auf und flegelte wild mit den Tatzen.
Ein Schwertstreich Reinharts traf die linke Pranke des Raubtiers; einen Lidschlag später hieb Norbert dem Braunbären seine Axt mit voller Wucht ins rechte Schultergelenk. Das Tier taumelte, Alfreds Axtschneide grub sich in den Rücken des Bären; unmittelbar darauf stieß Reinhart dem Raubtier die Schwertklinge seitlich durch den Brustkorb ins Herz. Röchelnd verendete der Braunbär; als sein mächtiger Körper erschlafft war, entdeckten die Männer an seiner Flanke die

Wunde, welche Alfred ihm schon zuvor während des Kampfes beim Meiler beigebracht hatte.
Außerdem stellten sie fest, daß es sich um ein älteres männliches Tier handelte. »Vermutlich war es ein Einzelgänger, und die sind besonders gefährlich«, murmelte Norbert, dem ebenso wie den anderen der ausgestandene Schrecken noch im Gesicht stand. Reinhart und Alfred stimmten ihm zu, dann ließen sie den Kadaver vorerst an Ort und Stelle liegen und liefen zur Glashütte hinüber, aus der nach wie vor das panische Wiehern und Stampfen des Wallachs drang.
Waldrada öffnete ihnen die Tür. Sie zitterte und schluchzte; Reinhart zog sie in seine Arme und redete besänftigend auf die junge Frau ein. Während der Glasmacher sich um Waldrada kümmerte, bändigten Norbert und Alfred zusammen mit Jörg das verstörte Pferd, das in seiner Furcht etliches Mobiliar zertrümmert hatte. Endlich gelang es ihnen, den Wallach ins Freie zu bringen und ihn zur Koppel zu führen; sodann schleiften die drei Männer, Jörg und Waldrada, die sich unterdessen wieder beruhigt hatte, den toten Bären zum Bach, um ihn dort auszuweiden, ihm das Fell abzuziehen und ihn zu zerlegen.
Diese Arbeit nahm an die zwei Stunden in Anspruch; als es geschafft war, stand die Sonne bereits im Zenit. In Bütten trugen sie das verwertbare Fleisch zur Hütte; dort beratschlagten sie, wie die ungeheure Fleischmenge haltbar gemacht werden konnte. Zuletzt entschied Reinhart: »Es bleibt uns nichts anderes übrig, als alle unsere Öfen dafür zu benutzen, obwohl das bedeutet, daß wir mit der Herstellung der Butzenscheiben hoffnungslos in Rückstand geraten.«
Wenig später fing das Bärenfleisch, das sie auf die Ziegelplatte unter der Kuppel des Schmelzofens gepackt hatten, zu brutzeln an. Auch vom Streck- und Ascheofen stieg der Bratenduft empor; über dem Kochfeuer staken die Innereien des Raubtiers am Spieß. Nachdem diese Leckerbissen gar waren, dienten sie dem Glasmacher und seinen Gefährten als Ersatz für das ausgefallene Mittagessen; bald danach konnten die ersten gerösteten Fleischstücke von den Öfen genommen

werden. Mit Schnüren befestigte Waldrada sie an einer Stange; Alfred pflockte diese an die verrußten Wandbalken über der Kochstelle, damit das Fleisch dort nachräuchern sollte. Im Verlauf des Nachmittags und Abends kamen weitere mit Bärenfleisch behangene Haltestangen hinzu; zuletzt wurden die Öfen von den organischen Rückständen, welche der Glasproduktion abträglich gewesen wären, gereinigt.
Kaum brach der neue Morgen an, begab sich Reinhart wieder an den Schmelzofen. Bis in die Nacht hinein gönnte er sich nur die nötigsten Pausen, und so ging es die folgenden Tage weiter. Doch trotz aller Anstrengung vermochte er die verlorene Zeit nicht aufzuholen; am Ende der Woche mußte er sich sagen, daß es ihm unmöglich sein würde, die Vorgabe des Ritters zu erfüllen und abermals zwei Schock Fensterscheiben über das frühere Monatspensum hinaus zu liefern.
Weil aus diesem Grund ein weiterer Wutanfall Gewolfs zu befürchten war, entschloß sich der Glasmacher zu Beginn der letzten Juliwoche, dem Ritter schriftlich von der Bärenjagd und dem dadurch verursachten Arbeitsausfall zu berichten. Noch am gleichen Abend verfaßte Reinhart die Nachricht; da er weder Pergament noch Tinte besaß, ritzte er die Buchstaben mit Hilfe eines Holzstäbchens in eine Lehmtafel und brannte diese im Schmelzofen. Die Lasttiertreiber, welche zum Monatsende von der Veste kommen würden, sollten die Tafel mit zurück nehmen; Reinhart und seine Gefährten hofften, daß sie ihren Zweck erfüllen würde.
Dann freilich löste sich das Problem ganz anders als gedacht. Die Treiber nämlich tauchten bereits in der Wochenmitte auf; noch ehe sie ihre Pferde richtig zum Stehen gebracht hatten, rief der Anführer dem verwundert aus der Hütte eilenden Glasmacher zu: »Befehl von Gewolf! Verpackt schleunigst alles, was bis zur Stunde an Scheiben fertig ist. Die Traglasten müssen schnellstens zur Burg gebracht werden. Zudem entbietet der Ritter dich, Norbert und Alfred auf die Festung. Waldrada und Jörg sollen hierbleiben, um die Glashütte zu bewachen.«
»Wieso das?!« fragte Reinhart verblüfft.

Der Troßführer deutete auf das Bärenfell, das außen an der Hüttenwand aufgespannt war, und erwiderte: »Wie ich sehe, habt ihr kürzlich einen Strauß mit dem Raubtier ausgefochten. Vielleicht war's ein Vorzeichen – denn nun gilt es, einen noch gefährlicheren Kampf zu bestehen. Du weißt ja, daß zwischen unserem Herrn und dem Schierlinger Ritter schon seit längerem Zwietracht herrscht; jetzt hat der Schierlinger offene Fehde angesagt. In Kürze wird er mit seiner Kriegsmacht gegen den Degenberg heranrücken, deshalb benötigt Gewolf jeden streitbaren Mann auf den Mauern!«
Totenbleich stand der Glasmacher da; Waldrada, die mittlerweile ebenfalls aus der Hütte gekommen war und die letzten Sätze vernommen hatte, stieß einen erstickten Schrei aus.

***

Der obere Abschnitt des Burgweges war durch einen Verhau aus Baumstämmen und Felsbrocken gesperrt; mühsam mußten die Packpferde sowie Reinharts Wallach durch das Dickicht neben dem steilen Pfad gebracht werden. Ein Reisiger zeigte dem Glasmacher und den Lasttiertreibern die Stellen, wo ein zwar schwieriges, aber gefahrloses Vorwärtskommen möglich war; anderswo gab es Selbstschüsse, Fußangeln und Fallgruben. Ein Stück jenseits des Hindernisses gelangten die Männer und Pferde zum Festungsgraben; drüben ragte die Zugbrücke steil vor der Torbastion empor. Es dauerte einige Zeit, ehe die schwere Balkenkonstruktion sich knarrend senkte; sofort nachdem das letzte Roß sie passiert hatte, wurde die Brücke wieder hochgezogen.
Als Reinhart seinen Wallach in den Burghof führte, gewahrte er den Ritter. Gewolf war gepanzert; im Licht der bereits tiefstehenden Sonne, deren Strahlen schräg über die südwestliche Schildmauer fingerten, schien das Kettenhemd des Burgherrn rötlich zu glühen. Nun rief der Ritter dem Troßführer zu: »Bringt die Glaswaren in den Lagerkeller!« Sodann winkte er Reinhart, Norbert und Alfred zu sich heran und befahl ihnen: »Laßt euch in der Rüstkammer Helme, Lederharnische und

Armbrüste geben! Danach kehrt ihr hierher zurück und verstärkt die Besatzung des Brückenturms!«
»Rechnet Ihr denn heute noch mit einem Angriff?« fragte der Glasmacher mit gepreßter Stimme.
»Denkbar ist es!« knurrte Gewolf. »Vor zwei Stunden kamen Flüchtlinge aus Schwarzach. Sie meldeten, daß das Schierlinger Pack dort kurz nach Mittag auftauchte. Inzwischen werden die Feinde weiter vorgerückt sein, und wenn den Schierlinger Hundsfott der Hafer sticht, riskiert er unter Umständen eine nächtliche Attacke!«
Mit verspanntem Gesicht nickte Reinhart; dann wandte er sich wortlos ab, um die Anordnung des Ritters auszuführen. Wenig später stiegen der Glasmacher und seine beiden Gefährten zur Wehrplattform der Torbastion hinauf. Die fünf Waffenknechte, welche hinter den Schießscharten kauerten und den Burgweg beobachteten, wiesen sie ein; von den Reisigen, die bedeutend besser als die bäuerlichen Lasttiertreiber über die Hintergründe der bevorstehenden Kampfhandlungen informiert waren, erfuhren die Neuankömmlinge außerdem, was genau den Schierlinger Burgherrn dazu bewogen hatte, den Fehdebrief auf den Degenberg zu senden.
»Es geht um drei Zinshöfe im Donaugäu, deren Eigentumsrechte umstritten sind«, berichtete einer der Waffenknechte. »Sowohl unser Herr als auch der Schierlinger beanspruchen den Zehnten von diesen Anwesen. Gewolf beruft sich dabei auf eine Urkunde aus der Zeit des Kaisers Barbarossa, doch der Schierlinger besitzt ebenfalls ein Dokument, das nicht weniger alt ist und vor mehr als einem Jahrhundert vom Regensburger Bischof ausgestellt wurde. Da allerdings beide Urkunden kaum noch lesbar sind, kam der Streit kürzlich vor ein herzogliches Gericht. Dort wurde entschieden, daß die Einkünfte aus den Gehöften geteilt werden sollten; der Zehnt von den zwei kleineren wurde unserem Herrn zugesprochen, die Abgaben des größten dem Schierlinger. Damit freilich gab sich Gewolf nicht zufrieden, sondern ließ besagten dritten Hof vor vierzehn Tagen plündern. Ich war selbst dabei, als der Kornspeicher geleert und das Vieh von der Weide getrie-

ben wurde. Mit reicher Beute kehrten wir auf den Degenberg heim, aber dann, eine knappe Woche ist es jetzt her, erklärte der Schierlinger Ritter uns die Fehde.«
»Gewolf kriegt den Kragen in seiner Gier nach immer mehr Reichtum einfach nicht voll – und wir müssen's nun ausbaden!« versetzte der Älteste unter den Reisigen. »Doch da erzähle ich euch Glasmachern wohl nichts Neues, oder?«
»Nein!« bestätigte Reinhart grimmig; im nächsten Moment spannte er die Armbrust, legte einen Bolzen auf und nahm probeweise die Barriere am Burgberg ins Visier.
Freilich zeigte sich an diesem Abend und während der Nacht dort draußen noch kein Feind. Erst am nächsten Morgen gab der Posten auf dem Bergfried Alarm und meldete das Nahen der gegnerischen Streitmacht. Die etwa fünfzig Bewaffneten, die dem Schierlinger Banner mit dem silbernen Schwan folgten, rückten bis auf ungefähr zweihundert Meter an den Festungshügel heran; im Schutz eines Waldstreifens lagerten sie. Gegen Mittag hatten sie ihre Zelte aufgebaut und ringsum einen Palisadenzaun errichtet; am frühen Nachmittag erfolgte der erste Angriff.
Zehn Kriegsknechte, die von einem Berittenen angeführt wurden, rannten den Burgpfad herauf; einige von ihnen trugen brennende Fackeln, andere Tonkrüge. Einer der Männer wurde von einem Armbrustgeschoß durchbohrt und blieb sterbend liegen, die übrigen kamen auf Wurfweite an die Wegsperre heran. Die Krüge krachten gegen die Barriere und zerbarsten; in derselben Sekunde wirbelten die Pechkerzen durch die Luft und entfachten das Öl, das sich in den Gefäßen befunden hatte. Während die Schierlinger flohen, fing die Wegsperre Feuer; unmittelbar darauf stand sie lichterloh in Flammen, und im Verlauf der folgenden Stunde mußten die Verteidiger auf den Festungsmauern hilflos mit ansehen, wie sie niederbrannte.
Kaum war das Hindernis beseitigt, attackierten die Belagerer von neuem. Jetzt stürmte ein Dutzend Reisiger – gedeckt von einer hölzernen Schildwand auf Rädern, die von vier Mann geschoben wurde – bis zum Torgraben vor. Dort rammten sie

Pfähle ein und befestigten die Enden zweier starker Taue an den Pfosten. Anschließend sandten die Schierlinger einen Pfeilhagel zur Mauerkrone des Torbaues empor, um die Degenberger in Schach zu halten; gleichzeitig stürzte unten auf dem Pfad ein Rudel weiterer Männer zu der noch schwelenden Barriere und räumte hastig eine Schneise frei. Nachdem dies geschehen war, schleuderten zwei Kriegsknechte hinter der Schildwand die schweren Seilrollen bergab; dreißig Meter unterhalb des Torgrabens wurden die Taue aufgefangen und weitergezogen, bis die geduckt talwärts laufenden Reisigen jenseits einer Wegkehre verschwanden.
Reinhart, der hinter seiner Schießscharte kniete und gelegentlich, wenn er ein Ziel ausmachte, einen Bolzen abschnellte, ahnte, was die Angreifer damit bezweckten; wenige Minuten später stellte sich seine Vermutung als richtig heraus. Denn nun strafften sich die beiden Seile, und um die Biegung des Pfades rumpelte ein hoch mit Faschinen beladenes Bauernfuhrwerk. Meter für Meter zogen die Kriegsknechte am Torgraben das Gefährt den Burgweg empor; zusätzlich stemmten sich andere Männer, die von Reisigen mit Schilden beschützt wurden, gegen die Speichen des Fuhrwerks.
»Haltet den verdammten Wagen auf! Die Dreckskerle dürfen ihn nicht an den Graben heranbringen!« Reinhart vernahm die brüllende Stimme in seinem Rücken; sie gehörte Gewolf, der soeben in der Treppenluke der Wehrplattform auftauchte. Jetzt hastete der Ritter zur Brüstung der Torbastion und griff nach einem der Speere, die dort an der Mauer lehnten. In hohem Bogen flog die Wurfwaffe in Richtung der hölzernen Verschanzung am Rand des Burggrabens, streifte die obere Kante der Schildwand und fand dahinter ihr Ziel. Ein gurgelnder Schrei ertönte, das linke Zugseil erschlaffte; der Schierlinger, dessen Schulter vom Speer durchbohrt worden war, taumelte aus der Deckung. Einer seiner Kameraden wollte ihm beispringen und gab sich dabei eine Blöße; im nächsten Augenblick schmetterte ein Armbrustbolzen unter das Helmdach des Mannes. Mit blutüberströmtem Gesicht brach auch dieser Reisige zusammen; wiederum einen Herz-

schlag später scherte das Fuhrwerk unten auf dem Pfad jäh seitlich aus.
»Wir schaffen es!« brüllte Gewolf; während er einen zweiten Wurfspeer schleuderte, schnalzten links und rechts von ihm die Armbrustsehnen. Unmittelbar darauf fiel ein weiterer Schierlinger; für einen Moment sah es tatsächlich so aus, als würde das Vorhaben der Angreifer scheitern. Aber dann bekam die Mannschaft hinter der Holzverschanzung plötzlich Unterstützung durch Bogenschützen, die sich durch das Dickicht des Burghügels angeschlichen hatten. Ihre Pfeile zwangen die Degenberger in Deckung; das Tau straffte sich wieder, und der Wagen begann erneut vorwärts zu rollen.
Da die hinter Bäumen und Büschen lauernden Schierlinger Schützen rasch Verstärkung erhielten und die Geschosse nun ununterbrochen heranfiederten, gelang es den Verteidigern nicht, die Männer am Graben noch einmal in die Bredouille zu bringen. Schließlich polterte das Fuhrwerk, das jetzt – auf dem letzten, weniger steilen Wegstück – einzig mit Hilfe der Zugseile bewegt wurde, bis hart an die Schildwand heran und kam zum Stehen. Blitzschnell blockierte ein Waffenknecht mittels einer Stange die Vorderräder; dann flogen die ersten Faschinenbündel über die Barriere und landeten unter der hochgewundenen Balkenbrücke im Festungsgraben.
»Werft Fackeln hinab! Setzt das verfluchte Reisig in Brand!« schrie Gewolf außer sich.
»Nein, Herr!« warnte ihn Alfred erschrocken. »Der Wind steht auf die Zugbrücke, das Feuer könnte überspringen!«
Erbleichend widerrief der Ritter seinen Befehl; im Verlauf der folgenden Minuten füllten die Schierlinger den Graben bis zur halben Höhe mit Faschinen. Danach allerdings fanden die Degenberger Gelegenheit, es den Feinden heimzuzahlen, denn nun mußten diese, um ihr Werk zu vollenden, ihre Deckung aufgeben. Alle Mann, die bei der Schildwand standen, rannten zurück und verschanzten sich hinter dem Wagen; zwei freilich wurden von Armbrustbolzen, die vom Turm herabpfiffen, getroffen. Diejenigen, die unverwundet geblieben waren, schoben jetzt das Gefährt samt dem über-

mannshohen Schutzschild vorwärts. Nach einigen Metern stürzte zuerst die Holzwand auf die Faschinen hinab; Sekunden später folgte mit mächtigem Krach das Bauernfuhrwerk, welches so liegenblieb, daß es bei einem späteren Sturm auf das Tor als Rampe dienen konnte.
Wutentbrannt versuchten die Verteidiger der Veste, die nun Hals über Kopf fliehenden Schierlinger möglichst stark zu dezimieren. Neuerlich wurden etliche getötet oder verletzt, doch auch unter den Degenbergern gab es Opfer, denn die im Dickicht verborgenen Bogenschützen bemühten sich nach Kräften, den Rückzug ihrer Kameraden zu decken. Ein Pfeil fauchte haarscharf an Reinharts Kopf vorbei und durchbohrte den Hals eines Waffenknechts, der schräg neben dem Glasmacher soeben zu einem Speerwurf ausholte. Ein anderes Geschoß schlitzte Norberts Wange auf; als dieser instinktiv beiseite sprang, stolperte er über den Körper eines Reisigen, der zuckend in einer Blutlache lag und die Hände um einen aus seiner Brust ragenden Pfeilschaft krampfte.
Trotz dieser Verluste glückte es den Kämpfern um Gewolf zuletzt, die im Wald steckenden Schützen zu vertreiben; allerdings zogen sich die Schierlinger nur so weit zurück, daß sie sofort wieder angreifen konnten, falls die Degenberger versuchen würden, von den Wällen zu klettern und den Graben zu räumen. Wohlweislich vermieden es die Burgleute, ein solches Risiko einzugehen; daher ruhten die Kampfhandlungen im Verlauf der folgenden Stunde.
Dann jedoch, die Sonne stand mittlerweile schräg am Firmament, erscholl auf halber Höhe des Festungshügels plötzlich ein schmetternder Schlag. Gleich darauf heulte ein schweres Geschoß heran, ging im äußeren Hof der Veste nieder und zertrümmerte das Dach eines der Gesindehäuser.
»Der Teufel soll die Hundsfötter holen!« fluchte Gewolf. »Sie haben dort unten eine Balliste in Stellung gebracht!« Er drohte mit der Faust in die Richtung, aus welcher der zentnerschwere Wurfstein gekommen war; im nächsten Moment brüllte er zur Wehrplattform des Bergfrieds hinauf: »Könnt ihr den genauen Standort der Hurensöhne erkennen?!«

»Das Katapult steht unter der Eichengruppe bei der Pferdekoppel«, klang die gedämpfte Antwort vom Turm herab. »Sollen wir es unsererseits unter Beschuß nehmen?«
»Was fragst du so blöd?!« schrie der Ritter. »Macht dem Schierlinger Abschaum die Hölle heiß!«
Kaum eine Minute später schnellte der meterlange Wurfarm der Balliste auf dem Bergfried nach vorne, krachte gegen das Widerlager und schleuderte einen zackigen Felsbrocken talwärts. Das Geschoß fegte durch eine der Eichenkronen und bohrte sich dreißig Schritte hinter dem feindlichen Katapult in die Grasnarbe der Roßweide. Damit wurde ein Duell eingeleitet, das bis zur Abenddämmerung währte; in regelmäßigen Abständen schlugen die schweren Steintrümmer in den äußeren Burghof oder zerpflügten die Erde um die Baumgruppe. Die Schierlinger Balliste indessen konnte nicht zerstört werden; deren Wurfgeschosse hingegen richteten beträchtlichen Schaden in der Veste an.
Erst mit Einbruch der Nacht ließen die Befehlshaber den gegenseitigen Beschuß einstellen; auf der Burg aber war man noch stundenlang mit Aufräumungsarbeiten beschäftigt, ehe allmählich gespannte Ruhe einkehrte. Nach wie vor kauerte Reinhart, der für den Wachdienst eingeteilt war, hinter der Brüstung der Torbastion und horchte in die Dunkelheit hinaus.
Zwischen Mitternacht und Morgengrauen bemerkte er auf einmal, daß der Wind sich gedreht hatte. Er machte die anderen Männer darauf aufmerksam; einer kletterte durch die Luke ins Innere des Brückenturmes, um Gewolf, der dort unten schlief, zu wecken. Rasch kam der Bote zurück, der Ritter und weitere Reisige folgten ihm; die Waffenknechte hatten Gefäße mit Öl sowie Feuerbrände bei sich. Nachdem auch Gewolf die Windrichtung geprüft hatte, gab er Befehl, die Ölkrüge über dem im Burggraben liegenden Fuhrwerk zu entleeren; kaum war dies geschehen, wurden die Fackeln hinterher geworfen.
Im Handumdrehen fingen der Wagen, die darunter befindliche Holzplatte und die Faschinen Feuer; ein paar Minuten

später schlug die Lohe meterhoch empor. Ab und zu leckten die Flammen an der aufgezogenen Zugbrücke, gefährdeten sie jedoch aufgrund des günstigen Windes nicht ernstlich. Die für die Festungsbesatzung so gefährliche Sturmrampe dagegen brannte völlig nieder, bis kurz vor Tagesanbruch bloß noch ein glosender Trümmerhaufen auf dem Grabengrund lag. Ohnmächtig mußten die Schierlinger Späher, die drüben im Unterholz steckten, das Zerstörungswerk mit ansehen; als sich der Himmel im Osten rot färbte, flohen sie vor den Pfeilen und Armbrustbolzen, welche jetzt neuerlich von den Wällen herab abgeschossen wurden.

Den Morgen über blieb es außerhalb der Burg ruhig. Erst zwei Stunden nach Sonnenaufgang trugen die Feinde einen weiteren Angriff vor – und diesmal gerieten die Degenberger mehr denn je in Bedrängnis. Die Schierlinger nämlich schleuderten nun mit Hilfe ihres Katapults statt der Steingeschosse Brandsätze in die Veste: dünnwandige Holzfäßchen, die mit Pech, Werg und Schwefel vollgestopft waren. Vor dem Abschuß wurden Pechkränze, die um die kleinen Tonnen gewunden waren, entzündet; während die Feuerbomben sodann bergwärts orgelten, zogen sie eine Funkenspur hinter sich her. Beim Aufschlag in der Burg zerbarsten die brennenden Fässer und bildeten blitzschnell gefährliche Flammenherde, welche die Festungsgebäude bedrohten.

Die Verteidiger hatten alle Hände voll zu tun, um schlimmere Schäden zu verhüten; dies um so mehr, als die Feuertonnen leichter waren als tags zuvor die Felsbrocken. Daher schlugen die Brandgeschosse nicht nur im äußeren Festungshof, sondern beinahe ebenso häufig in der Kernburg ein. Mehrere trafen den Bergfried; ein anderes zerschmetterte das hohe Glasfenster im Chor der Kapelle, das Gewolf erst kürzlich hatte einsetzen lassen, und ließ Gestühl und Wandbehänge des Sakralbaues auflodern. Darüber hinaus wurde der Palas schwer in Mitleidenschaft gezogen. Im Lauf des Vormittags krachten insgesamt fünf Feuertonnen gegen die Frontmauer des hohen Gebäudes, so daß auch hier Butzenscheiben zersplitterten; drei weitere Brandsätze, die kurz hintereinander

heransausten, durchbrachen das Ziegeldach. Fast augenblicklich stand ein Teil des Dachstuhls in Flammen; verzweifelt bemühten sich die Burgherrin Irmingard, ein halbes Dutzend Mägde und etliche ältere Knechte, der Feuersbrunst Herr zu werden. Mit knapper Not gelang es ihnen schließlich, aber der Speicherraum des Palas glich nun in seinem vorderen Abschnitt einer verkohlten Trümmerwüste; zudem hatte das Feuer kurzfristig auf den großen Fenstererker des darunterliegenden Stockwerks übergegriffen und dessen wertvolle Glasscheiben bersten lassen.
Von der Wehrplattform des Bergfrieds aus, wo er an diesem Tag die Mannschaft der eigenen Balliste befehligte, sah Gewolf, wie die Veste zunehmend in Schutt und Asche gelegt wurde. Seine Männer hingegen schafften es trotz der Flüche und Drohungen des Ritters nicht, das feindliche Katapult außer Gefecht zu setzen; das Ziel war zu klein und der Schußwinkel alles andere als günstig. Deshalb entschloß sich Gewolf am späten Vormittag notgedrungen, die Taktik zu ändern; mit zornrotem Gesicht befahl er den Reisigen: »Laßt die verdammte Balliste und bereitet euch auf einen Ausfall vor!«
Eine Viertelstunde danach hatten sich bei der äußeren Torbastion fünfzehn gepanzerte Reiter, darunter Reinhart, und ungefähr doppelt so viele Fußkämpfer, zu denen Alfred und Norbert zählten, versammelt. Der Ritter saß im Sattel seines Streithengstes; jetzt, während wieder ein Brandgeschoß über die Mauer fauchte, rief er den Männern zu: »Wir brechen zuerst zur Koppel durch und zerstören das Katapult! Dann greifen wir sofort das Hauptquartier der Schierlinger an und treiben die gottverfluchten Mordbrenner dort zu Paaren!«
Damit zog Gewolf sein Schwert und lenkte den Percheron in das Gewölbe unter der Bastion. Zwei Wächter entriegelten das Tor und öffneten es, gleichzeitig wurde die Zugbrücke niedergelassen. Im nächsten Moment trabte der Burgherr an der Spitze der Berittenen über den Graben, auf dessen Grund die Überreste des verbrannten Fuhrwerks lagen; die übrigen Bewaffneten folgten im Laufschritt.

Weil die Feinde ihre Vorposten leichtsinnigerweise zurückgezogen hatten, glückte es den Degenbergern, die Kriegsknechte bei der Balliste zu überraschen. Die sechs Reisigen, welche das Katapult gerade für einen neuen Schuß vorbereiteten, bemerkten den von Gewolf geführten Trupp erst, als die vordersten Reiter bereits auf dreißig Meter heran waren. Einer der Schierlinger setzte ein Signalhorn an den Mund, um die am Ausläufer des Festungshügels lagernde Hauptstreitmacht zu alarmieren; kaum jedoch war der erste heulende Ton erklungen, bohrte sich eine durch die Luft wirbelnde Wurfaxt in die Halsgrube des Kriegsknechts und tötete ihn auf der Stelle. In Panik wandten sich die fünf anderen zur Flucht; die Berittenen freilich waren schneller, sie kreisten die Schierlinger ein und machten sie allesamt nieder.
Während die Reiter ihr blutiges Werk verrichteten, häuften die übrigen Degenberger sämtliche vorhandenen Feuertonnen um die Balliste herum auf und steckten die leicht entzündlichen Fässer in Brand. Innerhalb kürzester Zeit schlugen die Flammen mannshoch empor; erleichtert dachte Reinhart, der sich beim Gemetzel zurückgehalten hatte: Gottlob, diese Gefahr ist gebannt! Gleich darauf schlug der Befehl des Ritters an sein Ohr, die Attacke in Richtung des feindlichen Feldlagers fortzusetzen; erneut trieb der Glasmacher seinen Wallach an und galoppierte inmitten des Pulks weiter talwärts.
Immer noch unangefochten erreichte die Spitze des Ausfalltrupps das Ende des von der Veste herabführenden Hohlweges; dort allerdings wendete sich das Blatt, denn unversehens zischten den Reitern Bolzen und Pfeile entgegen. Die Schierlinger Schützen steckten im Unterholz zu beiden Seiten des Pfades und zielten gut; mehrere Geschosse bohrten sich in den Schild Gewolfs, drei der berittenen Degenberger Reisigen stürzten von ihren Rössern. Reinhart duckte sich so tief wie möglich auf den Hals seines Wallachs und hetzte das Roß ins Dickicht; plötzlich tauchte direkt vor ihm ein gegnerischer Kriegsknecht auf. Der Reisige riß den Bogen hoch, der schwere Kampfpfeil schnellte von der Sehne; reflexartig hieb

Reinhart mit dem Schwert zu und traf das heransausende Geschoß. Der Pfeil wurde abgelenkt und prallte gegen einen Baumstamm; einen Herzschlag später schmetterte die Klinge des Glasmachers auf den Eisenhut des Schierlingers; der Helmrand platzte weg, und der Bogenschütze schlug besinnungslos zu Boden.
Auch anderswo wurden die Degenberger in Zweikämpfe verwickelt, hier wie dort gab es Tote und Verwundete. In den folgenden Minuten, weil nun sowohl die Degenberger Fußtruppen als auch der Schierlinger Ritter mit einer starken Reiterschar eingriffen, wurde aus dem Scharmützel eine richtiggehende Schlacht. An die achtzig Männer schlugen und stachen jetzt aufeinander los; in furiosem Stakkato klirrten die Waffen gegeneinander, wütendes Kampfgeschrei gellte durch den Wald, Rösser wieherten schrill. Reinhart, an dessen Seite Norbert und Alfred fochten, hatte das Gefühl, als würde das Metzeln ewig währen; in Wahrheit jedoch tobte der Streit lediglich eine Viertelstunde, dann sprengte der Schierlinger Burgherr, der gut ein Drittel seiner Männer verloren hatte, unvermittelt davon.
Daraufhin setzte eine allgemeine Flucht der Feinde ein; mit triumphierendem Gebrüll nahmen die Degenberger die Verfolgung auf und hetzten den besiegten Heerhaufen über die Felder südlich der Veste. Weitere Schierlinger fielen oder mußten sich auf Gnade und Ungnade ergeben; erst auf der Höhe des Fleckens Velling erteilte Gewolf die Order zum Rückzug.
Wieder am Ausläufer des Burgberges angelangt, plünderte ein Teil der Degenberger Reisigen unter Aufsicht des Ritters das verlassene Feldlager. Die restlichen Männer, zu denen sich bald auch Frauen aus der Festung gesellten, versorgten die Verwundeten und begruben die auf der Walstatt liegenden Toten. Schließlich brachten die Sieger ihre Beute sowie die Gefangenen zur Burg hinauf. Reinhart und Norbert, die während der Schlacht lediglich einige Kratzer davongetragen hatten, gingen am Ende des Zuges. Auf dem Rücken des Wallachs, den der Glasmacher am Zügel führte, saß Alfred; um

seinen rechten, durch einen Dolchstoß verletzten Oberschenkel war eine blutdurchtränkte Binde gewunden.
Am Brückentor der Veste wurden Gewolf und seine Mitstreiter mit Jubel empfangen; die gefesselten Schierlinger hingegen mußten derbe Schmähungen und in einigen Fällen auch körperliche Mißhandlungen ertragen. Eine besonders abstoßende Szene ereignete sich, nachdem die Gefangenen die Torbastion passiert hatten und in einer Ecke des äußeren Burghofes zusammengetrieben wurden. Der Falkner, welcher während der Belagerung durch einen Pfeilschuß am linken Arm verwundet worden war und deshalb nicht an dem Ausfall teilgenommen hatte, stürzte zu einem Schierlinger Bogenschützen, der noch seinen leeren Pfeilköcher trug, und ohrfeigte ihn. Reinhart, Norbert und Alfred, die ganz in der Nähe standen, wurden Zeugen; angewidert riß der Glasmacher Ralf zur Seite und herrschte ihn an: »Nur ein Feigling vergreift sich an einem Wehrlosen!«
Die Hand des Falkners fuhr zum Schwert; für einen Moment sah es so aus, als wollte er nunmehr auf Reinhart losgehen. Aber dann, weil der Ritter im Sattel des Percherons nahte, duckte er sich. Gewolf musterte die beiden Kontrahenten mit scharfen Blicken; gleich darauf befahl er dem Glasmacher: »Komm mit!«
Reinhart gehorchte; im inneren Hof der Veste lenkte Gewolf sein Streitroß zur Kapelle, stieg aus dem Sattel, warf die Zügel des Percherons einem herbeieilenden Stallknecht zu und schritt dem Glasmacher in den Sakralbau voran. Bei dem Scherbenhaufen unter dem hohen Chorfenster, das durch den Ballistenbeschuß zerstört worden war, blieb der Ritter stehen. Mit grimmiger Miene besah er sich den Schaden, wandte sich Reinhart zu und erklärte schroff: »Du wirst umgehend Ersatz für die zerbrochenen Scheiben herstellen!«
Ehe der Glasmacher antworten konnte, verließ Gewolf die Kapelle wieder und überquerte den Burghof in Richtung des Palas. Auch dort starrte er wütend auf die leeren Fensteröffnungen sowie den schwer in Mitleidenschaft gezogenen Erker unter dem verkohlten Dachgebälk, um sich zuletzt

neuerlich dem schweigend dastehenden Reinhart zuzuwenden: »Ebenso müssen die Butzenscheiben, die hier zu Bruch gingen, schleunigst ersetzt werden!«
»Ich werde mein Bestes tun«, erwiderte der Glasmacher. »Doch Alfred, der mir zuarbeiten muß, ist verletzt, und daher wird es wohl ein wenig länger als sonst dauern, bis ...«
»Schweig! Ich will keine Ausflüchte hören!« schnitt ihm der Ritter grob das Wort ab. »Morgen bei Sonnenaufgang kehrst du mit deinen Leuten in die Glashütte zurück! In drei Tagen sende ich dir Treiber und Lastpferde, und wehe dir, wenn sie nicht mit genügend Ersatzscheiben wiederkommen!«
»Aber habt Ihr denn nicht massenhaft Fensterglas in Eurem Lagerkeller?!« entfuhr es Reinhart, den das Verhalten Gewolfs zutiefst empörte. »Schließlich brachten wir vorgestern schockweise Butzenscheiben auf die Burg!«
»Dieses Glas ist für den Verkauf bestimmt!« schnauzte ihn der Ritter an. »Gerade jetzt, wo all die Reparaturen anstehen, kann ich es mir keinesfalls leisten, auf den Profit zu verzichten! Und deshalb wirst du mir gehorchen! Ich verlange von dir, daß du die Scheiben für die Kapelle und den Palas pünktlich lieferst – und zwar zusätzlich zu deinem gewöhnlichen Pensum!«
Reinhart erbleichte. »Das ist mir unmöglich!«
»Oh doch, du kannst es schaffen!« versetzte Gewolf mit gefährlich leiser Stimme. »Es wird dir gelingen, weil ich dir einen Helfer an die Seite stellen werde!«
»Einen Helfer?« stieß der Glasmacher hervor. »Einen solchen Mann müßte ich erst anlernen!«
»Denjenigen, den ich meine, brauchst du nicht einzuweisen«, entgegnete der Ritter. »Er soll dir nämlich nicht zur Hand gehen, sondern dich überwachen! Und das, davon bin ich felsenfest überzeugt, wird er bestens erledigen!«
»Wer?« kam es tonlos von Reinhart.
»Der Falkner!« beschied ihn Gewolf. »Ihr beide seid euch alles andere als grün, das habe ich längst bemerkt, und aus diesem Grund wird Ralf ein besonders scharfes Auge auf dich haben!«

Der Glasteufel

Augusthitze brütete über den Wäldern; schwitzend schleppte Waldrada einen Holzzuber mit nassen Kleidern, die sie im Bach beim Quarzpocher gewaschen hatte, zur Glashütte. Als sie sich einer Birke näherte, bemerkte sie ein Wildtaubenpärchen, das im Geäst des Baumes turtelte. Die junge Frau wollte ausweichen, um die Vögel nicht aufzustören; im selben Moment erklang in Waldradas Rücken ein scharfer Pfiff, und die Tauben strichen hastig ab. Wiederum einen Augenblick später schoß ein Raubvogel heran und schlug das Ringeltaubenweibchen; gleich darauf landete der Falke mit seiner Beute am Saum des Forstes jenseits der Hütte, spreizte die Schwingen und stieß einen heiseren Schrei aus.
Waldrada wandte sich um und sah Ralf unter einer Fichtengruppe am gegenüberliegenden Ende der Bachaue hervorkommen. Höhnisch winkte er ihr zu; die junge Frau spürte, wie etwas Bitteres in ihrer Kehle emporquoll, und dachte voller Abscheu: Er hat den Beizvogel bloß auf die Taube gehetzt, um mich zu quälen! Immer wieder legt er es darauf an, mir und Reinhart das Leben zur Hölle zu machen! Seit Wochen geht das nun schon so, und ich weiß nicht, wie lange wir es noch durchstehen können!
Aufschluchzend flüchtete Waldrada; als sie über die Schwelle der Glashütte hastete, stolperte sie und wäre um ein Haar samt der schweren Bütte hingeschlagen. Jörg, der das Gebäude soeben verlassen wollte, fing sie auf; früher hätte der Bursche einen Scherz gemacht, doch jetzt war er der jungen Frau lediglich behilflich, den Zuber abzustellen, dann setzte er seinen Weg mit bedrücktem Gesichtsausdruck fort.
Noch verbitterter wirkte das Antlitz Reinharts, der am Schmelzofen stand; verbittert und außerdem entsetzlich müde. Bereits in der Vergangenheit war seine Arbeit hart und

oft aufreibend gewesen, aber nun, da der Falkner ihn überwachte, schuftete er tagtäglich bis zur Erschöpfung.
Gleich nachdem die Männer damals in Begleitung Ralfs vom Degenberg zurückgekehrt waren, hatte Reinhart innerhalb von nur zweiundsiebzig Stunden die neuen Fensterscheiben für den Palas und die Kapelle angefertigt; er hatte es getan, obwohl er ebenso wie Alfred und Norbert dringend Ruhe gebraucht hätte, um das Trauma des Blutvergießens zu überwinden. Doch Ralf, der seine Macht über den Glasmacher genoß und sich dabei jederzeit auf Gewolfs Befehle berufen konnte, hatte Reinhart keinerlei Erholung gegönnt. Von der ersten Minute an hatte er den Glasmacher und dessen Helfer brutal angetrieben; während der folgenden Wochen war die Fron weitergegangen, und daher war Reinhart, der die Hauptlast zu tragen hatte, mittlerweile bloß noch ein Schatten seiner selbst.
Zögernd trat Waldrada zu ihm an den Schmelzofen; aufgrund des beklemmenden Erlebnisses, das sie selbst gerade gehabt hatte, wünschte sie sich, ihr Geliebter würde sie in die Arme nehmen. Aber Reinhart blickte nur flüchtig auf und schenkte ihr nicht mehr als ein verspanntes Lächeln; in der nächsten Sekunde schob er die Spitze der Glaspfeife, die er zum Abkühlen in ein Wasserschaff getaucht hatte, wieder durch die Ofenöffnung und holte einen frischen Klumpen Gesätz heraus.
Enttäuscht besann sich die junge Frau auf die Wäsche, trug den Zuber zur Herdstelle und hängte die Kleider über die Trockenstange. Auch ein Hemd des Falkners befand sich darunter; in einer jähen, wütenden Regung war Waldrada versucht, es ins Feuer zu schleudern. Mühsam unterdrückte sie die Anwandlung; unmittelbar darauf fuhr ihr erneut der quälende Gedanke durch den Kopf: Ich weiß nicht, was passiert, wenn wir nicht bald von der Gegenwart des Schinders erlöst werden!

***

Doch die Tortur dauerte an; auch den September und Oktober hindurch mußten der Glasmacher und seine Helfer die Anwesenheit Ralfs ertragen. Mit sadistischer Bösartigkeit sorgte der Falkner dafür, daß vor allem Reinhart zunehmend am Dasein verzweifelte. Ständig erinnerte Ralf den Glasmacher an die Vorgaben des Ritters und malte ihm drastisch aus, zu welchen Strafmaßnahmen Gewolf greifen würde, falls er mit der Produktion in Verzug geriete. Bei anderen Gelegenheiten gefiel sich der Falkner darin, stundenlang beim Ofen zu stehen und jeden Handgriff Reinharts zu belauern; darüber hinaus zählte Ralf jeden Abend akribisch die tagsüber hergestellten Butzenscheiben und rechnete dem Glasmacher vor, um wie viele Stücke er bis zur nächsten Lieferung noch im Rückstand war.
Allein das wäre schon schlimm genug gewesen, hinzu kamen aber weitere Niederträchtigkeiten vielfältiger Art. Zum Beispiel sprach der Falkner, wenn die übrigen ihr Tagewerk getan hatten und ihn bei sich am Herdplatz dulden mußten, häufig von jenen mißglückten Grünglasbechern und anderen unvollkommenen Gefäßen, welche der Ritter kurz nach Ostern in der Stellage neben dem Schmelzofen entdeckt hatte. Und stets, wobei er Reinhart mit bissigem Spott musterte, pflegte er dann hinzuzufügen: »Damals hat Gewolf dir eine Lehre erteilt! Du mußtest zusehen, wie ich und der Waffenknecht den wertlosen Schund zerschlugen – und ich hoffe, du hast an diesem Tag ein für allemal begriffen, was deine Aufgabe hier in der Hütte ist!«
Den ganzen Spätsommer und Frühherbst nahm der Glasmacher diese permanente Demütigung zähneknirschend hin; sie traf ihn besonders hart, weil Ralf ihm auf diese Art wieder und wieder vor Augen führte, daß er einzig noch als Arbeitssklave ausgebeutet wurde und nicht, wie früher, auch Künstler sein durfte. Ebenso war Reinhart machtlos gegen andere, subtilere Gemeinheiten. So etwa, wenn der Falkner vorübergehend zur Beizjagd in die Wälder verschwand, seinen Raubvogel Beute schlagen ließ, das erlegte Wild abends am Feuer briet – und die duftenden Fleischstücke allein verschlang,

während der Glasmacher, Waldrada, Jörg, Alfred und Norbert bloß trockenes Brot oder Hafergrütze in die Mägen bekamen.
Durch seine gehässigen Tiraden, seine sadistische Rücksichtslosigkeit und seine gnadenlose Antreiberei vergiftete Ralf die Atmosphäre immer ärger. Ende Oktober schließlich überspannte er den Bogen; es geschah, als Waldrada beim Quarzpocher einmal mehr mit Wäschewaschen beschäftigt war. Der Falkner, welcher die junge Frau in letzter Zeit bereits verschiedentlich durch schlüpfrige Anspielungen beleidigt hatte, schlich sich im Schutz des gerade nicht in Betrieb befindlichen Pochers an – plötzlich packte er Waldrada und zerrte sie unter das Dach der Stampfmühle. Die junge Frau versuchte sich zu wehren, hatte jedoch keine Chance gegen den kräftigen Mann. Als sie schreien wollte, preßte Ralf ihr die eine Hand auf den Mund und raffte mit der anderen ihren Rock hoch; offenbar glaubte der Falkner, dessen Absichten eindeutig waren, in der Deckung des Quarzpochers völlig sicher zu sein.
Das allerdings war ein Trugschluß, denn im gleichen Moment trat Reinhart vor die Tür der Glashütte. Irgend etwas warnte ihn; er erstarrte, spähte zur Stampfmühle hinüber, gewahrte im Halbschatten hinter der brusthohen Außenwand des Gebäudes eine verdächtige Bewegung – und ahnte, was dort drüben geschah. Der Glasmacher rannte los; als er den Pocher erreichte, versuchte Ralf soeben, Waldrada auf einen Stapel leerer Säcke zu zwingen. Reinhart riß den Falkner zurück und schleuderte ihn gegen eines der Stampfhölzer; dann duckte er sich, um seinen Feind anzuspringen und ihm den Rest zu geben.
Aber Ralf zog blitzschnell seinen Dolch, reckte dem Glasmacher die scharfe Klinge entgegen und fauchte: »Bleib, wo du bist, sonst schlitze ich dich auf!«
»Versuch's, du Dreckskerl!« brüllte Reinhart; im nächsten Moment griff er nach einer an der Wand lehnenden Schaufel und schlug zu. Der Hieb prellte dem Falkner die Waffe aus der Hand, der Dolch wirbelte in die Steinwanne unter den

Stampfern; eine Sekunde später hatte der Glasmacher Ralf zu Boden geworfen, kniete jetzt über ihm, rang mit seinem Gegner und bemühte sich, einen Faustschlag anzubringen.
Ehe es ihm jedoch gelang, stieß Ralf keuchend hervor: »Tu mir was an ... und du büßt es mit dem Leben! Ich stehe unter Gewolfs Obhut ... er hat's mir ausdrücklich versichert!«
»Darauf pfeife ich!« schrie Reinhart. »Du bezahlst für das, was du Waldrada ...«
Im gleichen Augenblick fiel ihm die junge Frau in den Arm und rief: »Laß ihn! Er ist es nicht wert, daß du dich seinetwegen mit dem Ritter anlegst!«
Zwei, drei heftige Atemzüge lang kämpfte der Glasmacher mit sich; schließlich gab er den Falkner frei, richtete sich auf, tastete nach Waldradas Hand und führte sie hinaus.
Schweigend ging das Paar hinüber zur Glashütte; drinnen löste sich der Schock, den die junge Frau erlitten hatte, in einem wilden Aufschluchzen. Jörg eilte vom Schmelzofen heran und fragte erschrocken, was passiert sei; mit gepreßter Stimme klärte Reinhart den entsetzten Burschen auf. Am Spätnachmittag, als Norbert und Alfred, die beim Holzschlagen gewesen waren, aus dem Wald heimkamen, erfuhren sie ebenfalls von dem Vergewaltigungsversuch. Auch sie waren zutiefst empört, mußten aber ähnlich wie der Glasmacher begreifen, daß sie Ralf, den der Ritter über sie gesetzt hatte und in seiner hemmungslosen Profitgier zweifellos schützen würde, nicht zur Rechenschaft ziehen konnten. Daher blieb ihnen nichts weiter übrig, als den Falkner, der unmittelbar nach der schändlichen Tat mit seinem Beizvogel im Forst verschwunden war und erst bei Einbruch der Dunkelheit zurückkehrte, ihre Verachtung spüren zu lassen.
Während der folgenden Tage blieb die Stimmung auf kaum noch erträgliche Weise angespannt. Die drei Männer und Jörg schnitten Ralf und sprachen kein Wort mehr mit ihm; er wiederum schien auf eine Gelegenheit zu lauern, sich an Reinhart für die erlittene Niederlage zu rächen. Bisweilen fürchtete Waldrada, es könnte zu einem erneuten und noch schlimmeren Zusammenstoß zwischen dem Falkner und ihrem Gelieb-

ten kommen – dann jedoch, am Ende der letzten Oktoberwoche, fanden ihre Ängste zumindest vorübergehend ein Ende.
Wie üblich trafen die Degenberger Treiber mit ihren Packpferden ein, um die fertigen Glaswaren abzuholen, und der Anführer überbrachte Ralf den Befehl Gewolfs, zusammen mit der Lasttierkarawane auf die Veste heimzukehren. »Der herzogliche Pfleger in Straubing hat den Ritter zur Herbstjagd geladen«, erklärte der Troßführer dem Falkner. »Und du sollst dich dem Gefolge des Burgherrn anschließen.«
Als Waldrada diese Sätze vernahm, verspürte sie große Erleichterung; den anderen erging es ebenso. Zeitig am nächsten Morgen versammelten sie sich alle vor der Glashütte; stumm schauten sie Ralf, den Treibern und den Tragpferden nach, bis der Zug südlich der Bachaue außer Sicht kam. Danach umarmte die junge Frau ihren Geliebten und flüsterte: »Gott sei Dank! Endlich sind wir wieder unter uns!«
»Wenigstens für eine gewisse Zeit«, schränkte Reinhart ein; gleich darauf, weil er Waldradas Ernüchterung spürte, fügte er hinzu: »Aber die werden wir nutzen und uns das Leben in der Hütte wieder so einrichten, wie es früher war.«
»Ja, das wollen wir!« bekräftigte die junge Frau und schmiegte sich noch enger an ihn. Der Glasmacher streichelte ihr Haar; Waldrada genoß seine Zärtlichkeit und merkte nicht, daß plötzlich ein seltsam abwesender Ausdruck in Reinharts Augen trat.

***

Viereinhalb Tage waren seit dem Verschwinden des Falkners verstrichen. Der Glasmacher und seine Helfer hatten den Rest der Woche auch ohne Aufpasser fleißig gearbeitet; nun, am Sonntagnachmittag, war bereits eine beträchtliche Menge neuer Fenstergläser fertig. Reinhart warf einen abschätzenden Blick auf den Stapel, den er heute hergestellt hatte; ein paar Sekunden später holte er den Rest des Gesätzes aus dem Schmelztiegel, blies die halbflüssige Masse zur Hohlkugel,

schnitt sie auf, erwärmte sie nochmals und formte den Fladen zur Butzenscheibe.
Jörg wartete ab, bis der Glasmacher das Werkstück zum Auskühlen in den Ascheofen gelegt hatte, dann fragte er: »Soll ich den leeren Tiegel herausnehmen, damit wir ihn mit frischem Gesätz füllen können?«
Reinhart nickte; anschließend beobachtete er mit zusammengekniffenen Brauen, wie der Bursche das Gefäß ins Freie beförderte und es neben der Kuppel des Schmelzofens abstellte. Nachdem dies geschafft war, schleppte Jörg die Bottiche herbei, welche den Quarzsand, den Kalk und die Pottasche enthielten. Danach machte er Anstalten, sich zum Schürloch des Ofens zu begeben; der Glasmacher jedoch hielt ihn zurück und verlangte: »Hol mir auch noch die Ledersäckchen mit den Kupfer- und Eisenfeilspänen aus der Schlafkammer. Sie stecken dort in meiner Satteltasche.«
»Die Metallspäne, die du vom Burgschmied gekauft hast?« stieß der Bursche hervor. Gleich darauf grinste er verschwörerisch. »Willst du etwa verbotene Versuche anstellen?«
»Du hast es erraten«, bestätigte Reinhart. »Und nun beeil dich! Ich kann es kaum erwarten, zur Abwechslung wieder einmal zu experimentieren!«
Jörg lief in die Kammer; der Glasmacher griff nach der Meßkelle und fing an, die Grundbestandteile des Gemenges zu mischen. Nach wenigen Minuten brachte der Bursche die Säckchen; allerdings kam er nicht allein, sondern in Begleitung Waldradas – und die junge Frau, die verstört wirkte, fuhr sofort auf Reinhart los: »Bist du noch bei Trost?! Du weißt genau, daß Gewolf dir verboten hat, irgendwelche Versuche durchzuführen! Falls du es trotzdem tust, kannst du uns alle in Teufels Küche bringen!«
»Unsinn!« erwiderte der Glasmacher. »Wer sollte mich denn verraten? Jetzt, wo der Falkner weg ist, und …«
»Es ist trotzdem gefährlich!« fiel ihm Waldrada ins Wort. »Du darfst dich nicht gegen die Befehle des Ritters auflehnen! Sonst wird etwas Schlimmes passieren … ich spüre es!«
»Ach was, du siehst Gespenster!« versetzte Reinhart schroff;

mit dem nächsten Atemzug brach es aus ihm heraus: »Ich brauche die Freiheit, das zu schaffen, wozu es mich drängt! Seit Monaten unterdrücke ich das Wertvollste in mir; bin zum Sklaven Gewolfs und seiner Kreatur geworden – aber nun ertrage ich den Zwang nicht länger! Die göttliche Macht hat etwas in mich gelegt, das sich verwirklichen muß! Etwas Großes und Wertvolles! Das will aus mir strömen, will geboren werden! Will Gestalt annehmen, will Form und Vollendung finden! Will zu etwas werden, was nie zuvor von Menschenaugen geschaut wurde! Und wenn ich mich noch länger dagegen sperre, bloß weil der Ritter es in seiner verfluchten Kleingeisterei von mir verlangt, werde ich wahnsinnig! Dann ertrage ich das Leben nicht mehr; dieses verpfuschte Dasein, in dem ich nicht Künstler sein darf, obwohl alles in mir danach schreit!«

Erschrocken wandte Waldrada sich ab; sie hatte begriffen, daß ihr Geliebter keinem weiteren Argument zugänglich sein würde, und verschwand stumm im Hintergrund des Raumes.

Für einen Moment wirkte Reinhart betreten, doch gleich darauf schüttelte er trotzig den Kopf, gab dem verwirrt dastehenden Burschen einen Wink, sich um das Ofenfeuer zu kümmern, und widmete sich neuerlich dem Gesätz.

Nachdem er Quarz, Kalk und Pottasche gründlich vermischt hatte, schüttete er ein Drittel des Pulvers in den Schmelztiegel, mengte Kupferspäne darunter und schob das Gefäß in den Ofen. Da der Tiegel nur einige Finger hoch gefüllt war, wurde das Gesätz rasch weich; bald konnte Reinhart die halbflüssige Masse verarbeiten und formte eine skurrile, wild und unregelmäßig ausufernde Spirale aus dem rötlich schimmernden Material. Danach entstand ein zweites derartiges Gebilde aus grün leuchtendem Glas; schließlich ein dritter gewundener Strang, welcher in einer völlig neuen Farbe glühte. Reinhart hatte ein Mischverhältnis zwischen den Kupfer- und Eisenanteilen im Gesätz gefunden, das einen schier magischen Farbton ergab: je nach Beleuchtung von kaum merklich blutrot überhauchtem Braunschwarz zu dunklem, geheimnisvollem Rotbraun changierend.

Hingerissen starrte Jörg auf diese dritte Spirale; wenig später, als sie abgekühlt war, sah er, wie Reinhart sie mit den beiden ersten verband. Meisterlich hatte der Glasmacher während des Ausformens ihre jeweiligen Größen und Windungen abgeschätzt; jetzt schob und drehte er sie vorsichtig ineinander, wodurch eine wurzelartig verschlungene Plastik entstand. Es war ein Kunstwerk, das kraftvolle Ruhe und zugleich ungeheure Spannung in sich zu bergen schien; seine Form drückte dies aus, ebenso das Glühen, Leuchten und Schimmern der unterschiedlichen, teils erdigen, teils grellen Farben.

Während Reinhart die Glasplastik langsam in den Händen drehte und das Licht aus ihr sprühen ließ, kam Waldrada herbei. Ähnlich wie Jörg fand sie lange keine Worte, endlich sagte sie leise: »Nun verstehe ich, was du vorhin meintest. Du hast tatsächlich etwas geschaffen, was nie zuvor von Menschenaugen geschaut wurde.«

»Aber es ist nicht vollkommen«, murmelte Reinhart. »Es ist bloß ein Anfang, ein erster Schritt ...«

Waldrada schien seinen Einwurf überhört zu haben; bewundernd strich sie mit der Fingerkuppe über einen der Glasstränge und sprach weiter: »Du bist ein begnadeter Künstler, daran kann es keinen Zweifel geben. Ich weiß es schon lange, schon seit damals, als du die Schmuckstücke und die Pokale für mich machtest; o ja, ich weiß es sehr genau. Doch auch andere werden es begreifen, vor allem Gewolf. Du mußt es ihm nur beibringen; mußt den richtigen Zeitpunkt abwarten, um in Ruhe mit ihm zu reden. Wenn er guter Laune ist und du ihm dieses Kunstwerk und dazu vielleicht die beiden Trinkbecher aus grünem und rotem Glas zeigst, die du mir schenktest, wird er gewiß einsichtig werden. Es muß ihm einfach klarwerden, daß sich auch für solch wertvolle Stücke Käufer finden lassen und er mit derartigen Kleinodien wahrscheinlich sogar mehr Geld verdienen kann als mit dem schlichten Fensterglas. Ganz bestimmt wird der Ritter es einsehen, und dann wird er dir auch deine schöpferische Freiheit lassen ...«

»Damit der gnädige Herr freilich so freundlich ist, soll ich zuvor kuschen und betteln, was?!« fuhr Reinhart empört auf. »Soll zu Kreuze kriechen vor diesem dumpfen, profitsüchtigen Menschen! Vor diesem Blutsauger, der sich dermaßen despotisch über mich aufwarf und mir alles nahm, was ein Künstler zu seiner Entfaltung braucht! Wie ein Barbar hat er damals, als er in der Woche nach Ostern hier auftauchte, gewütet! Im Sommer dann und zum Dank dafür, daß ich, Norbert und Alfred im Kampf gegen den Schierlinger unser Leben für ihn riskiert hatten, setzte uns der Tyrann auch noch den gottverdammten Aufpasser in die Hütte! Und du verlangst nach alldem von mir, daß ich dem blaublütigen Hundsfott die Füße lecke!«
»Nein!« widersprach die junge Frau. »Ich riet dir bloß, nicht aufzustecken und statt dessen den Versuch zu machen, dich vernünftig mit dem Ritter auseinanderzusetzen.«
»Glaubst du denn, ich hätte nicht selbst schon daran gedacht?!« stieß Reinhart hervor. »Doch es wäre aussichtslos! Gewolf besitzt keinerlei Gespür für den Wert künstlerischer Arbeit! Er bewies es, als er die Versuchsstücke, die ich in der Stellage aufbewahrte, von Ralf und dem Reisigen zertrümmern ließ! Anschließend schrie er mich an, daß ich Fensterscheiben, einzig Fensterscheiben herzustellen hätte – darin erschöpft sich sein Interesse am Glas! Was hingegen dessen Schönheit und Zauber angeht, ist der Ritter blind; seine Geldgier und seine Sucht nach schnellem Gewinn sind schuld! Und weil dies so ist, würde er den Wert eines Kunstwerks gar nicht erkennen! Ebenso wie die Stücke, die er zerstören ließ, würde er in seiner Verblendung auch die verflochtenen Spiralen, die ich hier in meiner Hand halte, als Tand und Schund bezeichnen!«
»Möglicherweise brächte er für solche Glaskunst wirklich kein Verständnis auf«, gab Waldrada zu. »Aber was Pokale, Schalen oder gefälligen Schmuck anbelangt …«
»Jawohl, gefälligen Schmuck und dazu hübsche Schälchen und Pokälchen!« schnappte Reinhart. »Früher einmal wäre ich bereit gewesen, sie Gewolf zu liefern – doch jetzt habe ich

kein Interesse mehr daran! Denn selbst wenn der Ritter mir erlauben würde, auch solche Sachen für den Verkauf herzustellen, würde er stets nur Massenware wollen! Ich müßte dem Geschmack der reichen Protze auf den Burgen und in den Patrizierpalästen hinterherrennen und könnte wieder nicht nach meinen eigenen Vorstellungen arbeiten! Müßte statt dessen immer von neuem die gleichen Werkstücke fertigen; hundertfach, tausendfach – und es wäre letztlich dieselbe Fron wie bei der Produktion der Fensterscheiben! Dieses seelenlose Einerlei aber zerrüttet mich; es zerbricht mich im Innersten, weil es mich tagtäglich zwingt, mein Talent zu verraten! Meine Gabe, die mir von einer höheren Macht geschenkt wurde und die sich allein in absoluter Gestaltungsfreiheit verwirklichen kann – ganz gewiß jedoch nicht, wenn ich mich Gewolf und seiner schnöden Profitgier beuge!«
Nachdem der Glasmacher geendet hatte, herrschte einige Sekunden tiefes Schweigen. Mit gerunzelter Stirn und verkniffenen Lippen starrte Reinhart auf die Spiralplastik, die er nach wie vor in den Händen hielt; plötzlich stellte er sie so hart auf dem Sockel des Schmelzofens ab, daß einer der gewundenen Stränge splitterte. Aus Waldradas Kehle drang ein unterdrückter Schrei; ohne auf die junge Frau oder das beschädigte Kunstwerk zu achten, drehte sich der Glasmacher abrupt um und verließ die Hütte.
In der hereinbrechenden Abenddämmerung hastete Reinhart zum Bachlauf, verharrte dort kurz und lief entlang des Gewässers in den Wald. Norbert und Alfred, die bei der Siedehütte standen und sich gerade anschickten, Feierabend zu machen, blickten ihm verwundert nach; Norbert rief dem Glasmacher etwas hinterher. Aber Reinhart reagierte nicht; wie gepeitscht rannte er unter den Bäumen weiter, bis er einen Platz erreichte, wo ein flacher Felsen ins Bachbett ragte. Dort kauerte er sich nieder, schlang die Arme um die hochgezogenen Knie und schaute lange auf das strudelnde Wasser. Seine Gedanken räderten; wie nie zuvor wurde ihm der grausame Zwiespalt bewußt, in den er verstrickt war, und seine Qual stieg ins fast Unerträgliche. Einige Male war er nahe daran,

seine Pein laut herauszubrüllen; die Verzweiflung und den Haß auf den Ritter, in dem er nichts anderes mehr als einen satanischen Widersacher zu sehen vermochte.
Dann kulminierte die Qual des Glasmachers und schlug mit demselben Herzschlag in wildes mentales Aufbegehren um; in ein anarchisches Ausbrechen aus der unerträglich gewordenen Realität. Doch das Grauen steigerte sich dadurch nur noch; auf einer Ebene, welche die diesseitigen Dimensionen sprengte, nahm das Feindliche seine wahre Gestalt an: grenzenlos ignorante menschliche Arroganz, die nun etwas zutiefst Menschenverachtendes und unendlich Zerstörerisches ausgebar. Das blasphemische, nicht länger bloß irdische Wesen dessen, was ihn lähmen und den göttlichen Funken in ihm nicht zur Entfaltung kommen lassen wollte, wurde Reinhart greifbar wie nie zuvor. Der Glasmacher erkannte es in seiner ganzen Bösartigkeit; er schaute die Finsternis, die danach trachtete, das Licht in ihm selbst, auf Erden und im Kosmos zu vernichten. Von unsäglichem Erschrecken gepackt, blickte Reinhart dem Molochischen ins Antlitz; im nächsten Moment bäumte er sich mit seinem innersten Sein gegen das Höllische auf – und gewann dadurch Befreiung und Klarheit.
Blitzartig war ihm ein Weg gewiesen worden; tief sog Reinhart die kühle Nachtluft in die Lungen, dann verließ er den flachen Felsen am Bachufer und eilte zurück zur Glashütte. Er hatte dabei das Empfinden, als würde vom sternenübersäten Firmament herab und ebenso aus dem Wald heraus Kraft in ihn strömen; er glaubte, Strukturen, Formen und Farben zu erkennen, die sich in phantastischen Verschlingungen zu einem Ganzen verbinden wollten. Nie im Leben hatte er derart unwiderstehlichen Schaffensdrang verspürt; als er die Hüttentür öffnete und ihm die warme, rauchgeschwängerte Luft entgegenschlug, schrie alles in ihm danach, augenblicklich mit der Arbeit zu beginnen.
Ohne die anderen, die am Herdfeuer saßen, zu beachten, hastete er zum Schmelzofen und griff nach der Spiralplastik. Mit zusammengekniffenen Brauen betrachtete er sie; gleich

darauf trennte er die verschiedenfarbigen Stränge, legte zwei davon beiseite, warf den grünen, der angesplittert war, auf die Platte des Streckofens, zog sein Messer und fing an, die Glasspirale in Stücke zu schlagen.
Waldrada sprang auf, lief zu Reinhart, fiel ihm in den Arm und rief entsetzt: »Warum zerstörst du das Kunstwerk?!«
»Weil ich daraus etwas ungleich Größeres schaffen will!« stieß Reinhart hervor.
»Was denn?« fragte Norbert, der sich jetzt zusammen mit Jörg und Alfred ebenfalls näherte.
»Ihr werdet es sehen«, erwiderte der Glasmacher; mit dem nächsten Lidschlag wies er Jörg an: »Kümmere dich ums Feuer! Leg besonders harzige Scheiter nach und gib ein volles Schaff Holzkohle hinzu! Du mußt die Glut so hoch schüren, wie du kannst! Ich brauche viel Hitze im Schmelzofen, so viel Hitze wie möglich!«
Der Bursche gehorchte; während Jörg am Schürloch arbeitete, fuhr Reinhart fort, die Spirale zu zertrümmern. Nachdem er fertig war, scharrte er die grünen Glassplitter in eine Tonschale, die ihm Waldrada brachte. Anschließend schlug er auch den zweiten und dritten Spiralstrang kaputt; die Stücke des roten kamen in eine weitere Schüssel; die des letzten, des dunklen, warf der Glasmacher in den Schmelztiegel und schob das Gefäß in den Ofen.
Unterdessen hatte Jörg das Feuer zu voller Stärke angefacht; die Flammen fauchten, bisweilen züngelte die Lohe ungebärdig aus dem Schürloch. Es dauerte höchstens eine halbe Stunde, bis die Glasfragmente weich wurden und ihre Ränder sich miteinander verbanden; eine Weile später war die Schmelzmasse zähflüssig. Einige weitere Minuten lang schien Reinhart das weiche Gesätz förmlich zu belauern; dann, ganz unvermittelt, schob er die Glaspfeife durch die Kuppelöffnung und tauchte ihre Spitze in den Tiegel. Behutsam hob er den glühenden Klumpen heraus, setzte das Mundstück der Pfeife an die Lippen und blies eine Kugel.
Waldrada und die übrigen beobachteten, wie das schillernde Gebilde wuchs, bis es die Größe eines Kinderkopfes erreicht

hatte. Vorsichtig zog Reinhart es zuletzt ein wenig in die Länge; danach, weil die ovale Glaskugel jetzt allmählich erstarrte, erwärmte er sie im Streckofen von neuem. Anschließend arbeitete er an dem kleineren Ofen weiter; mit Hilfe seines Messers und verschiedener Rundhölzer veränderte er Zug um Zug Oberflächenform sowie Gesamtgestalt des Gebildes und schwenkte es zwischendurch immer wieder kurz in der Glut, um die Masse geschmeidig zu halten. Gespannt verfolgten die anderen sein Tun; plötzlich rief Waldrada halb bewundernd, halb erschrocken aus: »Guter Gott – das Antlitz des Ritters!«

In der Tat glich das Werkstück mit einem Mal auf verblüffende Weise dem Kopf Gewolfs. Meisterlich hatte der Glasmacher die kantige Schädelform und die umrahmende Kontur der schulterlangen Haarmähne modelliert und es zudem geschafft, auf dem Gesicht einen Ausdruck anzudeuten, der typisch für den Ritter war: machtbewußt, selbstgerecht und rücksichtslos.

Nun, während die anderen erregt untereinander tuschelten, nahm Reinhart noch einige geringfügige Veränderungen vor. Endlich war er zufrieden, löste die Pfeife vom konisch zulaufenden Halsansatz des gläsernen Kopfes und stellte den Schädel, dessen Farbton wie zuvor bei der Spirale je nach Lichteinfall zwischen blutrot überhauchtem Braunschwarz und dunklem, geheimnisvollem Rotbraun changierte, seitlich auf der Platte des Streckofens, wo die Hitze geringer war, ab.

Danach holte Reinhart den Tiegel aus dem Schmelzofen, um ihn jetzt mit dem grünen Glasbruch zu füllen; ehe er das Gefäß zurück unter die Kuppel schob, gab er noch einige Fingerspitzen Eisenfeilspäne sowie eine Prise Pottasche hinzu. Im Verlauf der folgenden halben Stunde wich er nicht von seinem Platz bei der Kuppelöffnung und redete kaum ein Wort mit den anderen; ab und zu jedoch bewegten seine Lippen sich wie im stummen Selbstgespräch.

Schließlich, als die Masse flüssig zu werden begann, hastete Reinhart die paar Schritte zum Streckofen, hob den Glaskopf mittels einer hölzernen Zange, die er zuvor in ein Wasser-

schaff getaucht hatte, hoch und erhitzte ihn gründlich über der Glut in der Feuerkammer daneben. Sodann deponierte er den Schädel auf der heißesten Stelle der Ofenplatte, eilte wieder an den Schmelzofen, ergriff die Pfeife und zog einen dünnen Faden intensiv leuchtenden Grünglases aus dem Tiegel. Er brachte es fertig, den zitternden Strang, ohne daß dieser abriß, zum Streckofen zu schwenken. Dort teilte er ihn mit dem Messer blitzschnell in mehrere fingerlange Stücke, erwärmte das erste davon erneut und verband es mit dem gläsernen Kopf. Indem er den Schädel unmittelbar darauf abermals über die Glut hielt, verschmolz er den grünen Glasfaden noch inniger mit seinem Untergrund; Sekunden später kam das zweite Strangteil an die Reihe, dann das dritte und vierte.
Geraume Zeit arbeitete Reinhart auf die beschriebene Weise weiter; holte frische Grünglasfäden aus dem Schmelztiegel, zerschnitt sie und brachte die feinen, nur wenige Millimeter starken Fäden an verschiedenen Stellen des Kopfes an. Zuletzt entfernte er den überschüssigen Rest des Gesätzes aus dem Tiegel; während der Klumpen auf dem Ofensims erkaltete, befüllte Reinhart das Gefäß mit dem roten Glasbruch, streute diesmal aber keine zusätzlichen Metallspäne, sondern lediglich ein geringes Quantum Pottasche darüber.
Wie zuvor beobachtete er danach angespannt den Schmelzvorgang und murmelte zeitweise tonlos vor sich hin; zwischendurch erteilte er Jörg die eine oder andere knappe Anweisung. Waldrada, Alfred und Norbert standen derweil beim Streckofen und konnten sich von dem, was sie dort sahen, offenbar nicht losreißen; ihre Bewunderung freilich schien sich in Grenzen zu halten, vielmehr machte insbesondere die junge Frau einen eher verschreckten Eindruck, und auch die beiden Männer wirkten betroffen.
Als Reinhart schließlich abermals heranhastete, um den Schädel neuerlich zu erhitzen, wichen die drei unwillkürlich ein Stück beiseite. Der Glasmacher seinerseits achtete kaum auf sie; nachdem er den Kopf auf die für seinen Zweck erforderliche Temperatur gebracht hatte, zog er den ersten rötlich

schillernden Faden aus dem Schmelztiegel, durchtrennte den Strang, preßte ein fingerlanges Fragment auf den Schädel und verfuhr ebenso mit dem nächsten. Wieder brachte er Dutzende dünner Rotglasstränge an; manche legte er, genau wie vorher die grünen Fäden, in leichten Krümmungen auf, andere formte er zu Ringen, Spiralen oder anderen Figuren. Ununterbrochen, ohne sich die geringste Pause zu gönnen, arbeitete er länger als eine Stunde; als er die Glaspfeife zum letzten Mal durch die Kuppelöffnung des Schmelzofens schob und Jörg dabei zurief, daß dieser das Schüren des Feuers einstellen solle, war es Mitternacht geworden.
Reinhart war nun völlig erschöpft; er mußte das Zittern seiner Hände überwinden, ehe er darangehen konnte, das abschließende Teilstück herzustellen: eine flache, leicht aufgewölbte Scheibe mit einer kreisrunden Öffnung in der Mitte, welche denselben Durchmesser wie der konische Halsansatz des gläsernen Kopfes besaß. Nachdem auch dies geschafft war, fügte Reinhart die Sockelscheibe und den Schädel zusammen und verschmolz die heiße Naht zusätzlich mit einem angeglühten dünnen Glasstrang; als die Verbindung ausreichend fest geworden war, stellte er die fertige Plastik zum langsamen Abkühlen auf die Platte des Ascheofens.
Eine Weile verharrte der Glasmacher reglos vor seinem Werk; dann trat er ein paar Schritte zurück, so daß es auch den anderen möglich wurde, das Gebilde zu betrachten. Stumm starrten sie auf die Plastik, lange fand keiner ein Wort. Endlich, wobei sie wie schutzsuchend nach Reinharts Hand tastete, stieß Waldrada hervor: »Es ist, als hättest du den bösen Geist des Ritters ins Glas gebannt!«
Tatsächlich besaß das Bildnis eine Ausstrahlung, die etwas Dämonisches an sich hatte. Der flackernde Feuerschein, welcher aus dem Schürloch des Schmelzofens auf die Plastik fiel, schien dunkles, höllisches Irrlichtern aus dem kantigen, aggressiv nach vorne gereckten Kopf zu locken: bedrohliche Reflexe, die finster in blutroten, braunschwarzen und rotbraunen Tönen glühten. Farblich in scharfem Kontrast dazu standen die dünnen, gewundenen Formen, welche den Schä-

del an bestimmten Stellen wie alptraumhafte Tätowierungen überzogen. Ein Streifen quer über die Stirn sowie Schläfen und Kinnbacken des Kopfes waren mit verschlungenen Ornamenten bedeckt, deren intensives Grün sich mit hellem Rot biß; grellrot und giftgrün schimmerten Pupillen und Iris in den tiefen Augenhöhlen.
»Ja«, flüsterte Reinhart jetzt und nickte Waldrada zu. »Genau das wollte ich erreichen: den bösen Geist Gewolfs entlarven!« Lauter fuhr er fort: »Sein satanisches Wesen wollte ich zum Ausdruck bringen! Seine Bosheit, die zugleich die Gemeinheit all jener vielen, überall auf den Burgen und in den Palästen anzutreffenden Machtmenschen ist, welche niedrige Gier und dumpfe, selbstsüchtige Kleingeisterei über das Höhere stellen! Und weil sie das tun, sind sie Widersacher des Göttlichen, das stets freies, unbeeinträchtigtes und damit wahres Menschsein will; sie jedoch haben ihre Seelen an den Teufel verkauft – und die dämonische Fratze des Ritters soll dies zeigen; deshalb schuf ich dieses Bildwerk: den Glasteufel!«
»Der Glasteufel!« murmelte die junge Frau. »Dieser Name paßt wahrhaftig zu dem Kunstwerk. Und das Bildnis selbst ist ...«
»Ein Meisterstück, wie es nur einem begnadeten Künstler gelingen kann!« unterbrach Norbert. Er zögerte, dann setzte er hinzu: »Allerdings würden das gewisse Leute wahrscheinlich anders sehen!«
»Der Burgherr wäre zweifellos außer sich vor Zorn, falls er den Glasteufel zu Gesicht bekäme«, nickte Alfred. »Und auch vor Ralf werden wir ihn sehr gut verbergen müssen, sonst kostet es dich am Ende den Hals, Reinhart!«
Jörg und Waldrada äußerten sich ähnlich; um seine Gefährten zu beruhigen, erklärte der Glasmacher: »Selbstverständlich dürfen wir die Plastik nicht offen in der Hütte aufstellen. Ich werde sie verbergen, bevor der Falkner zurückkommt. Doch bis dahin soll das Bildwerk hier in der Nähe des Schmelzofens bleiben. Wenn ich ab und zu einen Blick darauf werfen kann, wird mir die eintönige Fron, welche mir nun wieder bevorsteht, leichter fallen.«

Die anderen waren mit dieser Lösung einverstanden. Etwa eine halbe Stunde blieben sie noch beim Ascheofen stehen und tauschten sich weiter über den Glasteufel aus; zuletzt, als die Plastik ausreichend erkaltet war, hob Reinhart sie auf den Sockel des Schmelzofens, wo sie bis zum Morgen ganz auskühlen konnte. Danach nahm Jörg erneut seinen Platz am Schürloch ein, um das Feuer für den Rest der Nacht auf kleiner Flamme in Gang zu halten. Die übrigen, die jetzt allesamt todmüde waren, suchten ihre Lagerstätten auf, und wenig später herrschte tiefe Stille in der Glashütte.

***

Da Reinhart nach seinem Schaffensrausch körperlich und geistig völlig ausgelaugt gewesen war und deshalb bedeutend länger als gewöhnlich schlief, kam die profane Arbeit erst am späten Montagvormittag wieder in Gang. Von neuem fertigte Reinhart Dutzende von Butzenscheiben; bloß manchmal hielt er inne, schaute auf den Glasteufel, der nun in einer Wandnische beim Schmelzofen stand, und schien für ein paar Minuten stumme Zwiesprache mit dem Bildnis zu halten.
Ähnlich war es während der folgenden Tage, in denen der neue Vorrat an Fensterscheiben stetig anwuchs. Der Glasmacher gönnte sich, ebenso wie seine Helfer, kaum eine Pause; trotzdem war es ihm nicht möglich, bis zum Wochenende das sonst übliche Pensum herzustellen. Am Samstag mußte Reinhart einsehen, daß er es nicht mehr schaffen würde, den durch den künstlerischen Ausbruch verursachten Rückstand aufzuholen. Schon allein dieser Gedanke belastete ihn sehr; hinzu kam das Wissen um die jetzt nahe bevorstehende Rückkehr des Falkners. Die Herbstjagd in Straubing, das hatte der Degenberger Troßführer damals, vor eineinhalb Wochen, mitgeteilt, sollte an diesem Sonntag ihren Abschluß finden; Ralf mußte also am Montag oder spätestens Dienstag wieder auftauchen.
Am Sonntagabend nahm Reinhart daher den Glasteufel aus seiner Nische, betrachtete das Kunstwerk noch einmal lange

und schlug es schließlich in ein Tuch ein. Dann trug er das Bündel in seine und Waldradas Schlafkammer, lockerte ein Dielenbrett hinter der Bettstatt und versteckte den Glasteufel in der Vertiefung darunter. Schweigend hatte ihn die junge Frau dabei beobachtet; jetzt umarmte sie Reinhart und flüsterte ihm tröstend zu: »Irgendwann muß die Heimsuchung durch den Falkner ein Ende haben. Und wenn es erst soweit ist, können wir das Kleinod wieder an seinem alten Platz aufstellen.«
»Wollen wir es hoffen!« entgegnete der Glasmacher; danach begab sich das Paar ans Herdfeuer, wo die anderen saßen.
Reinhart und seine Gefährten durften noch einmal einen friedlichen Abend verbringen; am nächsten Tag aber, kurz vor Sonnenuntergang, kehrte Ralf zurück. Er brachte sein Pferd auf die Koppel, trug den Sattelpacken zur Hütte, stieß die Tür mit einem Fußtritt auf, warf das Sattelzeug auf sein Lager und ging sofort auf den Glasmacher los, der zusammen mit Jörg am Schmelzofen arbeitete.
»Wie viele Fensterscheiben hast du während meiner Abwesenheit angefertigt?!« fuhr er Reinhart an.
»Sofern du nichts Besseres zu tun hast, kannst du sie ja nachzählen!« gab ihm der Glasmacher schroff heraus.
»Genau das werde ich!« versetzte Ralf, wobei er den Stapel der Butzenscheiben in der Ecke neben den Öfen mißtrauisch musterte. »Mir scheint nämlich, es müßte mindestens ein Schock mehr sein!«
Wortlos wandte sich Reinhart ab, schob das Ende der Glaspfeife durch die Ofenöffnung, holte einen frischen Batzen Schmelzmasse aus dem Tiegel und formte eine weitere schillernde Kugel. Der Falkner spuckte aus, dann schritt er zu der Stelle, wo die vielen hundert runden Fensterscheiben lagen, und machte sich in der Tat daran, sie zu zählen.
Eine halbe Stunde später kamen Norbert und Alfred heim, die an diesem Tag im Urwald westlich der Glashütte einen neuen Kohlenmeiler errichtet hatten. Als sie Ralf erblickten, der nach wie vor bei den Scheibenstapeln kniete, verfinsterten sich ihre Gesichter. Dem Falkner lediglich stumm zunickend,

gingen sie zur Kochstelle, wo Waldrada mit der Zubereitung der Grütze beschäftigt war, die es zum Nachtessen geben sollte.
Bald darauf schöpfte die junge Frau den dampfenden Brei in die Holznäpfe; hungrig begannen der Glasmacher und seine Helfer zu essen, und auch Ralf setzte sich an den Tisch. Doch kaum hatte er den letzten Löffel zum Mund geführt, verschwand er wieder und fuhr mit dem Zählen der Butzenscheiben fort. Die anderen, die unterdessen ebenfalls mit dem Essen fertig waren und nun leise miteinander sprachen, schauten dann und wann verächtlich zu ihm hinüber. Auf diese Weise verstrich geraume Zeit; endlich kam der Falkner abermals ans Herdfeuer, baute sich herausfordernd vor Reinhart auf und äußerte: »Es ist so, wie ich schon vermutete! Du hast während meiner Abwesenheit das Pensum, das der Burgherr dir vorschrieb, bei weitem nicht erfüllt!«
»Willst du etwa behaupten, ich hätte auf der faulen Haut gelegen?!« erwiderte der Glasmacher wütend.
»Das wäre eine Möglichkeit ...« kam es lauernd von Ralf. »Oder aber du hast die Gelegenheit genutzt, um dich gegen das Verbot Gewolfs aufzulehnen und neuerlich Tand herzustellen!«
»In der Glashütte ist nichts Unrechtes geschehen, das können wir alle bezeugen!« beteuerte Waldrada.
Das scharfgeschnittene Gesicht des Falkners verzog sich zu einem zweifelnden Grinsen. »Mag sein ... mag jedoch auch nicht sein«, erklärte er. »Aber eines ist gewiß: Wenn ihr etwas vor mir verbergt, werde ich es herausfinden!«
»Dann viel Spaß beim Schnüffeln!« stieß Reinhart wegwerfend hervor. »Und jetzt laß uns in Frieden! Wir alle haben ein hartes Tagewerk hinter uns und legen keinen Wert darauf, uns wegen deiner Hirngespinste mit dir herumzustreiten!«
»So ist es!« knurrte Alfred, griff dabei nach seiner Axt und fuhr mit dem Daumenballen prüfend über die Schneide.
Angesichts dieser unmißverständlichen Drohung hielt Ralf es für klüger, in den Hintergrund des Raumes zu verschwinden, wo sein Bett stand. Eine Weile saß er auf dem Lager und nahm

gelegentlich einen Schluck aus der Branntweinflasche, die er aus seiner Satteltasche gezogen hatte; später suchte er noch einmal die Ecke bei den Öfen auf, wo die Fensterscheiben gestapelt waren, und drückte sich dort im Halbschatten herum.

Der Glasmacher und seine Gefährten, die mittlerweile rechtschaffen müde waren und immer öfter gähnten, achteten nicht weiter auf ihn – und so entging ihnen, daß der Falkner, dessen Gestalt zudem halb vom Streckofen verdeckt war, plötzlich stutzte, sich bückte und etwas vom Boden aufklaubte. Ebensowenig bemerkten sie Ralfs triumphierendes Feixen, nachdem dieser seinen Fund untersucht hatte: einen dünnen, zwei Zentimeter langen Strang aus rotem Glas, welcher eine gute Woche zuvor, als Reinhart sein Kunstwerk geschaffen hatte, unbemerkt von der Ofenplatte gerutscht war.

Der Falkner steckte das Fragment zu sich und schlenderte zu seiner Bettstatt. Dort sprach er erneut dem Schnaps zu und musterte zwischendurch das kleine Stück Rotglas; schließlich streckte er sich aus und schloß die Lider. Jörg, der gleich darauf am Lager Ralfs vorbei zum Schmelzofen tappte, um Brennholz nachzulegen, hatte den Eindruck, als schliefe der Falkner bereits; dasselbe dachten der Glasmacher und die anderen, die sich nun ebenfalls zur Ruhe begaben.

Ralf allerdings war keineswegs eingeschlafen; vielmehr kreisten seine Gedanken bis tief in die Nacht hinein unentwegt um die Frage, wie er Reinhart mit Hilfe des scheinbar so unbedeutenden Fundstücks einen Strick drehen konnte. Gegen Mitternacht stand ihm sein hinterhältiger Plan in allen Einzelheiten vor Augen; ein letztes Mal tastete er nach dem gläsernen Fragment in seiner Tasche und dachte mit bösartiger Genugtuung: Die Scherbe wird meinem Feind das Kreuz brechen! Sofern ich es nur schlau genug anstelle, tappt der verfluchte Glasmacher in die Falle!

Freilich dauerte es einige Tage, bis der Falkner die nötigen Vorbereitungen getroffen hatte, denn es war ihm stets nur in den frühen Nachtstunden möglich, sich unauffällig zum Quarzpocher zu verdrücken. Doch am Donnerstag nach

Ralfs Rückkehr, kurz vor der Mittagspause, kam Norbert in die Hütte gerannt und rief dem wie üblich am Schmelzofen stehenden Reinhart zu: »Das Mahlwerk des Pochers ist kaputt!«
Der Glasmacher erbleichte. Wenn der Nachschub an Quarzsand ausblieb, würde die Produktion der Butzenscheiben völlig zusammenbrechen, und zweifelsohne war dann ein neuer Tobsuchtsanfall Gewolfs zu erwarten.
»Ich komme!« erwiderte Reinhart, stellte die Glaspfeife beiseite und folgte Norbert nach draußen. Waldrada und Jörg, die ebenfalls sofort begriffen hatten, was auf dem Spiel stand, schlossen sich ihm an. Lediglich der Falkner, welcher auf seinem Bett saß und scheinbar irgend etwas an seinem Sattelzeug ausbesserte, blieb in der Hütte.
Als der Glasmacher ins eiskalte Wasser des Baches watete und beim Schaufelrad des Quarzpochers niederkniete, sah er, daß mehrere Streben zersplittert waren und sich zudem eine zerbrochene Schaufel im Steingrus auf dem Gewässergrund festgeklemmt hatte. Es wird Stunden, vielleicht sogar einen vollen Tag dauern, das zu reparieren, schoß es ihm durch den Kopf; gleich darauf beschied er die anderen, zu denen sich mittlerweile auch Alfred gesellt hatte: »Wir müssen das Rad ausbauen und es flach am Ufer lagern, nur so können wir den Schaden beheben.«
Unverzüglich machten sie sich ans Werk. Sie lösten die hölzernen Verklammerungen und Keile, mit denen das Schaufelrad an seinen Stützpfosten befestigt war, und hoben die zentnerschwere Konstruktion sodann mit vereinten Kräften herab. Anschließend schleiften sie das Rad mühsam aus dem Bachbett und legten es bei der Südwand des Pochergebäudes nieder, wo der Boden leidlich flach war.
Erst jetzt, beinahe eine Stunde nachdem Norbert die Unglücksnachricht in die Hütte gebracht hatte, war es Reinhart und seinen Helfern möglich, die Beschädigungen näher zu untersuchen – und dabei machten sie eine bestürzende Entdeckung. Die kaputten Radstreben nämlich waren ganz offensichtlich nicht unter dem Wasserdruck abgeknickt; viel-

mehr zeigten die Ränder einiger Bruchstellen scharfe, glatte Schnittspuren.
»Jemand hat die Streben mit einem Messer bearbeitet, so daß sie früher oder später splittern mußten!« stieß Jörg hervor.
»Und der einzige, der dafür in Frage kommt, ist Ralf!« versetzte der Glasmacher grimmig.
Unwillkürlich schauten alle fünf zur Hütte – und bemerkten auch dort drüben etwas Verdächtiges. Die weit offenstehende Tür pendelte langsam im Novemberwind, und schräg dahinter, bei der Pferdekoppel, schwang sich soeben ein Reiter in den Sattel seines Rosses. Es war der Falkner; nun trieb er das Tier zum Galopp an und sprengte davon.
Eine fürchterliche Ahnung beschlich Reinhart. Er rannte los, erreichte die Glashütte kurz vor den anderen und hastete zu seiner und Waldradas Schlafkammer. Als seine Gefährten Sekunden später ebenfalls in den Raum drängten, sahen sie den Glasmacher hinter dem Bett kauern. Fassungslos, ein Dielenbrett in der Hand haltend, starrte er in die schmale, leere Grube, wo er den Glasteufel verborgen hatte.
Der tückische Plan Ralfs war aufgegangen. Er hatte die Zeit, während der er allein in der sonst ständig von Reinhart überwachten Hütte gewesen war, sehr gut genutzt und das Gebäude gründlich durchsucht. Und dabei hatte er das verbotenerweise geschaffene Kunstwerk entdeckt: den Glasteufel, auf dessen Spur ihn das vom Streckofen herabgefallene Rotglasfragment geführt hatte. Jetzt war er mit seiner Beute auf und davon – und es konnte keinen Zweifel geben, wohin.

Das Tribunal

Entgeistert starrte Gewolf von Degenberg auf sein eigenes, ins Dämonische verzerrte Ebenbild, auf dem sich der flackernde Schein des Kaminfeuers widerspiegelte. Mit geballten Fäusten stand der Ritter da; seine Lippen zuckten, endlich keuchte er ein einziges Wort heraus: »Satanswerk!«
Der Falkner, welcher kurz vor Mitternacht auf der Veste eingetroffen war und den Glasteufel unverzüglich zu Gewolf gebracht hatte, pflichtete dem Burgherrn eilfertig bei: »Ihr sagt es, Herr! Reinhart, diese gottverfluchte Natter, hat sich mit dem Leibhaftigen verbündet, um das da herzustellen! Anders wäre es ihm nie im Leben möglich gewesen, etwas dermaßen Belialisches zu erschaffen!«
»Ein schwarzmagisches Machwerk, das noch dazu meine Gesichtszüge trägt!« schäumte der Ritter. »Gewiß plante der Glasmacher, das diabolische Bildnis zu beschwören, um mir auf diese Weise Schaden zuzufügen und mir womöglich gar mein Seelenheil zu rauben!« Plötzlich irrlichterte irrationale Furcht in seinen Augen. »Oder glaubst du, der Hexer könnte bereits soweit gegangen sein?!«
»Ich hoffe inständig, es ist mir gelungen, das zu verhindern!« murmelte Ralf.
Gewolf überwand seine Angst und nickte. »Ja, es war wohl göttliche Fügung, daß du das höllische Bildwerk noch rechtzeitig entdecktest.« Er bekreuzigte sich und fuhr fort: »Trotzdem müssen wir sichergehen! Wir bringen diesen ... Glasteufel auf der Stelle in die Burgkapelle! Dort soll der Priester einen Exorzismus über ihn sprechen! Auf diese Weise können die abgründigen Kräfte, die in ihm stecken, gebannt werden!«
»Das ist zweifellos der richtige Weg!« bestätigte der Falkner; lauernd setzte er hinzu: »Und was wird mit Reinhart, dem

Hexenmeister, geschehen? Ihr werdet doch unverzüglich Reisige aussenden, um ihn gefangensetzen zu lassen – oder, Herr?!«
»Darauf kannst du Gift nehmen!« knurrte der Ritter. »Aber mit einer Einkerkerung wird es beileibe nicht getan sein! Ebensowenig mit dem Henkersstrick! Den Satansknecht erwartet weit Schlimmeres, das schwöre ich bei Gott und allen Heiligen!«

***

Nachdem er den Diebstahl des Glasteufels entdeckt hatte, war Reinharts erste Regung gewesen, sein eigenes Pferd zu satteln, um Ralf nachzujagen. Doch rasch hatte sich herausgestellt, daß dies unmöglich war. Der Falkner hatte Zaum- und Sattelzeug des Wallachs unbrauchbar gemacht; eine Verfolgung wäre daher aussichtslos gewesen.
Daraufhin hatte Waldrada ihrem Geliebten geraten, augenblicklich zu fliehen: am besten ins Böhmische; sie selbst wäre bereit gewesen, ihn zu begleiten. Aber wegen der fortgeschrittenen, fast schon winterlichen Jahreszeit und der Gefahren der Wildnis hatte der Glasmacher den Vorschlag der jungen Frau abgelehnt. Genausowenig wäre er imstande gewesen, ohne sie zu flüchten; er hätte es nicht übers Herz gebracht, Waldrada und dazu Norbert, Alfred und Jörg im Stich zu lassen. Da es angesichts der Tücke des Falkners und des Jähzorns Gewolfs jedoch auch zu riskant gewesen wäre, einfach in der Glashütte auszuharren und die weitere Entwicklung der Dinge abzuwarten, hatte Reinhart nur noch eine Alternative gesehen: sich aus freien Stücken zum Degenberg zu begeben und den Ritter um Verzeihung dafür zu bitten, daß er das Verbot, ausschließlich Fensterscheiben herzustellen, übertreten hatte.
Davor aber hatten ihn wiederum die anderen gewarnt; in der Folge waren die positiven und negativen Seiten einer derartigen Flucht nach vorne stundenlang diskutiert worden – bis schließlich die Sonne gesunken war und damit ohnehin nichts

mehr unternommen werden konnte. Auch im Verlauf des Abends hatten sich der Glasmacher und seine Gefährten zu keiner Entscheidung durchzuringen vermocht; erschöpft waren sie zuletzt zu Bett gegangen. Doch nun, zwischen Mitternacht und Morgengrauen, lag Reinhart noch immer wach und zermarterte sich den Kopf. Seine Gedanken räderten; manchmal, wenn seine Furcht übermächtig wurde, beschlich ihn der Drang, aufzuspringen und wegzurennen. Dann wieder hörte er Waldrada in ihrem unruhigen Schlaf gehetzt flüstern oder unterdrückt schluchzen; jedesmal zog er sie sachte an sich heran, streichelte ihr Haar – und hatte trotz der Nähe das beklemmende Empfinden, als würde sie ihm mehr und mehr entgleiten.

Irgendwann kroch das fahle Licht der Dämmerung durch die Fenster der Hütte. Reinhart glitt vom Lager, ging leise nach draußen, wusch sich am Bach und überquerte die Aue in Richtung der Koppel, wo im dünnen Morgennebel der Wallach stand. Schnaubend kam das Tier heran; als das Pferd an seinen Händen schnoberte, spürte der Glasmacher dankbar die kreatürliche Wärme. Er tätschelte dem Wallach den Hals und dachte daran, wie das treue Tier ihn und Waldrada früher durch die Wälder getragen hatte. Auf einmal fühlte er eine Berührung an der Schulter und vernahm die Stimme der jungen Frau: »Wir könnten sofort losreiten und wären spätestens übermorgen jenseits der böhmischen Grenze!«

Für einen Moment war Reinhart versucht, Waldrada nachzugeben. Aber in der nächsten Sekunde befiel ihn erneut lähmende Unsicherheit, und so erwiderte er in der Sorge um sie beinahe schroff: »Du weißt doch, welchen Risiken wir uns damit aussetzen würden! Bestimmt liegt höher oben in den Wäldern längst Schnee, und in Anbetracht dessen kommt die Bedrohung durch hungrige Raubtiere hinzu!«

»Aber irgend etwas muß geschehen!« beharrte die junge Frau. »Ich hatte entsetzliche Träume! Man warf dich ins Burgverlies, und ich konnte dir nicht helfen ...«

Der Glasmacher zog Waldrada an seine Brust. »Träume sind Schäume, du mußt sie einfach vergessen! Und jetzt laß uns

zurück in die Hütte gehen. Vielleicht finden wir zusammen mit den anderen ja doch noch eine vernünftige Lösung.«
Diese Hoffnung Reinharts freilich bestätigte sich nicht. Der halbe Vormittag verstrich; die fünf Menschen waren außerstande, einen Entschluß zu fassen – dann plötzlich erübrigte sich alles weitere Hin und Her, denn unvermittelt erscholl draußen Hufgetrappel. Als der Glasmacher und seine Gefährten zur Tür hasteten, sahen sie ein Rudel Waffenknechte heranpreschen: Degenberger Reisige, die gleich darauf vor dem Hütteneingang von den Rössern sprangen und ihre Schwerter zogen.
Die Festnahme Reinharts erfolgte so schnell, daß dieser keinerlei Chance zur Gegenwehr hatte. Zwei der Bewaffneten hielten ihn mit ihren blanken Klingen in Schach; ein dritter riß dem Glasmacher das Messer aus dem Gürtel, zerrte seine Arme nach hinten und fesselte ihn. Gleichzeitig wurden auch Norbert, Alfred, Jörg und selbst Waldrada überwältigt und an den Händen gebunden; als Reinhart wütend gegen das brutale Vorgehen der Reisigen protestierte, brüllte deren Anführer: »Kusch, du Satansbrut, sonst bekommst du gleich hier einen Vorgeschmack auf das, was dich auf der Burg erwartet!«
Kaum hatte er diese Drohung ausgestoßen, befahl er einigen seiner Männer, die Glut in den Öfen der Glashütte zu löschen sowie die Habseligkeiten der Bewohner zu verpacken und ins Freie zu bringen. Nachdem dies geschehen war, wurden die Tür und die Fensterläden der Hütte geschlossen; anschließend holte einer der Waffenknechte den Wallach von der Koppel. Wiederum wenig später nahmen die Reisigen ihre Gefangenen zwischen die Pferde und trieben sie auf denselben Waldpfad, dem tags zuvor der fliehende Falkner gefolgt war.
Bald wurde der Marsch für Waldrada, die drei Männer und Jörg zur Tortur. Ihre Fesseln behinderten sie; häufig kamen sie ins Straucheln oder stürzten sogar. Wenn dies geschah, machten sich die Waffenknechte einen Spaß daraus, sie wieder hochzuhetzen, indem sie die Rösser in nächster Nähe kapriolen und ausschlagen ließen. Besonders auf Reinhart hatten sie

es abgesehen; einmal streifte ihn ein Huftritt und schleuderte ihn ins Unterholz. Mit zerrissener Hose und einer tiefen Schürfwunde am Oberschenkel schleppte er sich weiter; als Waldrada während der kurzen Mittagsrast den Anführer der Reisigen bat, die Blessur verbinden zu dürfen, verwehrte der vierschrötige Waffenknecht es ihr mit zynischen Worten.
Am frühen Nachmittag zogen tiefhängende Wolken heran, aus denen abwechselnd eisige Regengüsse und Graupelschauer niedergingen; rasch wurde der ohnehin schwer begehbare Weg durch den urweltlichen Forst grundlos. Im Verlauf der folgenden Stunden kämpften sich die Gefangenen mühsam über die westlichen Ausläufer des Hirschenstein; in der Abenddämmerung passierten sie den Grandsberg mit der Weißachquelle. Bei Einbruch der Nacht begann es zu schneien; naß und schwer fielen die Flocken, und der Matsch machte den Pfad, der sich nun meilenweit am Ufer der Weißach entlangschlängelte, noch schlüpfriger. Wären Reinhart und seine Gefährten nicht gefesselt gewesen, hätten sie im Schutz des Schneetreibens und der Dunkelheit möglicherweise zu flüchten vermocht; so aber benötigten sie ihre letzten Kräfte, um mit den hart vor und hinter ihnen reitenden Reisigen Schritt zu halten.
Endlich, die Mitternacht war jetzt bereits nahe, erklommen die Rösser und die vor Erschöpfung taumelnden Gefangenen den Weg, der zur Degenberger Veste emporführte. Oben, beim Burggraben, rief der Anführer der Waffenknechte mit rauher Stimme ein Losungswort; gleich darauf rasselte die Zugbrücke hernieder. Die Reisigen trieben den Glasmacher und die anderen durch den Torschlund; als sich die Gefangenen in den äußeren Festungshof schleppten, kamen Knechte und Mägde mit Fackeln aus den Gebäuden gerannt. Die Burgleute, deren Gesichter teils feindselig, teils mitleidig wirkten, gaben dem Zug das Geleit in den inneren Hof.
Im selben Moment, in dem die Schar den Bergfried erreichte, erschien unter dem Portal des Palas, dessen Fenster erleuchtet waren, der Ritter. Direkt hinter Gewolf kamen der Burgpriester, der Vogt und Ralf ins Freie. Schweigend beobachteten

die vier Männer, wie die Gefangenen, denen man zu diesem Zweck die Fesseln abgenommen hatte, gezwungen wurden, die schmale Holztreppe zur hoch über der Erde liegenden Zugangspforte des Turmes hinaufzuklettern. Im Inneren des Bergfrieds wurden Waldrada, Norbert, Alfred und Jörg in ein Gewölbe gleich neben dem Eingang gesperrt. Reinhart hingegen mußte ins unterste Stockwerk hinabsteigen, wo sich das Verlies befand; dort stießen die Waffenknechte, welche ihn eskortierten, den Glasmacher über die Kerkerschwelle und verriegelten die niedrige, mit Eisenbändern beschlagene Tür.

***

Unmittelbar nach Tagesanbruch waren die Schandpfähle vor der Burgkapelle aufgestellt worden; den ganzen Morgen über hatten die vorbeikommenden Knechte und Mägde scheue Blicke auf die blutroten Pfosten mit den daran befestigten Ketten geworfen. Nun, in der Vormittagsmitte, näherte sich der Ritter dem Sakralbau, wechselte einige Worte mit dem Priester und Ralf, die unter der Pforte standen, und gab dann dem Vogt, welcher drüben beim Bergfried wartete, das Zeichen, die Delinquenten aus dem Turm holen zu lassen.
Wenig später wurden Jörg, Alfred, Norbert und Waldrada vom Burgvogt, dem Kerkerbüttel sowie etlichen Reisigen zur Kapelle gebracht. Als der Scherge ihr unter den Augen der rasch zusammengelaufenen Burgleute das Gewand vom Oberkörper riß, schrie die junge Frau auf; der Büttel lachte höhnisch und fesselte Waldrada an einen der Pfähle. Gleich darauf erlitten die beiden Männer und Jörg dasselbe Schicksal; ungeachtet des seit der Nacht anhaltenden Schneefalles wurden auch sie halbnackt und mit hochgereckten Armen festgekettet.
Nachdem der Scherge sich noch einmal vergewissert hatte, daß die eisernen Fesseln straff genug saßen, blickte er zu Gewolf hinüber. Der Ritter nickte; daraufhin zog der Büttel eine schwere Lederpeitsche mit geflochtenen Riemen aus dem

Gürtel, trat zwei Schritte zurück und holte aus. Mit einem scharfen Geräusch schnitten die Peitschenstränge ins Fleisch Norberts; zunächst ertrug der Delinquent die Schmerzen keuchend, schon nach dem vierten Schlag jedoch brüllte er seine Pein heraus – und sein qualvolles Schreien wurde immer grauenhafter, bis der Scherge den vierundzwanzigsten und letzten Hieb angebracht hatte.
Blutüberströmt und einer Ohnmacht nahe hing Norbert jetzt in den Ketten; nicht anders erging es nach ihm Alfred und Jörg – am Ende peitschte der Büttel Waldrada aus. Fast wahnsinnig vor Angst, hatte sie die gräßliche Tortur ihrer Gefährten mit ansehen müssen; nun zerfleischte die Knute auch ihren Rücken. In schneller Folge fielen die brutalen Schläge; erst als die junge Frau nach dem achtzehnten die Besinnung verlor, gebot Gewolf dem Schergen Einhalt.
Sichtlich widerwillig gehorchte der Büttel; er steckte die Peitsche weg und ging zum Ziehbrunnen, um einen Eimer Wasser hochzuhieven. Mit einem einzigen Schwung goß er den Inhalt des Kübels über Waldradas Kopf und Schultern; sich jäh aufbäumend, kam die junge Frau wieder zu sich. Aus ihrer Kehle drangen zutiefst verstörte Laute: ein Wimmern wie von einem hilflosen Tier, das anhielt, während der Scherge Waldradas Fesseln löste, sie zum Kapellenportal zerrte und die junge Frau dort zu Boden stieß. Anschließend befreite der Büttel die beiden Männer und den Burschen von ihren Ketten und zwang sie ebenso wie Waldrada, sich vor dem Ritter und dem neben ihm stehenden Priester auf die Erde zu knien.
Voller Verachtung musterte Gewolf die vier vor Schmerz und Kälte zitternden Menschen, deren Körper mit Blut und Erbrochenem besudelt waren. Dann spuckte er aus, deutete auf das silberne Kruzifix, welches der Kleriker in den Händen hielt, und herrschte seine Opfer an: »Dankt dem Gekreuzigten, daß ich euch nicht hinrichten, sondern nur stäupen ließ! Denn verdient hättet ihr den Galgen, ihr verworfenes Lumpenpack, das mit dem vom Teufel besessenen Glasmacher unter einer Decke steckte! Seid also heilfroh, weil ihr so

glimpflich davonkommt, und jetzt, nachdem ihr die Knute geschmeckt habt, lediglich mit Schimpf und Schande aus der Burg gejagt werdet!« Damit versetzte der Ritter Norbert, der ihm am nächsten war, einen Fußtritt; sodann brüllte er: »Fort mit euch, ihr Schlangenbrut! Verschwindet auf die Lehenshöfe, von denen ihr stammt – und falls sich einer von euch bloß noch das Geringste zuschulden kommen läßt, hält er Hochzeit mit des Seilers Tochter! Das schwöre ich, so wahr ich Gewolf von Degenberg bin!«

Kaum hatte der Ritter geendet, sprang der Falkner vor, packte Waldrada, ohrfeigte sie und schleppte die junge Frau in Richtung des Torbaues. Ähnlich verfuhren der Scherge, die Reisigen sowie mehrere mißgünstige Angehörige des Gesindes mit Alfred, Jörg und Norbert; auch sie wurden unter Schlägen über den inneren Hof und weiter zum äußeren Tor getrieben. Zuletzt jagte man die vier Delinquenten über die Zugbrücke und auf den mit Schneematsch bedeckten Pfad, welcher den Festungshügel hinabführte. Taumelnd und nach wie vor halbnackt verschwanden Waldrada und ihre Leidensgenossen unter den Bäumen, aber selbst dort noch gellten ihnen die von der Torbastion kommenden Hohn- und Schmährufe in den Ohren.

Der scharfe Schall der Peitschenhiebe und danach das Gebrüll Gewolfs sowie der außer Rand und Band geratenen Burgleute waren durch den Luftschacht bis in Reinharts Verlies gedrungen. Nun, da der Lärm sich weitgehend gelegt hatte und nur gelegentlich noch gedämpftes Grölen aus der Ferne zu vernehmen war, trat der Glasmacher von der Quadermauer zurück. Der fahle Lichtschein, welcher durch die handbreite Öffnung unter der Gewölbedecke in den Kerker fiel, wies ihm den Weg zur Strohschütte; Reinhart kauerte sich nieder, starrte mit brennenden Augen ins Halbdunkel und kämpfte gegen die abgrundtiefe Verzweiflung an, die ihn zu überwältigen drohte.

Er ahnte, was man Waldrada und den anderen auf Befehl des Ritters angetan hatte, und empfand unsägliches Mitleid mit ihnen; ohnmächtige seelische Pein, die zunehmend in wilden

Haß auf Ralf und den Burgherrn umschlug. »Der tückische Ränkeschmied und die satanische Bestie haben mir alles geraubt!« keuchte er auf dem Höhepunkt seiner hilflosen Qual heraus. »Meine Geliebte! Meine Freunde! Die Glashütte! Und dazu ...« Ein rauhes Schluchzen würgte ihn. »Und dazu den Traum, Künstler sein zu dürfen!«
Reinhart sprang auf, rannte zur Tür und hämmerte mit den Fäusten dagegen. Dumpf hallten die Schläge im Verlies wider, das Dröhnen steigerte sich zum donnernden Crescendo – plötzlich wurde die Pforte nach innen aufgestoßen. Die Türkante prallte gegen die Schulter des Glasmachers, so daß er taumelte; unmittelbar darauf schleuderte ihn ein Fausthieb zu Boden. Abermals eine Sekunde später kniete der Kerkerbüttel, welcher den Schlag geführt hatte, über Reinhart. Ein drohendes »Kusch!« ausstoßend, setzte er ihm die Spitze seines Kurzschwerts an die Kehle; während der Glasmacher in Todesangst den Atem anhielt, schritt Gewolf ins Verlies.
Der Ritter hielt eine Fackel in der Hand; einen Moment weidete er sich an der Erniedrigung Reinharts, dann befahl er dem Schergen: »Laß den Hundsfott los! Ich glaube, er hat begriffen, was ihm blüht, wenn er aufmuckt!«
Der Büttel gehorchte; schwankend kam der Glasmacher, von dessen Hals ein dünner Blutfaden rieselte, auf die Beine. Kaum stand er, ließ Gewolf wie von ungefähr die Pechkerze vorschnellen; unwillkürlich wich Reinhart einen Schritt zurück. Der Ritter wiederholte das sadistische Spiel ein zweites, drittes und viertes Mal; ganz so, als hätte er ein wildes Tier vor sich, trieb er den Glasmacher auf diese Weise bis an die hintere Kerkermauer. Erst als Reinhart mit dem Rücken zur Wand stand, hielt Gewolf inne, musterte den Gefangenen erneut mit bösartigem Grinsen und äußerte schließlich hämisch: »Wieso hast du denn Angst vor dem Feuer? Wo du doch mit den höllischen Mächten im Bunde bist!«
»Ihr wißt genau, daß das nicht stimmt!« stieß der Glasmacher hervor. »Und sollte der Falkner es behauptet haben, so ...«
»Hüte dich, Ralf anzuschuldigen!« unterbrach ihn der Ritter. »Der hat mir im Gegensatz zu dir treu gedient, als er den

dämonischen Schädel auf die Burg brachte! Den Teufelsschädel, welchen du gottverdammter Schwarzmagier unter Anleitung des Leibhaftigen geschaffen hast!«
»Ich bin kein Schwarzmagier!« verteidigte sich Reinhart. »Bei dem gläsernen Kopf handelt es sich um eine harmlose Plastik! Allerdings gebe ich zu, daß ihr Anblick Euch beleidigen mußte, Herr, und dafür bitte ich ...«
»Schweig!« fiel ihm Gewolf neuerlich ins Wort. »Du versuchst dich herauszuwinden, doch das wird dir nicht gelingen! Du wirst deine verdiente Strafe bekommen, darauf kannst du Gift nehmen! Der Glasteufel, mit dessen Hilfe du mir mein Seelenheil rauben wolltest, wird dir das Kreuz brechen! Du kommst nicht so glimpflich davon wie deine Hure und deine Spießgesellen, die ich heute stäupen und mit Schanden aus der Veste jagen ließ! Du wirst siebenmal so schwer wie sie büßen, das schwöre ich dir!«
»Ihr wollt mich ...« Reinharts Stimme versagte, mühsam setzte er neu an. »Ihr wollt mich ... hinrichten lassen?!«
Der Ritter antwortete nicht sofort; vielmehr genoß er die Todesangst, die sich auf dem Antlitz des Glasmachers malte. Endlich erwiderte er: »Ja – ich könnte dich ganz einfach dem Scharfrichter übergeben! Könnte dich am Galgen zappeln lassen wie einen gemeinen Räuber oder Mörder! Aber das wäre zu gnädig für dich! Denn dein Verbrechen wiegt unendlich schwerer als das irgendeines gewöhnlichen Halunken! Du hast nicht nur mich, sondern obendrein Gott herausgefordert – deshalb wirst du von göttlicher und weltlicher Gewalt gleichermaßen gerichtet werden! Und was das bedeutet, magst du dir ausmalen, während du hier im Verlies schmachtest und darauf wartest, daß der Tag anbricht, an dem du deine verdiente Strafe bekommst!«
Reinharts Gedanken rasten, grauenhafte Vorstellungen durchzuckten sein Gehirn; in Panik rief er aus: »Die Glashütte! Denkt an die Glashütte, Herr! Ohne mich könntet Ihr sie unmöglich weiterbetreiben! Ihr würdet die hohen Profite verlieren, die Ihr bisher aus ihr gezogen habt! Ihr würdet Euch selbst immensen Schaden zufügen, falls Ihr ...«

Unvermittelt und mit roher Gewalt schlug Gewolf zu. Der brutale Hieb mit der funkensprühenden Fackel ließ Reinhart zu Füßen des Ritters zusammenbrechen; damit nicht genug, setzte Gewolf dem Glasmacher den Stiefel in den Nacken und schrie ihn an: »Den Schaden, von dem du faselst, habe ich längst! Denn dank deines Teufelspaktes ist die Hütte für alle Zeiten verflucht! Das Satanische ist in die Wände und unters Gebälk gekrochen; jeder, der sich dort noch aufhalten wollte, liefe Gefahr, seine Seele an den Leibhaftigen zu verlieren! So hat's der Priester mir erklärt, das ist die verdammte Wahrheit! Es bleibt mir nichts anderes übrig, als die Glashütte verfallen zu lassen, und du mit deinen dämonischen Machenschaften trägst die Schuld daran, daß es soweit kam!«
Ein Fußtritt des Ritters schleuderte Reinhart gegen den Mauersockel, sein Hinterkopf prallte hart an einen der Quadersteine. Halb betäubt bekam der Glasmacher mit, wie Gewolf und der Scherge den Kerker verließen; als die Pforte zugeschlagen und draußen der Riegel vorgestoßen wurde, hatte Reinhart das Empfinden, in einen bodenlosen Abgrund zu stürzen.

***

Manchmal in dumpfer Apathie, manchmal in ohnmächtigem Aufbegehren gegen sein Schicksal verbrachte der Glasmacher die folgenden Tage und Nächte; qualvoll lange Zeitspannen, die sich einzig durch das Vorhandensein oder Fehlen des durch den Luftschacht fallenden fahlen Lichtstrahls unterschieden. Jeden Morgen erschien zudem der Büttel, um dem von seinen schrecklichen Ängsten gepeinigten Gefangenen einen Krug Wasser sowie einen Kanten Brot zu bringen. So verstrich eine volle Woche, danach eine zweite und dritte; kurz vor der Dezembermitte dann kam die Stunde, da der Scherge und mehrere Reisige den Glasmacher aus dem Verlies holten, um ihn seinen Richtern vorzuführen.
Die Bewaffneten schleppten Reinhart, welcher nach der fast einmonatigen Kerkerhaft nur noch ein Schatten seiner selbst

war, über den Festungshof zur Kapelle. Die Burgleute, die sich auch heute wieder zusammengerottet hatten, starrten feindselig auf den Glasmacher in seinen besudelten und teilweise zerrissenen Kleidern. Unmittelbar bevor Reinhart und seine Bewacher das Portal des Sakralbaues erreichten, warf ein Roßknecht einen Batzen Kot. Mit schmatzendem Geräusch zerplatzte der stinkende Klumpen auf dem Rücken des zusammenzuckenden Glasmachers; gleich darauf stieß der Büttel Reinhart über die Schwelle der Kapellentür.

Fackeln tauchten den Chor des romanischen Kirchenraumes in rötliches Licht; vor dem Altar, dessen Bildtafel eine Kreuzigungsszene zeigte, hatte man eine mit schwarzem Tuch verhangene Balustrade errichtet. Hinter dieser Brüstung thronten drei Männer: Gewolf von Degenberg in der Mitte, links von ihm der Burgpriester und zur Rechten des Ritters ein weiterer Kleriker, welcher das Ordensgewand eines Benediktiners trug.

Als er den Mönch erblickte, erschrak der Glasmacher bis ins Mark – denn er kannte diesen Mann mit den hageren, vom religiösen Wahn gezeichneten Gesichtszügen. Es war jener adlige Tegernseer Chorherr, welcher sich schon einmal als gefährlicher Feind Reinharts erwiesen hatte: damals, vor eineinhalb Jahren, als der Glasmacher im Kapitelsaal des Klosters Tegernsee vor dem Tribunal gestanden hatte. Aufgrund der tückischen Fangfragen und fanatischen Anschuldigungen dieses Mönches war Reinhart an jenem fürchterlichen Tag ins Verlies geworfen worden; in den Kerker der Abtei, aus dem ihm in der darauffolgenden Nacht dank der Hilfe des Altgesellen Gunther die Flucht gelungen war. Doch jetzt, der Glasmacher zweifelte keine Sekunde daran, hatte ihn seine Vergangenheit in Gestalt des Chorherrn eingeholt; es konnte kein Zufall sein, daß der Mönch dort vorne neben dem Burgherrn saß.

Schritt für Schritt, vom Schergen und den nachfolgenden Waffenknechten begleitet, näherte sich Reinhart der Balustrade. Drei Meter vor der Brüstung blieb er auf einen gezischelten Befehl des Büttels hin stehen, die Reisigen nahmen in

einer Reihe hinter ihm und dem Schergen Aufstellung. Im nächsten Moment wandte sich der Tegernseer Kleriker, welcher den Glasmacher die ganze Zeit über haßerfüllt fixiert hatte, Gewolf zu und erklärte: »Es ist in der Tat so, wie wir vermuteten! Dieser Mann, ein Gottesfeind sondergleichen, trieb sein teuflisches Unwesen nicht bloß hier in Eurer Herrschaft, sondern machte sich schon früher, als er noch in der Glashütte meines Klosters arbeitete, der Buhlschaft mit einer Hexe und anderer todeswürdiger Verbrechen gegen die christliche Religion schuldig!«
Die muskulösen Kinnbacken des Ritters mahlten, dann fuhr er Reinhart an: »Du hast gehört, welche Vorwürfe gegen dich erhoben werden! Äußere dich dazu!«
»Nichts von dem, was man mir unterstellt, trifft zu!« begann der Glasmacher. »Die Wahrheit ist vielmehr ...«
»Willst du mich etwa der Lüge bezichtigen?!« unterbrach ihn der Mönch.
»Oder leugnen, daß du bereits in der Tegernseer Abtei angeklagt und eingekerkert wurdest?!« schnappte Gewolf. »Aber damit kommst du nicht durch! Der Chorherr hier an meiner Seite hat dich eindeutig identifiziert – und falls du wissen möchtest, wie es mir gelang, auch deine früheren Schandtaten aufzudecken, so kannst du das gerne erfahren.«
Der Ritter besann sich kurz, ehe er weiterredete: »Schon am Tag nach deiner Festnahme sagte ich dir, du würdest angesichts der Schwere deines Verbrechens von göttlicher und weltlicher Gewalt gleichermaßen gerichtet werden. Und dies waren beileibe keine leeren Worte. Bereits wenige Stunden später ritt ich nämlich nach Straubing, um mich dort mit dem herzoglichen Vizedom sowie dessen Beichtiger, einem in der Ketzerjagd sehr erfahrenen Priester, hinsichtlich des weiteren Vorgehens gegen dich zu besprechen. In der Herzogsburg jedoch weilte zudem, was gewiß eine Fügung Gottes war, ein Mönch aus dem Kloster Benediktbeuern, welcher ebenfalls an der Unterredung teilnahm. Kaum hatte dieser heilige Mann von dem satanischen Treiben in meiner Glashütte erfahren, berichtete er seinerseits von den teuflischen Geschehnissen in

der Tegernseer Hütte, von denen man vor eineinhalb Jahren auch in seiner, nur einen Tagesritt entfernten Abtei gehört hatte. Der Mönch wußte ferner, daß jener Glasmacher damals aus dem Klosterverlies entkommen war und auf seiner Flucht nach Norden zwei ihn verfolgende Abteiknechte verwundet hatte. Damit war es leicht, eins und eins zusammenzuzählen; es konnte überhaupt keinen Zweifel mehr geben, wen ich letztes Jahr im Frühsommer in meine Dienste genommen hatte!«
»Und aufgrund dieser Erkenntnis wurde in Straubing beschlossen, unverzüglich einen Boten zum Kloster Tegernsee zu senden!« mischte sich nunmehr der Chorherr ein. Er faßte Reinhart scharf ins Auge und fuhr fort: »Dieser Kurier des Vizedoms trug eine genaue Beschreibung von dir bei sich, und nachdem der Abt, ich sowie andere Mönche dieses Schriftstück gelesen und von deinen diabolischen Untaten auf Degenberger Herrschaftsgebiet erfahren hatten, wurde auch uns klar, daß es sich bei dem Glasmacher, der zuerst am Tegernsee und später hier im Nordwald sein Unwesen getrieben hatte, um ein und dieselbe Person handeln mußte. Aus diesem Grund beauftragte man mich, zur hiesigen Veste zu reisen; hier auf der Burg bereitete ich während der vergangenen Woche zusammen mit Gewolf von Degenberg und seinem Priester die Anklage gegen dich vor – daher stehst du jetzt, ganz wie der Ritter eben ausführte, weltlichen und kirchlichen Richtern zugleich gegenüber!«
Der Glasmacher schien in einem jähen Schwächeanfall zu schwanken. Mitleidlos musterten ihn die drei Männer hinter der Balustrade, dann nahm erneut Gewolf das Wort: »Und nun wird dieses Tribunal seine Pflicht tun! Wir werden dir jede einzelne deiner Schandtaten unnachsichtig vor Augen führen, und am Ende wirst du deine verdiente Strafe erleiden! – Jetzt vernimm, welcher Verbrechen wir dich bezichtigen!«
Daraufhin entrollte der Burgpriester einen Pergamentbogen und begann, die Anklageschrift zu verlesen. Zunächst sah sich Reinhart noch einmal denselben hanebüchenen Beschuldi-

gungen ausgesetzt, die man bereits im Spätfrühling des Jahres 1301 im Tegernseer Kloster gegen ihn erhoben hatte. Neuerlich mußte er sich den Vorwurf anhören, seine damalige Geliebte Iskara sei eine Besenreiterin und ein Galsterweib gewesen; eine, die es darauf abgesehen hätte, ihr belialisches Gift ins Abteiland zu speien. Vom Satan verblendet, sei ihr der Glasmacher auf den Leim gegangen; die Hexe habe ihn dazu verführt, dem Leibhaftigen seine Seele zu verpfänden, und mit Unterstützung des Bösen sei es ihm gelungen, teuflisches Natterngezücht in Form blutroter Spiralen in die von ihm angefertigten Glasscheiben zu bannen: dämonische Höllenbrut, welche die Bevölkerung des Tegernseer Tales bedroht habe – bis die Mönche nach Reinharts wiederum mit Hilfe Satans erfolgter Flucht die diabolischen Gläser vernichtet hätten.
»Nur so konnte grauenhaftes Unheil verhindert werden!« warf der Chorherr ein, nachdem der Degenberger Priester mit dem ersten Teil seines unsäglichen Sermons zu Ende gekommen war. Gewolf nickte grimmig dazu, sodann forderte er den Kleriker zu seiner Linken auf: »Lies weiter! Halte dem Hundsfott nun das gotteslästerliche Crimen vor, dessen er sich auf meinem Territorium schuldig gemacht hat!«
Die anschließenden Ausführungen des Priesters waren nicht weniger wahnhaft als die vorangegangenen; mit leichenblassem Gesicht ließ Reinhart das Ungeheuerliche über sich ergehen. Angeblich, so vernahm er, hatte sein Pakt mit dem Höllenfürsten es ihm nach seiner Ankunft auf Degenberger Gebiet ermöglicht, die bis dahin unbescholtene und jungfräuliche Magd Waldrada zur Todsünde zu verführen. Diese habe ihn daraufhin, obzwar mehr oder weniger unwissentlich, in seinem Bestreben unterstützt, den Ritter über seine wahre Natur zu täuschen; so habe er den Burgherrn dazu bringen können, ihm die Errichtung einer Glashütte tief in der Wildnis zu gestatten. Dort, einen vollen Tagesmarsch von der Veste entfernt, hätte er, Reinhart, die ideale Stätte gefunden, um seine schwarzmagischen Afterkünste auszuüben. Die Magd Waldrada, welche ihm ohnehin schon verfallen gewesen

sei, sowie die Knechte Norbert, Alfred und Jörg, die er bald ebenfalls in seinen finsteren Bann geschlagen habe, hätten ihm dabei Hilfsdienste geleistet – freilich sei dies in Unkenntnis des wahren Ausmaßes seiner Bösartigkeit geschehen, weshalb es später auch genügt habe, sie auszustäupen und in christlicher Barmherzigkeit dafür zu sorgen, daß sie ihre Übeltaten durch harte Arbeit auf den Fronhöfen, von denen sie stammten, sühnen könnten.
Dem Glasmacher hingegen, so hieß es weiter in der Anklageschrift, dürfe keinerlei Nachsicht gewährt werden, denn dieser hätte in der abgelegenen Waldhütte alles darangesetzt, dem Degenberger Ritter zu schaden. Beispielsweise habe er um die Osterzeit des gegenwärtigen Jahres 1302 statt der Fensterscheiben, zu deren Produktion in möglichst großen Mengen er verpflichtet gewesen sei, eine rußige, braunschwarze Masse angefertigt, mit der vermutlich grauenhafte alchimistische Experimente durchgeführt werden sollten; gerade noch rechtzeitig habe der Burgherr, welcher die Glashütte zu jener Zeit überraschend inspizierte, das Schlimmste zu verhüten vermocht. Der Übeltäter sei aufs strengste verwarnt worden, trotzdem habe er sich offenbar weiterhin seinen luziferischen Machenschaften hingegeben; erst als der Falkner Ralf zu seiner Bewachung abgestellt worden sei, habe er seinem belialischen Trieb notgedrungen Zügel anlegen müssen. Ende Oktober allerdings sei der Falkner, weil sein Herr ihn bei der Herbstjagd benötigte, vorübergehend abberufen worden, und sofort habe der Glasmacher ein neues und diesmal sein gotteslästerlichstes Verbrechen begangen. Wahrscheinlich in einer jener Novembernächte, in denen die Wilde Jagd über die Wipfel der Urwaldbäume fege, sei der dämonische Schädel mit den Zügen Gewolfs von Degenberg entstanden, welchen Ralf nach seiner Rückkehr von der Jagd an einem geheimen Platz in der Hütte entdeckt und unverzüglich zur Veste gebracht habe.
»Hätte der Falkner damals nicht so entschlossen gehandelt, wäre dir dein teuflischer Anschlag auf mein Seelenheil am Ende noch geglückt!« schrie der Ritter Reinhart an. »Nur der

Treue Ralfs verdanke ich es, daß du dein satanisches Werk nicht vollenden und mich mit Hilfe des mit höllischen Kräften vollgesogenen gläsernen Kopfes verzaubern konntest!«
Angesichts dieses zutiefst irrationalen Vorwurfes brach es aus dem Glasmacher heraus: »Ihr habt Euch in finstersten Aberglauben verrannt! Der Schädel stellte zu keinem Zeitpunkt irgendeine Bedrohung für Euch dar, das schwöre ich bei meinem eigenen Seelenheil!«
Ehe Gewolf etwas zu erwidern vermochte, herrschte der Burgpriester Reinhart an: »Der Leibhaftige veranlaßte dich zu dem Meineid, den du soeben aussprachst! Denn hier«, der Kleriker schlug mit der Faust auf das Pergament, »steht schwarz auf weiß geschrieben, was geschah, als ich den dämonischen Kopf in der Kapelle exorzierte! Das Böse nämlich, das du mit der Materie des Schädels verbunden hattest, wollte aufgrund seiner immensen Macht sehr lange nicht weichen, obwohl ich die stärksten Bannsprüche anwendete. Im Schweiße meines Angesichts rang ich, ununterbrochen laut betend, an die drei Stunden mit dem Abgründigen und konnte es trotzdem nicht vertreiben – bis es mir zuletzt doch gelang. Im selben Moment aber, da ich mit dem Beistand Gottes siegte, fuhr das Satanische mit derartiger Gewalt aus, daß mich jähe Atemnot und Schwindel befielen und ich, wie von einem unsichtbaren Hieb getroffen, ohnmächtig zusammenbrach. Und dies können sowohl der Burgherr als auch der Falkner, welche bei mir waren, bezeugen!«
»Einzig durch diese Opfertat meines geistlichen Bruders wurde der Dämon, welcher in dem Teufelskopf saß, verjagt!« bekräftigte der Chorherr. In fanatischem Tonfall hatte er den Satz hervorgestoßen; jetzt, während sein Zeigefinger anklagend in Richtung Reinharts stach, setzte er hinzu: »Und wer sonst als du, der den Schädel schuf, sollte das diabolische Wesen durch verbotene Schwarzmagie ins Glas gehext haben?! Ganz ähnlich wie einst in der Tegernseer Hütte, als du das verderbliche blutrote Natterngezücht auf der Oberfläche der Glasscheiben Gestalt annehmen ließest, bist du dabei vorgegangen! Damit ist deine Schuld sonnenklar erwie-

sen, auch wenn du sie in deiner bodenlosen Verstocktheit zu leugnen versuchst!«
Erneut öffnete Reinhart den Mund, um sich zu verteidigen, doch der Ritter verwehrte es ihm durch eine schroffe Geste und pflichtete dem Mönch bei: »Der Hundsfott streitet es ab, weil ihn Luzifer, dem er seine Seele verschrieben hat, dazu zwingt! Aber der verdienten Strafe wird er sich so gewiß nicht entziehen können! Im Gegenteil häuft er gerade durch sein Verhalten immer mehr glühende Kohlen auf sein Haupt, so daß mich alles dazu drängt, den Stab auf der Stelle über ihn zu brechen!«
»Das hätte der Gottesfeind fraglos verdient!« bekräftigte der Chorherr.
Der Burgpriester jedoch wandte ein: »Wollten wir ihn nicht zuvor noch mit dem eigentlichen Corpus delicti konfrontieren?«
»Richtig!« stimmte Gewolf zu; dann schaute er zu der einen Spalt weit offenstehenden Sakristeipforte seitlich des Altars hinüber und rief den Namen des Falkners.
Sofort trat Ralf in den Chorraum. In den Händen hielt er einen Gegenstand, der mit schwarzem Stoff verhüllt war und den er nun vor dem Ritter auf die Balustrade stellte. Langsam, während der Falkner wieder ein paar Schritte in den Hintergrund zurückwich, zog Gewolf das Tuch weg – der Fackelschein fiel auf den Glasteufel und lockte zuckende, irrlichternde Reflexe aus dem Bildwerk.
Von dort, wo die Reisigen und der Büttel standen, war erregtes Flüstern zu vernehmen. Der Ritter brachte die Männer durch eine Handbewegung zum Schweigen; mit dem nächsten Lidschlag faßte er Reinhart scharf ins Auge und hielt ihm vor: »Hier hast du den schlagendsten und unumstößlichsten Beweis für den Satanspakt, den du eingingst! Denn dieses Bildnis hätte nie von Menschenhand allein gefertigt werden können! Einzig mit des Teufels Hilfe vermochtest du es zu erschaffen, und damit du die Unterstützung des Höllenfürsten bekamst, hast du ihm deine Seele verschrieben!«
»Nein!« keuchte Reinhart. »Es ist nichts Böses an der Plastik!

Jeder begabte Glasmacher könnte, sofern er nur hart genug an sich arbeiten würde, ein Bildwerk dieser Art herstellen! Nichts weiter als handwerkliche Meisterschaft ist dazu nötig, und ich erwarb mir diese besondere Geschicklichkeit in den vielen Jahren, die ich am Schmelzofen stand!«
»Schon wieder lästerst du Gott durch deine Lügen!« fuhr der Mönch auf ihn los. »Wenn es so wäre, wie du behauptest, müßten auch anderswo gläserne Abbildungen von Menschen oder Tieren existieren! Aber nie zuvor sah man ein vergleichbares Stück! Alle Glasmacher außer dir achten die Schranken, welche der Allmächtige ihnen setzte! Sie formen Fensterscheiben und ansonsten höchstens einmal einen schlichten Pokal, eine Schale oder Paternosterperlen! Doch keiner war je imstande, so etwas wie diesen Schädel anzufertigen!«
»Und ebensowenig gab es jemals solch dunkles Glas, in dessen verborgener Tiefe höllische Rotglut lauert!« stieß Gewolf ins selbe Horn.
»Von den blasphemischen Figuren und luziferischen Zauberzeichen, welche den Schädel außen überziehen, gar nicht zu reden!« kam es vom Burgpriester. »Obwohl ich den Kopf unter Einsatz der mächtigsten theologischen Waffen exorzierte, besitzt er selbst jetzt noch eine zutiefst gotteslästerliche Ausstrahlung!«
»Die absolute Aura des Bösen!« fauchte der Chorherr. »Und das, zusammen mit den übrigen unumstößlichen Indizien, beweist, daß dieses abgründige Bildnis mit satanischem Beistand geschaffen wurde!« Er schoß einen haßerfüllten Blick auf Reinhart. »Die Strafe aber, welche auf einen derartigen Pakt mit dem Höllenfürsten steht, ist der Tod!«
Mit diesen Worten griff der Mönch nach einem dünnen, angerußten Holzstock, der vor ihm auf der Balustrade lag, hob ihn hoch, zerknickte ihn und schloß: »Als Vertreter der Heiligen Mutter Kirche habe ich den Stab über den Angeklagten gebrochen! Der Verworfene soll seine glaubensfeindlichen Untaten auf dem Rabenstein büßen!«
»Ihr ermordet einen Unschuldigen!« stieß der Glasmacher verzweifelt hervor. »Mein einziges Verbrechen besteht darin,

daß ich das künstlerische Talent auszuformen versuchte, das Gott selbst in mich einpflanzte!«
»Kusch!« brüllte ihn der Ritter an; fast im selben Moment traf ein brutaler Faustschlag des Büttels Reinharts Mund und ließ seine Lippen aufplatzen.
Gleich darauf knickte auch Gewolf den schwarzen Stock, den er bereits in der Hand gehalten hatte, und verkündete: »Ich bestätige den Spruch der kirchlichen Gewalt und verurteile den Beklagten in meiner Eigenschaft als dessen weltlicher Herr ebenfalls zum Tod! Das Urteil wird heute in drei Tagen vollstreckt werden – und zwar so, wie die Heilige Mutter Kirche es in einem solch besonders schwerwiegenden Fall vorschreibt!«

***

Der Rabenstein erhob sich ein Stück nordöstlich der Degenberger Veste über einem Nebenarm der Weißach nahe des Weilers Hinterdegenberg. Die Ginsterbüsche, die da und dort am Sockel des wuchtigen Granitklotzes wuchsen, waren an diesem Vormittag des 16. Dezember 1302 mit Rauhreif überkrustet; ganz oben auf dem schräg ansteigenden Felsen ragte ein Galgen empor. Doch nicht dort sollte der Glasmacher sterben; vielmehr hatten der Kerkerscherge und einige Burgknechte den Scheiterhaufen tags zuvor auf einem flachen, ungefähr fünf Meter breiten Felsausläufer am Fuß des Rabensteins errichtet.
An die hundert Menschen drängten sich hier: vor allem Bauern, welche mit ihren Frauen und teils sogar den Kindern von den umliegenden Dörfern und Einödhöfen gekommen waren; dazu ein halbes Dutzend Landstreicher, die auf ihren Bettelzügen durch das Degenberger Herrschaftsgebiet von der bevorstehenden Exekution erfahren hatten und nun sehen wollten, wie jemand, der noch ärmer dran war als sie selbst, gewaltsam vom Leben zum Tod gebracht wurde. Einer der Vagabunden besaß eine zweisaitige Fidel; abwechselnd musizierend und Zoten reißend unterhielt er die Umstehenden –

bis plötzlich Unruhe in der Menge entstand und die Schaulustigen aufgeregt in Richtung der Veste gestikulierten.
Auf dem Pfad, der sich von der Burg heranschlängelte, erschien ein Trupp Reisiger; hinter ihnen kamen Gewolf, dessen Gemahlin Irmingard, der Tegernseer Chorherr und der Burgpriester hoch zu Roß. Den vier Reitern folgten der Büttel und weitere Waffenknechte, welche Reinhart, dessen Hände auf den Rücken gefesselt waren, eskortierten. Den Abschluß des Zuges bildeten die übrigen Dienstleute der Veste; an ihrer Spitze schritt der Falkner, welcher sich keinerlei Mühe gab, die Genugtuung zu verbergen, die er angesichts des nahen Endes seines Todfeindes empfand.
Nachdem der Richtplatz erreicht war, nahmen der Ritter, seine engste Begleitung, die Gesindeschar und Ralf am Zugang zur Felsplatte Aufstellung. Gleichzeitig formierte sich das Gros der Reisigen in einem vorne offenen Karree um den Scheiterhaufen; der Scherge und die restlichen Waffenknechte geleiteten den wie betäubt wirkenden Glasmacher zu dem doppelt mannshohen Holzstoß. Am Scheiterhaufen lehnte eine Leiter, der Büttel und ein Reisiger zerrten den Delinquenten hinauf; droben ketteten der Scherge und sein Helfer Reinhart an einen Eichenpfahl, welcher aus der abgeflachten Spitze des Holzstoßes emporwuchs.
Während der Büttel und der Waffenknecht wieder nach unten kletterten, trieb der Burgpriester sein Pferd ein paar Schritte vor und sprach vom Sattel aus ein kurzes Totengebet. Kaum war das Amen verklungen, gab Gewolf das Zeichen, den Scheiterhaufen, von dem mittlerweile die Leiter entfernt worden war, in Brand zu setzen. Einer der Reisigen reichte dem Schergen eine brennende Fackel; der Büttel rammte sie zwischen die Reisigbündel an der Basis des Holzstoßes, und sofort fingen die dürren Zweige Feuer. Erregt schrie die Menschenmenge auf; im nächsten Moment, als die Flammen sich rasch auszubreiten begannen, wurde der Lärm zu frenetischem Toben.
Eben noch hatte der Glasmacher wie leblos am Pfahl gehangen; jetzt aber fing er an, gegen seine Fesseln zu kämpfen. Mit

aller Macht versuchte er, die Ketten zu sprengen; in Todesangst wand sich sein Körper, hektisch warf er den Kopf hin und her. Auf einmal jedoch schienen seine Kräfte zu erlahmen; es war, als hätte ihn jäh eine seltsame Starre befallen. Nur seine Lippen bewegten sich und formten einen Namen, den Namen einer Frau; aber niemand aus der Menge hörte, was der Delinquent flüsterte – einzig Waldrada, die zusammen mit Norbert, Alfred und Jörg inmitten einer Gruppe von Waldbauern stand, wußte mit unverbrüchlicher Gewißheit, daß Reinhart sie erblickt und gerufen hatte.
Auch aus ihrer Kehle drang ein erstickter Laut, sie drängte sich weiter nach vorne; alles in ihr trieb sie dazu, so nahe wie möglich bei ihm zu sein. Reinhart, zu dessen Füßen nun bereits Rauchwolken aufstiegen und Funken wirbelten, sah sie herankommen; der Anblick ihrer schlanken Gestalt und ihres wehenden, kastanienbraunen Haares löste eine Flut von Erinnerungen in ihm aus. In blitzartigen Bildern wurde ihm die gemeinsame Zeit mit ihr noch einmal gegenwärtig: jene eineinhalb Jahre, in denen sie sich gefunden, geliebt und wieder verloren hatten. Und abermals ein paar Herzschläge später wurden diese Assoziationen von etwas anderem überlagert: von Erinnerungsfetzen an Reinharts Traum, der sich mit seiner Liebe zu Waldrada verbunden hatte. Mit ihr und für sie, so durchzuckte es ihn, hätte ich es schaffen können, zu einem großen Glaskünstler zu werden. Zu einem unsterblichen Künstler vielleicht sogar, doch jetzt ist alles zu Ende; nur der Tod bleibt, das qualvolle Sterben!
Sein Sterben wird eine einzige, unsägliche Qual sein! Der entsetzliche Gedanke quälte Waldrada, während sie sich dem Scheiterhaufen näherte; immer unerträglicher wurde ihr die Vorstellung, ihn so unbeschreiblich leiden, ihn bei lebendigem Leibe verbrennen zu sehen. Hilflos schluchzte sie auf; plötzlich packte jemand sie mit brutalem Griff am Arm, mit dem nächsten Lidschlag erkannte Waldrada den Falkner. Hämisch feixte Ralf, dann zischelte er: »Heul nur, du Metze! Nützen wird's nichts! Gleich platzt dem Glasmacher das Fleisch von den Knochen – und du kannst es nicht verhindern!«

Waldrada riß sich los, taumelte, brach vor dem Falkner in die Knie – und wußte im selben Moment, was sie zu tun hatte. Der Dolch, der in Ralfs Gürtel steckte, zeigte ihr den einzig möglichen Ausweg auf; blitzschnell brachte sie die Waffe an sich, zückte sie gegen den Falkner, so daß dieser erschrocken zurückwich, sprang auf und rannte zum Holzstoß.
Die Waffenknechte reagierten nicht rasch genug, um sie aufzuhalten. Waldrada packte die am Boden liegende Leiter, lehnte sie an den Scheiterhaufen; erklomm, der mörderischen Hitze nicht achtend, den inzwischen lichterloh brennenden Holzstoß und klammerte sich an Reinhart fest, dessen Kleider bereits glosten.
»Du!« stöhnte er.
»Ja, ich bin bei dir!« keuchte sie nahe an seinem Mund und suchte seine Lippen. Dann, während sie ihn zum letzten Mal in ihrem Dasein küßte, schenkte Waldrada dem Mann, den sie liebte, einen schnellen Tod.
Der Dolch, den sie Ralf entwendet hatte, drang seitlich in Reinharts Brustkorb und durchbohrte sein Herz. In der gleichen Sekunde aber, da der Glasmacher starb, wurde auch Waldrada erlöst. Eine Streitaxt sauste heran und spaltete ihren Hinterkopf; in blindem Haß hatte der Falkner die Waffe einem der Reisigen entrissen und sie gegen die junge Frau geschleudert, die sich ihm durch ihre Opfertat für immer entzogen hatte.
Schlagartig stumm geworden, starrten die Zeugen des Dramas auf den Scheiterhaufen. Einen Augenblick war das Paar noch zu erkennen; im nächsten Moment schlugen die Flammen, von einem Windstoß angefacht, hoch empor und verbargen die Körper der beiden Toten vor den Blicken der Menschen.

Epilog

Gewolf von Degenberg ließ die verkohlten Gebeine des Glasmachers und Waldradas unter einem der Ginsterbüsche nahe der Hinrichtungsstätte verscharren. Im folgenden Frühjahr 1303 wucherte der Strauch aus; bald war die Stelle, wo die sterblichen Überreste Reinharts und seiner Geliebten lagen, unkenntlich geworden.
Auch einen Tagesmarsch weiter im Norden eroberte die Natur das gerodete Terrain zurück. An den Wänden der verlassenen Glashütte rankte sich erst Unkraut, dann Gestrüpp empor; im Januar 1305 drückte die Schneelast einen Teil des Daches ein, und von da an schritt der Verfall der Hütte rapide voran. Dasselbe galt für das Pochergebäude und die Holzbaracke, in welcher die Pottasche gekocht worden war; Anno 1306 standen auf der Bachaue nur noch Ruinen, und nächtens jagten dort Schleiereulen, die mittlerweile unter der halb zertrümmerten Kuppel des Schmelzofens nisteten.
Die Eulen folgten lediglich ihrem Instinkt, wenn sie das Kleingetier schlugen, das sie zur Nahrung benötigten; der Degenberger Ritter hingegen wurde zur selben Zeit aufgrund seines unbeherrschten und menschenverachtenden Charakters zum Räuber. Nachdem Gewolf die Gewinne aus der Glasmanufaktur verloren hatte und in einer neuerlichen Fehde gegen den Schierlinger Burgherrn unterlegen war, betätigte er sich, um die erlittenen Einbußen wettzumachen, als Raubritter. Zusammen mit dem Falkner, welcher zu seinem engsten Vertrauten geworden war, plante der Degenberger die Überfälle, die sodann mit Hilfe eines Trupps ausgewählter Waffenknechte durchgeführt wurden.
Von Juli bis November 1306 lauerte die Rotte mehreren kleineren Händlerzügen auf, welche den Nordgau in Richtung Böhmen durchquerten. Im März 1307 dann brüteten Gewolf

und Ralf einen Coup aus, der alles Bisherige in den Schatten stellen sollte. Auf Schleichpfaden ritt die Horde donauaufwärts bis Regensburg, bei Nacht und Nebel wurde die Reichsstadt umgangen. Nahe des Dorfes Sinzing setzte ein Ferge, der mit dem Ritter unter einer Decke steckte, Gewolf und dessen Männer über den Strom; einige Stunden später legten die Wegelagerer einen Hinterhalt an der von Regensburg nach Nürnberg führenden Straße. Kurz vor der Mittagsstunde näherte sich die Kolonne der mit wertvollen Kaufmannswaren beladenen Planwagen, auf welche die Strauchdiebe es abgesehen hatten. Der Raubritter und seine Schar brachen aus ihrem Versteck hervor, um die zehn großen Fuhrwerke in ihre Gewalt zu bringen.
Zuerst sah es ganz so aus, als würde der Anschlag gelingen; rasch waren drei, vier Beireiter niedergemacht, schon suchten die ersten Kutscher ihr Heil in der Flucht – doch plötzlich wendete sich das Blatt. Der Anführer des Kaufmannszuges, ein junger Patrizier, der im Sattel eines rassigen Rotfuchses saß, griff todesmutig in den Kampf ein und erschlug in einer furiosen Attacke zwei der Angreifer. Dies gab den überlebenden Beireitern und Fuhrknechten wieder Mut; sie leisteten nun gleichfalls entschlossenen Widerstand, und innerhalb weniger Minuten war die Hälfte der Degenberger gefallen oder verwundet. Als der Patrizier Gewolf durch einen Schwertstreich an der Hüfte verletzte, steckte der Ritter auf und floh. Diejenigen seiner Rotte, die noch dazu imstande waren, folgten ihm; unter ihnen der Falkner, dessen Harnisch von einem Armbrustbolzen durchbohrt worden war.
Mit knapper Not entkam die dezimierte Schar der Strauchdiebe; bald aber, kaum zwei Meilen vom Schauplatz des Scharmützels entfernt, begann Ralf auf dem Pferderücken zu wanken und Blut zu spucken. Gewolf ließ anhalten, damit der Falkner und er selbst verbunden werden konnten; dabei stellte sich heraus, daß der Bolzen tief in Ralfs Brustkorb eingedrungen war. Einer der Männer murmelte, es sei wohl am besten, dem Falkner den Gnadenstoß zu geben. Der Ritter jedoch, dem seine Hüftwunde ebenfalls arg zu schaffen

machte, wollte davon nichts hören; er beteuerte, er werde Ralf auf gar keinen Fall im Stich lassen und ihn heim auf die Burg bringen. Also wurde der Falkner mit Lederriemen an den Sattel gefesselt; dann setzte die Rotte den Ritt fort, überschritt bei Sinzing die Donau und erreichte mit Einbruch der Nacht die ausgedehnten Auwälder östlich von Regensburg.

Zu dieser Stunde fieberte Ralf bereits, schreckliche Angstzustände schienen ihn zu quälen; zwischendurch flehte er Gewolf an, seinem Leiden ein Ende zu machen. Aber der Ritter, selbst halb wahnsinnig vor Wundschmerz, bestand darauf, ihn weiter mitzuschleppen; immer weiter flußabwärts, bis im Morgengrauen jenseits der Donau die Silhouette des Bogenbergs in Sicht kam. Auch hier gab es einen verschwiegenen Fährmann, welcher die erschöpften Männer und Rösser ans nördliche Ufer brachte; der Falkner lag während der Überfahrt agonierend auf den Planken des Floßes.

Als Ralf erneut auf den Pferderücken gebunden wurde, kam er kurz noch einmal zur Besinnung. Gewolf, der sich trotz seiner eigenen Verletzung mit schier übermenschlichen Kräften aufrecht hielt, beschwor ihn, durchzuhalten; sei man erst auf der Veste, werde der Falkner die denkbar beste Pflege bekommen. Kaum freilich hatte der Ritter die Sätze hervorgestoßen, fiel Ralf von neuem in Ohnmacht und hing die folgenden Meilen röchelnd auf seinem Roß.

Endlich tauchte vor dem Reitertrupp jener Waldstreifen auf, der sich vom Degenberger Burgberg zur Donauniederung hin erstreckte: dasselbe Wäldchen, wo der Falkner knapp sechs Jahre zuvor den Raubvogel auf Waldrada gehetzt und sie anschließend zu vergewaltigen versucht hatte. In letzter Sekunde war damals Reinhart im Sattel seines Wallachs herangesprengt und hatte die junge Frau gerettet – jetzt, genau an der gleichen Stelle, wo Waldrada Zeugin des Zweikampfes zwischen Ralf und dem Glasmacher geworden war, bäumte sich der Körper des Falkners jäh auf. Ein entsetzlicher Schrei drang aus seiner Kehle; das Pferd, das den Schwerverwundeten trug, scheute und ging durch. Zwei der Männer hetzten ihm hinterher; nachdem sie das Roß wieder eingefangen hat-

ten, sahen sie, daß ein Ausdruck äußersten Grauens auf dem verzerrten Gesicht des toten Falkners lag.
Der Leichnam wurde auf die Veste gebracht und drei Tage später begraben. Gewolf nahm nicht an der Beisetzung teil, denn zu diesem Zeitpunkt hatte das Wundfieber auch ihn längst ergriffen. Beinahe vier Monate lag der Ritter darnieder; mehr als einmal fürchtete seine Gemahlin, er werde ähnlich wie Ralf an seiner schweren Verletzung sterben. Es dauerte bis Mitte Juli dieses Jahres 1307, ehe Gewolf den Palas erstmals wieder verlassen konnte; freilich mußte ihn der Vogt stützen, als er die Steintreppe hinabstieg. Seine Hüftwunde nämlich hatte wochenlang geschwärt; Muskeln und Sehnen waren in Mitleidenschaft gezogen worden, daher war das rechte Bein des Ritters nun halb gelähmt.
Die siebeneinhalb Jahre, die ihm bis zum Ende seines Lebens noch blieben, verbrachte Gewolf als Krüppel. Nie wieder ritt er zur Jagd oder nahm an einem Turnier teil; weil er sich mit seiner Behinderung innerlich nicht abzufinden vermochte, verbitterte er zunehmend. Dies und sein körperliches Leiden ließen ihn vorzeitig altern; im Juni 1314, nachdem er schon zuvor mehrmals zusammengebrochen war, fühlte er, erst einundfünfzigjährig, den Tod nahen. Er ließ den Burgpriester zu sich rufen und diktierte ihm sein Testament; viel allerdings hatte der Ritter nicht mehr zu vererben, denn seine einst blühenden Ländereien waren kläglich heruntergekommen.
Anfang Januar 1315 lag Gewolf auf dem Sterbebett; in seiner letzten Stunde äußerte er einen seltsamen Wunsch. Inständig bat er seine Gattin, ihm den Glasteufel zu bringen, welcher seit der Verurteilung Reinharts vor fast genau dreizehn Jahren in einer Truhe im Erkerraum des Palas aufbewahrt worden war. Als der Ritter das Bildwerk in seinen Händen hielt, schien er stumme, erschrockene Zwiesprache mit dem Glasteufel zu halten. Plötzlich quollen Tränen aus Gewolfs Augen; er flüsterte mit brechender Stimme: »Verzeih!« – im nächsten Moment war der Degenberger Ritter, einen Ausdruck beinahe verzückten Erstaunens auf dem erstarrten Antlitz, tot.

Wolfhart, der einzige Sohn des Verstorbenen, welcher zu der Zeit, da Reinhart zum Degenberg gekommen war, als Knappe auf der Burg Brennberg gelebt und später in herzoglichen Diensten gestanden hatte, kehrte in den Donauwald heim und trat die Nachfolge seines Vaters an. Im Lauf der nächsten Jahrzehnte bemühte er sich nach Kräften, den alten Familienbesitz für sich und die Seinen zu erhalten, was ihm letztlich auch gelang.
Wolfhart verstarb Anno 1349; sein Erbe, Eberwein von Degenberg, stieß anläßlich einer Jagd im Herbst 1352 in der Wildnis nördlich des Hirschenstein auf die Überreste der Glashütte. Lange stand er sinnend vor dem eingestürzten, von Gestrüpp überwucherten Gebäude; danach betrachtete er nachdenklich auch die Relikte des Quarzpochers und der Siedehütte. Auf dem Heimweg zur Veste wirkte Eberwein in sich gekehrt; zurück auf der Burg, hatte er eine lange Unterredung mit dem Vogt.
Im Frühling und Sommer 1353 dann entstand eine neue Glashütte auf Degenberger Gebiet; ihre Errichtung wurde von einem Meister überwacht, den Eberwein in Böhmen ausfindig gemacht hatte. Freilich ließ der Degenberger Ritter die Hütte nicht wieder auf der Bachaue östlich von Englmar erbauen, vielmehr nahe bei seiner Veste: an der Weißach am Rand des Weilers Hinterdegenberg. Damit wuchs die Glashütte unweit der Richtstätte empor, wo Reinhart und Waldrada den Tod gefunden hatten – und während der folgenden Jahre, in denen die Manufaktur aufblühte und reiche Gewinne abwarf, hatten der Meister und seine Gehilfen manchmal das Gefühl, als würde der Geist des ein halbes Jahrhundert zuvor vom Tegernsee gekommenen Glasmachers ihre Arbeit behüten.
Jener Geist, der zudem in der schöpferischen Vollkommenheit des Glasteufels fortlebte, den Eberwein in einer Nische beim Schmelzofen hatte aufstellen lassen: allen stets vor Augen – und zum Zeichen dafür, daß Gewolfs Enkel gewillt war, in den Glasmachern nicht allein die Handwerker, sondern auch die Künstler zu achten.

Nachwort

Was den Standort der ersten Glashütte des Bayerischen Waldes angeht, folgt der Roman den aktuellen historischen Erkenntnissen – wobei es allerdings einige Rätsel gibt. Die älteste, namentlich in den Urkunden genannte und im Besitz der Degenberger Herrschaft befindliche Hütte war die von Glashütt, welche im gleichnamigen heutigen St. Englmarer Ortsteil stand und für die Glashütte im Buch als Vorbild diente. Sie wird in einem Dokument des Jahres 1305 erstmals erwähnt; freilich war sie damals schon wieder aufgegeben, muß also etwas früher in Betrieb gewesen sein. Die »Hütten im Wald« wiederum, von denen laut einer Urkunde des Klosters Niederalteich schon um 1260 Glasfenster für die Klosterkirche geliefert wurden, sind nicht lokalisierbar; vielleicht aber werden die Überreste dieser allerältesten Manufakturen eines Tages wiederentdeckt. Archäologisch nachgewiesen hingegen ist die im Epilog des Romans erwähnte zweite Degenberger Glashütte bei der Ortschaft Hinterdegenberg.
Ebenfalls historisch gut gesichert ist die Darstellung im Roman, wonach die Kunst des Glasmachens aus dem oberbayerischen Kloster Tegernsee, einer Art »Mutterhütte« Bayerns, in den Bayerischen Wald gelangte. Jedoch waren die mittelalterlichen Manufakturen keineswegs die ältesten nördlich der Alpen, sondern stellten lediglich einen Neuanfang dar. Denn bereits in den letzten vorchristlichen Jahrhunderten fertigten die Kelten wunderschöne Glaswaren, vor allem Armreife; später existierten römische Glashütten.
Zur vertiefenden Lektüre über die Geschichte der Glashütten möchte ich zwei Bücher empfehlen: »Hüttenstaub« von Karl-Heinz Reimeier sowie die von Professor Dr. Ludwig Reiner herausgegebene Anthologie »Die vergessenen Berufe der Glashütten im Bayerischen Wald«, an der unter anderem Hans Schopf und Willi Steger aus St. Oswald-Riedlhütte mitwirkten, denen ich für ihre wertvolle Beratung während des Entstehens des Romans danke. Gleichermaßen gilt mein Dank einmal mehr Paul Freund aus Ringelai, der mir mit seinem enormen Wissen über die Geschichte des Bayerischen Waldes auch diesmal wieder zur Seite stand.
Schließlich ist noch anzumerken, daß das Frühlingslied am Anfang des Kapitels »Die brennende Burg« von mir frei nach dem Lied »Sô die bluomen ûz dem grase dringent« von Walther von der Vogelweide gestaltet wurde.

Manfred Böckl

Glossar

Abensberger: Berühmtes Rittergeschlecht (Babonen), das im Gebiet der heutigen Stadt Abensberg ansässig war.
Allerseelen: Der Tag nach Allerheiligen (2. November).
Ascheofen: Ofen, der dazu diente, das fertige Glas langsam abzukühlen, um Sprünge oder Brüche zu vermeiden.
Balliste: Katapult.
Barbarossa: Kaiser Friedrich I. (1125–1190).
Bayerweg: Sehr alter Handelsweg, der von der Donau über Schwarzach, St. Englmar und Kötzting nach Böhmen führte.
Beichtiger: Persönlicher Beichtvater eines oder einer Adligen, der häufig selbst einen höheren kirchlichen Rang bekleidete.
Beizvogel: Zur Jagd abgerichteter Falke, der im Mittelalter sehr wertvoll war.
Belialisch: Satanisch. Der Begriff stellt eine Verteufelung des heidnischen Gottes Belial, respektive Baal dar.
Bergfried: Stärkster Turm einer Burg, der im Notfall als letzte Zuflucht der Bewohner diente.
Bütte: Holzgefäß.
Buhurt: Turnierart, bei der zwei Gruppen von Rittern gegeneinander kämpften.
Burg Ebertshausen: Sehr alte Burganlage über dem nördlichen Ufer des Tegernsees westlich des Gmundener Ortsteils Kaltenbrunn, heute Burgstall.
Corpus delicti: Beweisstück.
Crimen: Verbrechen.
Elle: Maßeinheit, die sich an der Länge des menschlichen Unterarmes orientierte; in der Praxis zwischen 50 und 80 Zentimetern schwankend.
Einschichtig: Einsam. Ein einschichtiger Hof ist ein Einödhof.
Eisenhut: Flacher Helm mit waagrechtem Rand, der nur den oberen Teil des Kopfes bedeckte.
Englmar: Die Vita des seligen Englmar ist eine im Lauf der Jahrhunderte vielfach ausgeschmückte Legende. Ihre Darstellung im Roman beruht auf der ältesten schriftlich erhaltenen Version, die um 1146 im Kloster Windberg aufgezeichnet wurde.
Faschinen: Reisiggeflecht in Matten- oder Bündelform.
Federspiel: Gebinde aus Federn, das ein Falkner benutzt, um seinen Beizvogel zu sich zurückzulocken.
Fehdebrief: Schriftliche Kriegserklärung.
Flußlauge: Mit Wasser versetzte Holzasche, aus der durch Einkochen der Fluß und damit die Pottasche gewonnen wird.

Flußstein/Fluß: Der durch Verdampfen der Flußlauge entstehende steinharte Rückstand, der sich auf dem Boden des Kochgefäßes absetzt. Durch Zerreiben oder Mahlen des getrockneten Flusses entsteht die fertige Pottasche.
Fünfe gerade sein lassen: Sich keine Hemmungen auferlegen; aber auch: großzügig sein.
Galsterweib: Hexe.
Gesätz: Die Schmelzmasse beim Glasmachen, die aus Quarz, Kalk, Pottasche und eventuell färbenden Zutaten besteht.
Geschiebe: Geröll auf dem Grund eines Wasserlaufes.
Geschlechtertürme: Turmartige Stadtburgen der besonders wohlhabenden Regensburger Adelsgeschlechter.
Getreidekasten: Getreidespeicher.
Glashafen: Schmelztiegel aus Ton, in dem das Gesätz im Glasofen verflüssigt wurde.
Gozbert: Abt des Benediktinerklosters Tegernsee, welcher dort von 982 bis 1001 regierte. Dem aus Regensburg stammenden Gozbert wird die Initiative zur Errichtung der ersten Tegernseer Glashütte zugeschrieben, die höchstwahrscheinlich die erste Produktionsstätte für Glas auf deutschem Boden überhaupt war.
Grummet: Heu aus der zweiten (minderwertigeren) Heuernte des Jahres.
Haid: Der heutige Haidplatz in Regensburg. Im Mittelalter diente das damals noch mit Gras bewachsene Areal als Turnierplatz der Reichsstadt.
Hammerschmiede: Frühindustriell arbeitende Schmiede, deren schwere, an Balkenhebeln befestigte Hämmer mittels Wasserkraft angetrieben wurden. Hammerschmieden waren bereits im Mittelalter bekannt und wurden in Bayern bis ins 19. Jahrhundert betrieben.
Heilbrunn: Heute Bad Heilbrunn zwischen Bad Tölz und Penzberg. Der Ort besitzt eine jodhaltige Heilquelle, die bereits im Mittelalter genutzt wurde und Heilbrunn seine Bedeutung als Pilgerstätte gab.
Herzog Stephan: Stephan I. von Wittelsbach regierte das Herzogtum Niederbayern, das zur Handlungszeit des Romans vom Herzogtum Oberbayern unabhängig war, von 1294 bis 1309.
Hintersasse: Einem Adligen höriger, zu Dienstleistungen verpflichteter Bauer.
Hirschfänger: Starkes Jagdmesser.
Hochzeit mit des Seilers Tochter halten: Gehenkt werden.
Höriger: Leibeigener.
Kapitelsaal: Versammlungsraum eines Klosters.
Kebse, Kebsweib: Hure.
Keilberg nahe Regensburg: Der Steinkalk dieses Berges östlich der Stadt wurde bereits im Mittelalter abgebaut.
Klause: Einsiedelei, Wohnort eines Eremiten.
Konisch: Kegelförmig.
Leeberg: Der nicht sonderlich hohe Berg, der sich direkt hinter dem Kloster Tegernsee erhebt.
Lenz: Frühling.

Levade: Herausfordernde Aktion eines für den Kampf trainierten Pferdes, das sich dabei halb auf der Hinterhand aufrichtet.
Lombardisch/Lombardei: Zur Handlungszeit des Romans verstand man unter der Lombardei noch das ehemalige, frühmittelalterliche Langobardenreich, also das ganze Oberitalien nördlich des Po.
Maultrommel: Kleines Musikinstrument aus Metall, das zwischen die Zähne geklemmt und mit den Fingerspitzen angeschlagen wird.
Meile: Im Roman ist darunter die römische Meile (ca. 1,6 Kilometer) zu verstehen.
Metze: Hure.
Morgenstern: Mit Eisenspitzen besetzte Kampfkeule.
Nachtschürer: Das Feuer in den Schmelzöfen einer Glashütte mußte Tag und Nacht in Gang gehalten werden, um einen effektiven Betrieb zu gewährleisten. Die Arbeit des ständigen Befeuerns erledigten die Schürer, die sich als Tag- oder Nachtschürer im Zwölfstundenrhythmus abwechselten.
Nordgau: Mittelalterliche Bezeichnung für die Oberpfalz und den niederbayerischen Teil des Bayerwaldes.
Palas: Hauptgebäude einer Burg, das als Wohnstätte der dort lebenden Adelsfamilie diente.
Paternosterperlen: Kleine Glasperlen, auch Paterl genannt, die mittels einer Öse zu Halsketten oder Rosenkränzen zusammengefügt wurden.
Percheron: Kaltblütige Pferderasse, die ursprünglich in der französischen Grafschaft Perche gezüchtet wurde. Die ungewöhnlich starken Tiere eigneten sich dazu, einen gepanzerten Reiter im zentnerschweren Harnisch zu tragen.
Pfleger: Hochgestellter, meist adliger Verwaltungsbeamter im Dienst eines Landesfürsten, der einen Teil des fürstlichen Territoriums regierte.
Pochhammer: Mechanische Vorrichtung zum Zerkleinern von Quarzgestein. Ein Mühlrad versetzte über eine mit Zapfen versehene horizontale Welle eine Reihe schwerer, unten mit Eisen beschlagener Holzbalken (Hämmer) in stampfende Bewegung.
Rabenstein: Galgenhügel (auf dem die Raben sich am Fleisch der Hingerichteten gütlich taten).
Rasenerz: Eisenhaltiges Gestein (Brauneisenstein), das die Natur durch Abscheiden aus Gewässern in sumpfigen Gegenden bildet. Solches Erz wurde in Mitteleuropa bereits von den Kelten verhüttet.
Regensburger Pfennig: Im Mittelalter überall in Bayern verbreitete Silbermünze.
Reichsstadt: Eine Stadt, die allein dem Kaiser und keinem Territorialherrn untertan war.
Reisiger: Kriegsknecht, Söldner.
Scherenstuhl: Schwerer Stuhl, dessen Lehnen- und Fußkonstruktion den Gliedern einer aufgeklappten Schere ähnelt.
Schicksalsrad: Dieser Begriff spielte im Spätmittelalter eine wichtige Rolle. Die Menschen stellten sich vor, daß die Fürsten ganz oben auf dem Schicksalsrad saßen, die Bürger in der Mitte, die Bauern und Leibeigenen ganz

unten. Doch das Rad, so die Hoffnung gerade der Unterdrückten, konnte sich drehen, so daß die Mächtigen stürzten und die Schwachen aufstiegen.
Schierlinger: Niederbayerisches Adelsgeschlecht, dessen Stammsitz die Burg Schierling zwischen Regensburg und Landshut war.
Schock: Altes Zählmaß. 60 Stück einer Ware ergeben ein Schock.
Stäupen: Auspeitschen.
Stephani(tag): Zweiter Weihnachtsfeiertag.
Streckofen: Ofen in einer Glashütte, der dazu diente, fertiges Glas nochmals zu erwärmen, also zu erweichen.
Tartsche: Kleiner Reiterschild, der von den spätmittelalterlichen Rittern vorzugsweise bei Turnieren benutzt wurde.
Tjost: Einzelkampf zweier Ritter bei einem Turnier.
Tölter: Pferd mit besonders weicher Gangart (Tölt), das bevorzugt von Adligen geritten wurde.
Topfhelm: Plumper röhrenförmiger Helm mit schmalem Visiergitter, der bis zu den Schultern seines Trägers reichte.
Unschlittkerze: Kerze aus Rinder- oder Hammelfett.
Unterschlächtiges Mühlrad: Ein Mühlrad, das mit seinem unteren Ende ins Wasser taucht und auf diese Weise angetrieben wird. Im Gegensatz dazu wird beim oberschlächtigen Mühlrad das Wasser von oben her zugeführt.
Vesperläuten: Feierabendgeläut vom Kirchturm.
Vizedom: Adliger Stellvertreter des Landesherrn in einem bestimmten Verwaltungsbezirk.
Vogelfrei: Rechtlos. Ein mittelalterlicher Vogelfreier wurde nicht länger vom Gesetz geschützt; wer sich an ihm vergriff, blieb straflos.
Vogt: Verwalter einer Burg und der zugehörigen Ländereien.
Waidmesser: Kurzschwert, das eigentlich für die Jagd diente, aber auch als Kampfwaffe benutzt werden konnte.
Welsch: Südländisch, italienisch.
Zehnter: Abgabe in Form einer Naturalsteuer, die hörige Bauern ihrem adligen Grundherrn zu leisten hatten. Der Zehnte betrug eigentlich zehn Prozent der Erträge eines Lehenshofes, konnte jedoch, wenn die Feudalherren es darauf anlegten, ihre Untertanen auszubeuten, auch bedeutend höher sein.
Zille: Großer Holzkahn mit flachem Boden und niedrigen Bordwänden.
Zimbel: Kleines, mit der Hand geschlagenes beckenartiges Musikinstrument aus Metall.
Zinkenburg: Diese Burg ist fiktiv.
Zweihandschwert: Sehr langes, schweres Schwert, das mit beiden Händen geführt werden mußte und auch als Bihänder, Bidenhänder oder Flamberg bezeichnet wurde.